Não há mais carteiros por aqui

Adalberto Cardoso

Não há mais carteiros por aqui

1ª Edição
POD

KBR
Petrópolis
2013

Revisão de texto **Noga Sklar**
Editoração: **KBR**
Capa **KBR s/ Arquivo Google**

ISBN: 978-85-8180-167-4

KBR Editora Digital Ltda.
www.kbrdigital.com.br
www.facebook.com/kbrdigital
atendimento@kbrdigital.com.br
55|24|2222.3491

FIC019000 - Literatura e Ficção

Adalberto Cardoso é professor do IESP-UERJ, e publicou mais de uma dezena de livros de sociologia. Mas isso não interessa muito. A literatura é maior.

E-mail: acardoso@iesp.uerj.br

À memória de E. M.

Fatos, lugares e personagens neste romance são obra de ficção, com a exceção da notícia de que é manhã de inverno em 1985.

Outras dessemelhanças com as coisas da vida serão resultado de amnésia etílica.

Sonhei de novo com Florenciana. Ela usava o vestido rendado que Odília costurou para as bodas de ouro dos Velhos. Tinha os olhos vermelhos como o vestido e as unhas; seus dedos alongados se metiam nas tramas da renda de algodão como se as quisesse descoser, talvez desatar os nós de seu destino. Dessa vez Osimande não estava, era só ela e sua angústia vermelha, os olhos vidrados no quintal de seu Arouca em frente à nossa antiga tapera. Nunca contei a ninguém o que ela viu ali, nem o que aconteceu depois.

No sonho de hoje o quintal estava vazio de árvores e dos fantasmas dela, mas de novo senti o que Flor talvez tenha sentido, acordei sufocado, um zumbido nos miolos. É sempre assim quando ela vem: fica essa eletricidade no ar, o cheiro das migalhas do que já não somos. Então sonho coisas que dormiam em algum lugar em mim, coisas escondidas de mim por sei lá quem, talvez eu mesmo, o Senhor sabe que não gosto de provar esses restos. Faz tempo que deixei de me apoquentar com o que não entendo. Minha felicidade é barata.

Licurgo, por exemplo. O Senhor pode ver a lata velha dele subindo a rua, aquele farol caolho alumiando o restolho da noite? Vem com ele, a minha felicidade. O carro aderna, hesita, manqueja, estaca no pátio em frente ao depósito de leite. A luz do poste de ferro lambe a parede descascada e o chão de cascalho e o para-choque arqueado do carro, o Senhor vê? E como o motor morre cuspindo, como a furreca treme toda como se estrebuchasse? E como Licurgo desata a corda de náilon amarrada à maçaneta interna e ao gancho rebitado na lataria externa do carro? A porta pende, ele a segura, desencaixa-a num gesto rude, desce meio desequilibrado, no mesmo movimento amarra a porta como acabou de desamarrar.

É incrível como ainda acho graça nessa peleja de todos os dias. Licurgo perdeu a agilidade, ganhou pança e corcunda, mas ainda é um touro. Veja como cospe de lado, endireita a coluna, tira o chapéu da cabeça com a mão suja de graxa ou do pneu que ele talvez tenha trocado. Não, não tenho nenhuma simpatia por ele, o Senhor me perdoe, fez por merecer a vida que leva. É por compaixão que observo seus movimentos pachorrentos, marcados em seus músculos como em meus olhos, sei exatamente o que ele fará. Vai olhar para o céu sem nuvens, este céu de um azul quase negro, o sol está com preguiça hoje, não é? Ele então voltará o olhar para o horizonte ao sul, depois para o nascente. Talvez faça alguma previsão, hoje não cai uma gota ou algo assim. Ou talvez busque alento para sua resignação, não vai chover, fazer o quê? Resignado olhará para o alto da rua, depois para o lado onde estou. Seus olhos encontrarão os meus sem se abalar. Nunca se abalam. Para ele sou como o céu sem nuvens, não posso mudar sua vida, não faço diferença, não sou nada. Por isso acolho sua saudação, esse movimento enfadado com o chapéu que ele torna a depor no cocuruto despelado. "Dia, Teteco", ele diz para meu olhar de desdém. Sim, porque o Senhor sabe mais do que ninguém que para homens como Licurgo eu sou uma aflição. O que seria desta cidade se ele e os outros levassem a sério o que represento, esta negação viva de tudo o que eles um dia sonharam para si mesmos, sonhos que se perderam no que eles pensavam fosse uma estrada florida e segura e que afinal se mostrou o que de fato era desde o início, um caminho por onde em cada esquina estava eu. Mas ele é como o Senhor, como os outros, não me leva a sério. Exceto na sinuca ou no carteado, que são infelizes e burros, mas não são bestas.

Retruco a saudação com o "dia, Curgo" de todos os dias, e então o latido de Canalha espanta o que resta de Florenciana em meus pensamentos. Sou grato por isso, pela engrenagem tornar a rodar na mesma direção de todos os dias. Licurgo dá a volta no carro, abre a aba traseira da carroceria, levanta um dos galões de alumínio, coloca-o nas costas como se estivesse vazio, como se não levasse cinquenta quilos de nata para fazer manteiga. Carrega o fardo até a porta do depósito. Canalha não para de latir. Licurgo retorna, faz o mesmo com outro galão e com um terceiro e um quarto, e então, o milagre de todos os dias, duzentos quilos de nata para fazer manteiga diante da porta de ferro do depósito. Ele se agacha, abre o ferrolho, levanta a porta com força, ela se enrola no alto, obediente e enferrujada como o carro. A ferrugem está na alma de Licurgo, quando ele cospe ou tosse contamina tudo o mais que deseje.

Canalha passa por ele ganindo como se miasse, a cabeça baixa, o rabo entre as pernas. Não lambe a mão que Licurgo lhe oferece. Ao invés, cruza a rua com seu passo manso, cheirando o terreno, como se no rastro de um preá ou uma perdiz. Chega perto, olha para cima, espera um movimento meu. Há apreensão e ansiedade em seu olhar. É um momento tenso. Fico pensando no que aconteceria se eu não lhe desse a senha. O que o Senhor acha? Ele ficaria assim, parado e transido, com esse olhar súplice e essas orelhas apontadas para o céu como se esperasse o pio de uma codorna? Ou começaria a latir como um louco para mim, carrasco insensível, torturador de cães de caça incapaz de compreender que ele precisa da senha, e precisa agora? Bem, isso nunca vou saber. Gosto demais desse cão para fazer uma maldade dessas, não suporto ver essa expectativa excruciante. Pisco o olho direito, e veja como ele agita o corpo todo, o rabo batendo de um lado para o outro como se quisesse sair voando! Ver Canalha rodear o muro do alpendre nessa agitação me enche de prazer e felicidade e reconhecimento. O cão gosta mesmo de mim, não é como o Senhor, que ouve meus pensamentos com ouvidos moucos e os reinventa à Sua maneira. Este bicho, não. Lambe a mão que lhe estendo, esfrega a cabeça em minhas pernas… Canalha. Licurgo é um homem insensível, desapiedado. O anterior era Idiota, outro Mongol, outro Latrina… Não se dão nomes como esses aos cães. É bem-feito, ele ser desdenhado por Canalha. Talvez o cão conheça o significado de seu nome, e em retaliação faz festa para mim e não para quem lhe dá o pão de todo dia. Licurgo talvez não se importe, aprendeu há muito que não há justiça no mundo.

Em Floral da Serra, pelo menos, não há. Pensamento complexo demais para esse cão quase sarnento que só quer saber de brincar, eu sei. Só estou me divertindo. Esfrego seu pelo com as unhas que ainda não cortei, ele põe as patas nas minhas pernas, faço cócegas em sua nuca, suas costas, ele desaba no cimento vermelho do alpendre. Idomeneia não gosta dele, diz que solta pelos demais. Posso ouvi-la, está na cozinha esfregando o chão, raque-raque, raque-raque, essa mania de limpeza é de endoidecer um cristão. Coço a barriga de Canalha, ele se contorce e grunhe e agita a perna direita e tenta lamber minha mão. Gosto dele. Gosto do cheiro azedo de sua pelagem rala, gosto do modo como se entrega, gosto de sua alegria, talvez inocente. Gosto de sua alma limpa e generosa. Gosto, sobretudo, de seu sorriso.

Aprendi com o general Heinz, isso de os cães sorrirem, Friederich Heinz, já o mencionei ao Senhor outras vezes. O desalmado tem dois cães pastores e aprendeu a identificar o sorriso deles depois de uma caçada a cinco ciganos fugitivos de seu campo de concentração na Dordonha. Quando os SS chegaram os coitados estavam acantonados numa gruta, os cães a ranger os dentes, a baba escorrendo pelos cantos da boca. Mortos os fujões, o excomungado do general Heinz premiou os cachorros com sua carne fresca, e ao final do banquete os bichos vieram até ele. Estavam agradecidos. Foi quando o general percebeu que sorriam e não era um sorriso de lábios, não, Senhor. Era um sorriso de corpo, um jeito meio assim de encarar o dono, abanar o rabo, curvar o dorso e menear a cabeça, combinação de movimentos que logo se esfumava, como se sorrir fosse muito penoso para eles, um recurso escasso para situações raras como aquela, um agradecimento pelo banquete inesperado de carne fresca em meio à guerra. Desde que li essa história horrível aprendi a identificar o sorriso dos cães, hoje posso dizer que sei mais sobre isso do que o general Heinz. Sei que os cães riem o tempo todo, sabe lá o Senhor por que ou de quê.

"Não sei o que esse vira-lata vê em você", Licurgo diz, depondo o garrafão de cachaça e o galãozinho de nata no parapeito do muro do alpendre. Suas palavras não me surpreendem, não me assusto. Esperava por elas, hoje é sexta-feira, é sempre a mesma coisa, a mesma engrenagem, ele deixa a nata no depósito, Canalha vem fazer festa para mim, Licurgo traz a nata de presente para a Mãe e diz qualquer coisa imbecil como esta. Continuo brincando com o cão. O Senhor pode me ouvir? Digo que deve ser algum tipo de solidariedade ancestral, *também sou vira-lata, a gente se entende.* Licurgo faz um gesto enfadado, cruza os braços, apoia-os no parapeito, deita o queixo nos braços assim cruzados. Descansa dos duzentos quilos de nata para a manteiga. Talvez pense que assim dará a volta no destino marcado em sua pele, que carrega o peso dos anos e a impiedade da estiagem. Os cotovelos estão gretados, os pelos dos braços ralos, sem viço, a pele do rosto parece de cobra querendo mudar com a estação. Ele cheira a curral e couro curtido e suor engordurado das já muitas horas de trabalho, esse cheiro azedo que Celestina não suporta, acho que Canalha também não. É claro que ele me odeia com todas as forças de suas glândulas sudoríferas: "Seu pai pediu outra pinga", ele diz, com os lábios rachados. "Beno está chegando, não é?" Ele não espera uma resposta, sua pergunta é uma conclusão, se a cachaça do Pai veio na segunda, então esta é para outra pessoa. Beno. Ele não tem coragem de pronunciar o nome de Florenciana. Faço que sim com a cabeça, digo que eles chegam para o almoço. Enfatizo *eles*, que o Senhor sabe que sou polido, mas fico na expectativa do que ele dirá em seguida. Desde que foi desdenhado por minha irmã, Licurgo virou este ser impiedoso e covarde, além de vingativo, e um covarde vingativo pode ser muito perigoso; isso eu aprendi nos romances de guerra. Se tiver os meios, algum poder ou ascendência sobre outros homens, vira o pior dos facínoras. O general Heinz é assim, um homem, mas poderia ser uma hiena, ou um rato.

A sorte é que Licurgo não tem meios nem poder sobre coisa alguma. Ele olha para o cão que se contorce no chão gelado, depois para meus cabelos ralos e oleosos. "Gosta da marvada, aquele seu cunhado", ele diz, por fim. Palavras rancorosas. Seu tom até que é amistoso, mas eu sei o que ele diria em seguida, se não fosse o covarde que é: "Como você, não é, Teteco?" Mas isso ele nunca dirá, então não preciso dizer o que ele quer ouvir, "mas quem não gosta, não é?", porque isso abriria meu peito à sua pretensa solidariedade, agora registrada na conta de suas muitas dívidas para com o Senhor. Então, não falo nada. Posso ler a alma dele, Licurgo é pobre de espírito como todos os outros em Seu Reino. Veja como ele se desencosta do muro, espreguiça com os braços no alto da cabeça como se clamasse aos céus. Ouça como arranca o assovio agudo da língua dobrada entre dentes e lábios crispados, esse ruído de furar os tímpanos que incomoda Canalha mais do que a mim... Inclemente, esse filho Seu. O cão abana as orelhas, como eu ouve o "Anda, Canalha, vamos embora que o Teteco precisa trabalhar", a fala de todas as manhãs, quase uma ladainha, hoje encadeada com algo inesperado, um "Até mais, homem. Vê se não amarrota esse pijama. Vai dar trabalho para dona Cotinha" que não estava no script. Pobre de espírito e vingativo. Mas não me incomodo. Acho até que aprecio seu senso de humor, por compaixão, talvez. Aqui, de onde o observo, é um homem pequeno, mesquinho, condenado a esta vidinha miúda, infeliz. Não é por outra razão que estou de pijama no alpendre de casa às seis da manhã, uma manhã após a outra: justamente para mostrar a Licurgo e a todos os outros que suas vidas são um desperdício, pobres e rasas como um pasto ressecado infestado de carrapatos.

O ar atroa com outro assovio, "vem, cão dos infernos, passa aqui!" Canalha se põe sobre as patas, movimento desajeitado. Hesita. Sorri. Seus instintos pendem para o dono, seu coração para mim, ele parece pedir meu perdão. Bobagem. Devo demais a ele. E talvez ao Senhor, que isso de acreditar em coincidência talvez seja para os tolos, mistério que só desvendarei quando já não tiver serventia. O fato é que Canalha errava pela beira do rio Tainha justo naquela madrugada, ele que nunca deixa sua prisão, trancado a ferros por seu dono desalmado. Pois ele estava lá. Lambeu meu rosto, latiu para eu acordar, puxou-me pela camisa quando o rio começou a subir. Não tenho a menor ideia de como fui parar naquele fim de mundo, o Senhor menos ainda, que Seus olhos já me perderam há muito. Talvez Firmino tenha me arrastado para uma cantoria, talvez eu perseguisse uma alma penada, que tonto eu me encho de razões: vejo fadas nas gotas de chuva, duendes pirilampeando em torno das luzes dos postes, gatos desencarnando, ninfas chispando nas águas. Naquele dia, a chuvarada da madrugada trouxera água suficiente para encher os açudes, inundar a Vila dos Leprosos e afogar um deserdado de tudo como eu, não fosse o Canalha. Não lhe devo perdão. Devo-lhe minha alma, mas isso ele talvez não esteja preparado para aceitar. Não por ser um animal, não quero ser mal compreendido. É que minha alma lhe seria penosa demais. "Vai!", despacho-o com uma palmada, "vai sonhar com um preá bem gordo!"

O cão deixa o alpendre sem abanar o rabo, ouço um latido, mais outro quando me levanto. Ele já não sorri. Sabe que não tenho nada para lhe dar além de compreensão e carinho. Certo, a gente precisa das duas coisas, pessoas ou cães. Precisa de muito mais, eu sei, mas tenho para mim que essas duas são parte essencial da ração mínima da vida. Só que não enchem barriga, e um perdigueiro precisa estar de pança cheia, ou seus instintos ficam amortecidos e ele desaprende de cheirar os caminhos das perdizes. Acho que é por isso que Licurgo não se importa com o desprezo que Canalha lhe tem. Canalha pode gostar de quem quiser, desde que aponte as presas nas caçadas dos fins de semana. É de partir o coração ele se deixar trancar sem protesto atrás da porta rangedeira em que Licurgo torna a passar os ferrolhos. Esta é também minha senha; o que ele fará em seguida já não me interessa. Não, não posso evitar ouvir a teimosia do motor, que rateia, empaca, ronca e engasga com óleo e água antes de sucumbir às leis da física e começar a bater os pistões; mas o carro sair claudicante levantando a poeira cansada que a brisa sopra para mais adiante está em minha memória, não em meus sentidos. A poltrona de couro em que me acomodo, mais baixa do que o muro do alpendre, me resguarda do mundo. Licurgo agora é apenas uma lembrança ruim. Presente de Florenciana, a poltrona, o Senhor se recorda? É chique, tem encosto para os pés e tudo o mais. Colo de moça nova é melhor, claro, mas disso ando um tanto apartado.

Puxo o marcador, abro meu livro onde o deixei ontem. Leio uma linha, duas, fecho-o. Sopra essa brisa seca, azul. Minha nuca se arrepia, há fantasmas demais rondando meu conforto, esses ruídos a tocaiar a manhã. O Senhor pode ouvir a Mãe? Ela torra o café na cozinha... o torrefador a girar e a lenha a chorar do fogo que a consome. O Senhor ouve? E os pardais cuidando dos ovos e ciscando a comida no quintal, o vento nas folhas da mangueira — os sons do silêncio. Gosto da paz da manhã nestes lados da cidade. A vida acabou nos empurrando para cá, e disso o Senhor há de saber, porque o Pai e Florenciana veem Sua mão em tudo. Mas antes daqui moramos em muitos lugares. A pobreza é pior quando não se tem uma parede própria onde chumbar uma plaqueta dessas de ferro fundido, com o nome do dono da casa escrito em letra bonita de moça normalista. E nós fomos pobres. Ainda somos, porque dependemos de Florenciana, e ninguém é eterno, menos ainda minha irmã. Tão franzina... Sim, e tão poderosa também. Ela olha para a gente como se lesse nossos pensamentos, aquela fala mansa escondendo convicções firmes... firmes demais... Como se ela tivesse parte com o Senhor, que ao que parece fica soprando naquele ouvido miudinho e desenhado a lápis as coisas que ela deve dizer para confortar ou repreender as pessoas. Rezo por ela todas as manhãs e todas as noites. Para nada, a alma de Florenciana já está para lá de salva. Mas rezo por seu corpo frágil e suscetível, esse Seu presente de grego a lembrá-la de sua falibilidade. O Senhor é sábio. Fazer Florenciana assim, frágil, jogou água naquela arrogância que ela tinha quando criança. Isso equilibrou as coisas. Mas antes dela éramos pobres. Vivemos de aluguel a vida toda, o que não deixa de ser uma contradição... Sendo o Pai construtor, quero dizer... Quanta ponte ele não levantou com aqueles braços franzinos, encontrando modos sempre inusitados de não fazer força?

O Pai é inteligente que só, não é? Sempre criando ferramentas de que ninguém nunca ouviu falar, só para não ter que se matar carregando o peso das toras de sustentação dos caminhos. Tanta casa ele já cobriu por estas serras! Casa de gente rica, aqueles telhados cheios de dobras e cantos, água e água-e-meia por todos os lados, complicados mesmo... Eu não seria capaz de fazer aquilo nem se me hipnotizassem. Sem falar em muro de arrimo para os cortes de estrada, roda de carro de boi, banco de varanda, mesa de pau-ferro, até os bancos da igreja foi o Pai quem fez. Podia ter construído uma casa para nós. De madeira, por que não? Mas ele é como todos, solidez é casa de tijolo, cimento, reboco, e isso ele não sabe fazer. Não entende de encanamento, esgoto, eletricidade, essas coisas que recheiam as casas. O negócio dele é deixar de pé e sustentar o imponderável, como as pontes sobre os abismos sem fim da Serra das Almas e os telhados das fazendas daqui. A ponte sobre a Grota do Inferno fez quarenta anos mês passado e está firme, como todas as outras pontes do Pai. Uma casa não teria resistido? Uma vez perguntei isso a ele e ele riu, como se eu fosse o que acabei me tornando, essa alma perdida. "Madeira, meu filho?", ele desdenhou. "Casa de madeira, veja você! Para servir de viveiro de barbeiro? Prefiro morar de aluguel. Ainda vamos ter nossa casa e ela vai ser de tijolo de barro, cimento fino, reboco e cal nas paredes, que meu lar há de ser sólido como o Monte Sinai".

Ainda acho extraordinário que o Pai pensasse assim, depois das já nem sei quantas vezes em que tivemos de deixar o lar e as coisas que ele plantava no quintal, as cortinas que a Mãe costurava para cobrir as paredes de sapê ou de barro ou de tijolo aparente ou de madeira, muitas delas. Só que não de madeira de verdade, dessa de construir pontes, mas pedaços e sobras e restos e gravetos amontoados e trançados e cerzidos naquilo que o dono — seu Wenceslau Cunha, ou seu Farnésio Dantas, ou seu Naldinho Flores — chamava de paredes, que Florenciana e Odília e Amália pintavam de rosas vermelhas e verdes e azuis e que Frutuoso raspava com as unhas só para vê-las gritar com ele e correr para a Mãe pedindo que lhe desse uma surra de vara, o que às vezes ela dava mesmo. Porque para torrar café ou tricotar uma estola para tia Inaiá ou costurar uma cortina para cobrir o desenho das meninas era preciso paz. Eu nunca me apeguei realmente a essas coisas, mas não consigo espantar a lembrança das paredes coloridas de nossas casas, das cortinas feitas de milhares de pequenos retalhos que a Mãe ganhava de algumas costureiras da cidade, que vinham para um chá de capim-limão e uma fornada de pão de queijo, que ao dela nenhum se iguala em Floral.

E então saíamos. Mudávamos. Outra casa, outras paredes, outros odores, outros vizinhos. Ficava tudo para trás. Quer dizer, a Mãe deixava tudo para trás. Talvez protestasse em silêncio contra aquela coisa inopinada de o Pai deixar o barraco que ela aos poucos transformara em um lar digno do nome, todo colorido e cheio de si como os lares devem ser. Ou talvez pensasse que a obrigava um desígnio qualquer, talvez demoníaco. Uma vez eu disse à Mãe que ela cumpria a sina de Penélope à espera de Ulisses, Penélope era pagã e sua sina não era digna de uma crente como a Mãe, de modo que talvez o Senhor a estivesse testando. Ela me dirigiu um olhar complacente, que a Mãe é iletrada, mas sabe ler as boas intenções. Não disse nada, apenas meneou a cabeça, seus cabelos já muito brancos colados ao cocuruto, como se a comentar minhas estultices. Sua vida era aquele eterno recomeçar, uma cortina depois da outra depois da outra depois da outra, cobrindo paredes condenadas ao pó, em oposição às pontes do Pai. Só eu sei que a Mãe também rezava por uma casa de toras de madeira, com telhado de madeira e janelas de madeira e assoalho de madeira, sólida como as pontes que nem mesmo as enchentes levavam. Por isso, porque não tínhamos um teto nosso, moramos em muitos lugares, as coisas ficando piores com o passar dos anos, como se cada filho nascido fosse um prego enfiado fundo na mão do Pai, ou talvez em seus sonhos, ou talvez no único sonho que contava, sua casa de alvenaria e cal perto do açude das Laranjeiras.

Mas isso foi antes. Depois que Florenciana cresceu e passou a cozinhar para fora, as coisas melhoraram. Ela está construindo uma casa grande para nós nos altos do antigo matadouro, em menos de um ano nos mudamos, se o Senhor quiser. A obra vem se arrastando nos últimos tempos, por causa das falências de Beno, mas minha irmã há de conseguir. Só que... Não sei, fica essa sensação de que talvez tenhamos esperado demais. Não estou me queixando, não mesmo. Florenciana tem os problemas dela, quem sou eu para julgar? A Mãe é que não anda muito bem, pode não ter tempo de viver a casa nova. Uma casa com placa na parede da rua com o nome do Pai escrito nela com a letra perfeita de Idomeneia.

De minha parte, sentirei falta daqui. É um bom lugar para se morar, tranquilo, sossegado. O depósito de leite é o único estabelecimento comercial por perto, e é apenas isso, um depósito alquebrado e moribundo, como de resto nossa cidade. Licurgo perdeu a fábrica de manteiga, só aparece uma vez pela manhã, e no fim da tarde o caminhão da Nestlé vem apanhar a nata e o leite que ele recolheu nas fazendas. As filhas de Odília já cresceram, o Senhor sabe, deixaram a escola. Aquela algazarra que faziam logo cedo acabou há muito. Sinto falta delas, para ser sincero. Gostava de brincar com elas, Carmelita me chamava de Tité... Até os quatro anos ainda misturava a língua na boca quando eu lhe pedia para repetir "cenoura, labareda, entrada, canarinho..." Era uma pimenta, aqueles olhos pretos soltos nas órbitas, as mãos suadas desde criança, ansiedade que a levou por caminhos obscuros que não gosto de lembrar. Separou-se do décimo noivo, Odília já perdeu as esperanças de ganhar uma neta de seu bucho arisco. Mas em criança era uma encrenca doce, ficava me puxando pela calça nas noites para ver sapo comer pirilampo, de manhã antes da escola vinha com um canário doente, uma minhoca morta, taturanas coloridas, cocares de folha de mangueira amarrados com as cascas da cana caiana que o Pai debulhava. Ela acordava com os galos, com o tempo combinou seu sono com meus retornos da boemia. Ficava me atazanando até as outras acordarem, eu tonto, vendo seus volteios pelo quintal ao luar. Acho que isso deve explicar o gosto dela pela bebida, o Senhor não? Carmelita nunca reclamou de meu bafo ou de meus tropeços, acho até que gostava de me ver saracotear e arquear sem nunca tombar.

As outras não eram como ela, mas vez por outra eu as acompanhava até o colégio. Ia com meu terno cinza, na época o mais distinto. Gostava de vê-las entrar com seus uniformes arrumadinhos, se a cidade não fosse o que é e não nos espremêssemos entre os espelhos dos olhos uns dos outros como se numa caixa de fósforos, ninguém diria que elas cresciam na pobreza. Idomeneia sempre foi meticulosa, cuidava dos mil vincos das saias plissadas, nos dias frios as blusas secavam à beira do fogão de lenha, pela manhã estavam sempre limpas e passadas... Fossem desconhecidas, ninguém distinguiria nossa Claudineia ou nossa Carmelita ou nossa Antônia das netas dos Ramos Constante, exceto talvez pelos cabelos claros, a pele de seda e os sapatos de verniz que Celina ou Antuérpia Constante exibiam às segundas-feiras.

Verdade que isso de nada lhes serviu. O colégio era aquele que ficava do outro lado da linha do trem, aquele, que as labaredas do Demo devoraram. Ou talvez as Suas, mas dizem que o Senhor não é de desencarnar crianças inocentes. Não sei. Meus fantasmas e eu nunca chegamos a um acordo sobre isso. Isso de o Senhor levar Celina e Antuérpia em lugar de Carmelita ou Antônia, por exemplo. Nunca entendi. Carmelita perdeu-se, Antônia parece que gosta desse destino, por que poupá-las se seus caminhos estavam fechados? Era, ainda, a dívida dos Ramos Constante para com o Senhor? Dívida alta, eu sei. Mas pagar com a alma de crianças? Nunca entendi, embora tenha apreciado ver Isaura chorar a morte de suas sobrinhas, que o Senhor me perdoe.

Se meu cunhado Osimande estivesse vivo, diria que a paz que hoje impera por estas bandas é uma paz de cemitério. E talvez tivesse razão, o sossego é porque a vizinhança vem rareando, ou endoideceu.

Dona Joana Dias é um caso desses. Não tem filhos, e o marido cria abelhas longe daqui. A casa deles vive em perfeito silêncio, tanto agora como sempre, como se habitada por espíritos de luz. Nada indica que um ser de carne o osso viva ali, cozinhando, cozendo, lamentando a própria solidão e talvez a inventar fantasias ou sonhar promiscuidades. Joana parece ter medo da noite, dorme com todas as luzes acesas, a casa hermeticamente fechada. Não pode ser para evitar intrusos. Não há intrusos em Floral da Serra. Tenho para mim que ela tem medo de ver seus sonhos revelados, como por encanto. Dá pena. Uma mulher sem filhos é uma espécie de meia-mulher, alguém que não se provou diante dos homens e do Senhor. Mesmo as putas da Rua das Flores procriam de vez em quando, o orfanato já emancipou para lá de trezentos bastardinhos, filhos de gente graúda que os cabelos ou os olhos ou o jeito de andar denunciam, mas sobre quem as putas se calam. Porque o Senhor não poria mulher no mundo se não fosse para preservar a espécie, levar adiante seus desígnios insondáveis, não é mesmo? Pelo menos é como eu penso.

A compreensão disso, essa verdade cristalina, pode enlouquecer uma mulher, e talvez seja esse o caso de Joana Dias, que cria e recria suas fantasias no mais absoluto silêncio, como se numa clausura. Quase nunca a vejo, o que é espantoso, porque estou sempre aqui. Quando dá o ar da graça, sinto a espinha queimar, ela é uma aparição. Sua pele branca expõe as veias que alimentam seu corpo franzino, o sangue azul e talvez sôfrego a fugir de seu coração ressequido. Foi uma mulher bonita, a Joana. Bonita demais, dessas de fazer o cidadão perder o queixo. Claro, não como Isaura Constante, mas Joana concorria com Florenciana nos concursos de beleza daqui. É verdade que perdia, que Flor era um desses eventos raros, inexplicáveis... Inatingíveis. Ninguém jamais teve o porte, a elegância, a nobreza de minha irmã. Não, Isaura era mais velha, não contava. Era Flor e Flor e Flor. E Joana, que ficava só um pouco atrás. Foi vice-miss Floral da Serra, vice-miss Rotary, vice miss-Floral Clube. Sempre vice, até minha irmã partir com Beno para a capital, e então reinou absoluta até se casar com Justiniano Dias e se encerrar nessa casa fantasmagórica.

Isso pode mudar, como o Senhor bem sabe, já que nada parece mais artimanha Sua do que a notícia de que o apiário de Justiniano não vai bem. Estão dizendo que ele vai trazer as caixas de abelhas africanas para cá. Ninguém fala nisso abertamente em Floral, mas os subterrâneos da cidade estão em fervura. Abelhas despertam os sentimentos mais contraditórios nas pessoas. Têm aquele corpo arredondado, bonachão, todo riscadinho... Vivem em comunidades perfeitas, de geometria perfeita, em harmonia perfeita. São ordeiras, solidárias, trabalham pelo bem comum, chegam a se sacrificar pela coletividade. Isso é raro de se ver. E se alimentam do néctar de flores, ainda por cima. General Heinz diz que o mel é a ambrosia dos mortais, que comer mel de manhã é o mais próximo que jamais chegaremos do Olimpo. E é disso que as abelhas vivem. São encantadoras sob todos os pontos de vista. Mas vá o Senhor bulir com elas! Podem matar uma pessoa sem piedade, as abelhas. Li outro dia numa *Seleções* que elas fazem isso por uma espécie de automatismo, não precisam de um comando externo, alguma coisa que possa ser identificada e então domada. Atacam, ponto final. As africanas então, nem se fala. Parece que não são domesticáveis, porque não têm memória, não reconhecem odores, gestos, olhares. O dono nada pode em favor delas. Não as alimenta como alimentamos um cão ou um gato, com isso comprando sua lealdade. O criador de abelhas é, na verdade, um estorvo, alguém que se intromete no ciclo natural de vida das colmeias, engana as tinhosas oferecendo a elas uma morada artificial para roubar delas o néctar da vida. É uma espécie de renegado. E talvez isso também faça parte dos medos da cidade, essa capacidade que Justiniano tem de encantar abelhas africanas, manipulá-las sem que lhe façam mal. Isso faz dele algo muito próximo de um bruxo, alguém que pode usar esse poder de outra maneira, por exemplo, contra as pessoas. Sabe o Senhor que é por isso que a cidade fervilha.

Os medos são justificados, as africanas não são de brincadeira. Fico imaginando se o Senhor se recorda do ataque ao nosso macaco Gibão... As abelhas o pegaram numa das mangueiras de tia Geralda e ele morreu na hora, inchado e redondo como uma bola de basquete. Era uma peste, o Gibão. Ninguém jamais soube de onde ele surgiu. Macacos não são muito comuns nestas serras, talvez por causa das secas prolongadas, como essa de agora. Os rios viram caminhos de areia rasgados por gretas mortas, as árvores perdem as folhas, as frutas não chegam nem para os pássaros, deve ser por isso que há poucos bichos peludos por aqui, com exceção dos ratos, obviamente, eles parecem gostar dos bichos peçonhentos que a seca faz brotar do chão. Não sei bem, só sei que Gibão foi um acontecimento. Tinha meses de vida, acho eu, foi tia Geralda quem o encontrou no chafariz da praça. Estava magrinho, despelado, disforme, os olhos saltados para fora como se quisessem se desgarrar, viver por si próprios. A tia levou-o para casa, cuidou dele e em pouco tempo o bichinho estava pelos galhos das poucas árvores daqui. Foi adotado pela cidade inteira, quatro mil e poucos habitantes. Cresceu, engordou de tanta banana que o povo dava, era uma festa. O Pai o ensinou a levantar a saia das moças na rua e Gibão ganhou gosto naquilo. Acho que ele apreciava a algazarra que as meninas faziam, a gritaria e a correria. Mas quem pode dizer o que se passava na cabeça de um macaquinho levado como aquele? Até na Rua das Flores ele ia. Emerenciana tinha sempre um bolo de banana ou de abacaxi na janela. E acho que as meninas aprontavam das suas com ele também. Ciana já estava decadente, suas meninas envelhecidas... Safado do jeito que era aquele mico, não duvido nada.

Era verão quando as abelhas o mataram, e foi um Deus nos acuda. Tia Geralda passou mal, tio Beltrão ligou para doutor Justo, que no caminho até a casa deles passou pela praça e contou a Firmino, que contou a dona Isaltina, que espalhou a notícia. A cidade ficou em pé de guerra. Uma comitiva se formou na praça, as pessoas se aglomeraram, começou aquele tumulto. Em pouco tempo já era um ajuntamento de morte. Quando chegaram aqui, havia bem umas cem pessoas a gritar slogans, ensandecidas pela excitação mútua, os homens a rabiscar sua ira no cascalho com as esporas. Atiçavam uns aos outros levantando uma poeira que o ar parado não dissipava, já ia alta a espiral de insanidade que, por aqui, costuma urdir tragédias... Eu estava exatamente onde estou agora, e obviamente fui intimado para o assalto. Mas não me buli. No meio da turba, distingui Neneco Tinhorão com a enxada, Fernandinho Brasil com o laço de vaquejada enrolado no ombro... Dinho Trigo, num dos flancos, com certeza trazia o facão escondido sob a polaina de couro, assim como Chico Traíra devia estar armado com sua garrucha de dois tiros. Justiniano estava prestes a ser linchado, e não me buli. Minha ração diária de irracionalidade é valiosa, não é para se desperdiçar com ajuntamentos de morte. Os quatro esperavam pelo estopim — um grito, um empurrão, uma cusparada, um pretexto qualquer — para invadir a casa e arrancar Justiniano e Joana de lá e servi-los aos porcos, como já tinham feito outras vezes com gente bem mais importante. Não seria eu a dar o pretexto.

Mas seu Justiniano é homem de sorte. Justo naquele dia, o Pai estava trabalhando no telhado de casa, e lá de cima pediu que a vaga serenasse, pelo amor de Deus! "Minha bisnetinha está dormindo!", ele disse, "tenham piedade da menina, ela não tem culpa de nada!" O Pai não é homem de mentir, o Senhor e a cidade inteira sabem disso. Sarita de fato dormia no quarto da frente, convalescendo de uma pneumonia, que viraria tuberculose semanas depois e... Bem... O Senhor a vê? Aperte os olhos, ela deve estar brincando em seu quintal de nuvens junto às muitas outras crianças que o Senhor levou daqui. É uma de cachinhos de anjo, olhos grandes e nariz escorrendo... Seu couro cabeludo suado tinha um cheiro azedo que inundava minhas narinas quando ela se agarrava a mim, fugindo dos cachorros. Era como Carmelita, dormia em meu colo indiferente a tudo o que sou, e estava doente para sempre.

O Senhor bem sabe por que ela morava conosco... Por diversão, viu de desprendê-la dos pais da maneira mais desgovernada, jogar os ônibus na Grota do Inferno daquela maneira, onde já se viu? Certo, Sarita já estava doente, e levar Ceumar e Mirtilo antes dela talvez tenha evitado outros sofrimentos. Mas, e os demais? Sessenta e sete pessoas, Santo Cristo... Tentaram colocar a culpa no Pai, se não fosse o engenheiro do Exército a cidade teria perdido seu construtor de caminhos. Foi o engenheiro quem apartou o ajuntamento, "a ponte é muito boa, nem um muro de concreto teria segurado os ônibus, a amurada de maçaranduba é até mais resistente" e tudo o mais. É claro que o engenheiro tinha razão, aquilo era obra Sua... Tanto que nunca conseguiram tirar os ônibus do abismo. Dizem que quando chove sobe um cheiro sulfuroso da Grota, algumas almas parece que não desencarnaram, não sei. Eu mesmo nunca senti nada, evito aqueles lados da serra com determinação. Já o Senhor... Deve se gabar das almas conseguidas assim, no atacado, não é?

O certo é que o acidente permaneceu por anos na memória da cidade, não há família por aqui que não tenha perdido um parente ou amigo. De modo que falar em Sarita, órfã de pai e mãe e ainda por cima doente, mexeu com os sentimentos das mulheres que tomavam parte no tumulto. A turba serenou, o pai desceu do telhado em dois movimentos, cabrito que sempre foi, e caminhou até seu Ernesto Patinga, que liderava o lado esquerdo da comitiva. Seu Ernesto era homem de paz, não era como Dinho Trigo, estripador por diversão. Só se enfurecia se farejava uma injustiça. E tinha faro apurado, não ficava inventando regra nem julgava maus os outros por qualquer ninharia. Se liderava um ajuntamento, havia causa, e o povo o seguia. O Pai, que não é bobo, estendeu-lhe a mão. "Tarde, seu Ernesto", ele disse. Estava ofegante da descida do telhado, mas em seu gesto não havia alarme ou exaltação, apesar da mentira que estava prestes a pespegar nos brios de seu Ernesto. "Vocês chegaram tarde", o Pai continuou, "seu Dias foi para a capital vender o mel. Mas dona Joana está com Cotinha na cozinha de casa. Vocês estão todos convidados para um café, o pão de queijo acabou de sair". Houve um chuvisco de conversa na multidão, ouviu-se um frufru de corpos, esporas tilintaram no chão de cascalho. Era fim de tarde, a poeira havia assentado, o céu se estava afogueando para acolher o sol, a umidade era muita, o calor atiçava os ânimos, todos queriam um desfecho rápido. Mas se seu Tércio Vianna dizia que o bruxo não estava aqui, então ele não estava. E ninguém se atreveria a nada contra Joana Dias, se ela estava com a Mãe. Houve algum protesto, um grito de "queimem a casa, queimem os bruxos!", mas ficou nisso. O delegado abriu caminho por entre as gentes, cumprimentou o Pai, disse que aceitava o convite. Os dois passaram por mim sem dizer palavra a caminho da cozinha, onde a Mãe coava o café, que encheu o ar como agora. O pessoal debandou, em cinco minutos era o silêncio outra vez.

Quando Justiniano deu de novo a fuça aos ventos, mais de duas semanas depois, a dor pela morte de Gibão era uma cicatriz. O delegado Militão fez seu trabalho, foi tirar as coisas a limpo, Justiniano jurou pela alma da mãe dele que aquelas não eram suas abelhas, que fora um enxame errante. Ah, se o ajuntamento de dias antes tivesse ouvido que havia enxames errantes de abelhas africanas nestas serras, que não havia como controlá-los! Que poderiam atacar de novo! Justiniano ficou em situação complicada, o Senhor há de convir. Ele trouxera aquela qualidade de abelhas para a cidade, devia ter alguma culpa. Prometeu que bateria a região em busca dos insetos para atraí--los para seu criatório. Se conseguiu, não se sabe. A verdade é que a morte de Gibão ficou pesando por muito tempo na alma da cidade, fantasma agora ressurreto pela intenção de Justiniano de deixar a fazenda que arrenda e trazer para seu quintal os enxames assassinos. Eu mesmo não estou muito contente. Não por medo, que não sou homem disso, mas porque vou perder minha paz, meu sossego. Meu silêncio.

De tudo isso o Senhor está careca e barbudo de saber, mas às vezes acho que Seus olhos se fecharam para nós, então cuido de refrescar Sua memória. A primeira casa rua acima está vazia há pelo menos oito anos, e a seguinte caiu durante a estação das chuvas anos atrás, expulsando a família de seu Maurílio, sua mulher e seus seis filhos chagásicos. A casa, uma tapera com paredes de sopapo parecida com uma em que moramos décadas atrás, um único cômodo com cortinas andrajosas fazendo as vezes de paredes a separar os dois quartos da sala, não suportou a fúria dos ventos. Eu tinha pena de seu Maurílio, homem muito pobre, mas pio, trabalhador e bom pai. Batia a cidade inteira duas vezes por dia puxando sua carrocinha de pneus de bicicleta e caçamba feita de restos de caixotes de feira a pedir garrafas, ferro velho, lista telefônica, jornais lidos ou qualquer coisa que pudesse ser vendida a quilo para seu Carmélio, que vinha num caminhão da capital recolher essas tralhas duas vezes por mês.

Estava sempre doente, o seu Maurílio, mas não lamentei a destruição daquele ninho de barbeiros que era sua casa. Ninguém jamais conseguiu dar jeito naquilo, nem os bombeiros, nem os doutores do Rio de Janeiro, a Fundação Osvaldo Cruz chegou a enviar uma equipe para desempestar a cidade e foi vencida pelos insetos de seu Maurílio. Era como se os barbeiros brotassem espontaneamente do barro que calafetava o bambu trançado ou das folhas de babaçu que cobriam o casebre. Não houve remédio que desse jeito. Lutaram por mais de dois meses, os sabidos da Fundação. Rendidos, sugeriram queimar a casa. Achei aquilo estranho. Eram homens de ciência ou não eram? O fogo é o remédio dos fracos, é o que sempre digo. Por aqui o povo ignorante põe fogo nos campos para renovar os pastos, empobrecendo o solo para as próximas gerações, que já não estão no futuro, porque há séculos essa prática é repetida e repetida a cada ano. Resultado: o gado já não engorda só com a grama, precisa de farinha de osso e ração, como se vaca fosse bicho carnívoro. Sem falar da seca, que leva o fogo para os morros e as poucas florestas que sobraram.

O fogo é para os fracos, os impostores. Diante da proposta dos doutores do Rio de Janeiro, seu Maurílio cuspiu de lado. Nada disse, que era homem de fibra. Simplesmente virou as costas, voltou para seu lar infestado. Depois de algum tempo os barbeiros ganharam gosto em procriar, reapareceram em outras casas. Não conheço ninguém que tenha atribuído a seu Maurílio culpa por isso. A verdade é que os bichinhos não causam comoção por aqui. O barbeiro é nativo destas serras, foi perto daqui que doutor Chagas descobriu a doença que leva seu nome. Logo, é uma sina que carregamos. Como culpar o coitado de seu Maurílio por uma coisa que é, obviamente, obra Sua, um castigo por sabe-se lá que malfeito cometido por gerações ao longo dos séculos?

Ainda assim o prefeito — na época acho que era Orivaldo Constante — sugeriu a seu Maurílio que fosse com a família para uma das fazendas dele por uns tempos. O problema era de saúde pública, a prefeitura financiaria a derrubada da casa e a construção de outra em outro lugar, "está cheio de terreno baldio na cidade, seu Maurílio, é só o senhor escolher", o prefeito disse a ele. Mas as chuvas fizeram o trabalho primeiro, e talvez seu Maurílio tenha pensado que o Senhor o castigava. Desapareceu sem deixar vestígio levando consigo aquele fardo, seis corações chagásicos e a mulher para algum lugar desse vasto Brasil sem dono. O curioso é que, depois disso, o barbeiro parece que começou a desaparecer. Aqui em casa mesmo já não mato um há mais de ano.

Depois das ruínas da casa dos barbeiros há um terreno baldio tomado pelo mato. Há tempos o lixo se acumula nos fundos e os ratos estão proliferando. Com eles veio também um carcará, que assusta as pessoas com seu piado rouco. Bem alimentado, está com as penas luzidias, quando levanta voo é uma proeza, parece domar os ventos. Passa rente ao nosso telhado, como se a me provocar, faz piruetas contra o azul matinal, sobe ao céu em redemoinho com as asas abertas, planando como um urubu-rei... Lá de cima fareja nossos medos... Faz questão de passar por aqui quando retorna, piando alto como se a dizer que o território é dele. Se Licurgo não fosse quem é, eu já o teria convocado para uma caçada e deposto o carcará de sua soberba, porque até Totonho das Cabras ele conseguiu espantar. Há meses não o vejo por aqui. Totonho gostava de pernoitar entre os ratos, e as moças viviam reclamando dele. Exageradas, o pobre não fazia nada de mal. Só mostrava os documentos para elas, aquele pau enorme, aqueles bagos feito bolas de tênis penduradas em bexiga de porco. Acho que algumas até gostavam, não conheço ninguém com credenciais tão avantajadas. E muitas dessas meninas metidas a besta jamais verão outro daquele na vida, maior ou menor, de modo que a maluquice de Totonho é até educativa, uma aula de anatomia masculina para garotas condenadas ao celibato por falta de homem na cidade.

Nasceu com um parafuso a menos, aquele, para azar das moças de família destas serras. Com pai estribado, fazendeiro de respeito em Tardópolis, Totonho teria sido um grande partido, não fosse sua predileção pelas cabras. Era bonito de dar nojo, as meninas o rodeando feito moscas a carne podre... Tinha um rosto de traços delicados, quase femininos, mas o corpo, não, braços fortes, peito largo, moldado nos campos de criação de cavalos, pernas de jogador de futebol. Os olhos eram grandes e negros, os lábios carnudos herdados da mãe ficavam sempre úmidos se ele se enrabichava por uma moça. Andou conosco por uns tempos na boemia, cantava melhor do que eu. Como eu disse, um nojo, o Senhor me perdoe a inveja. Mas a vida ao relento acabou com ele, o Apolo que ele era sumiu na cabeleira encrespada e na sujeira acumulada em sua pele e no cheiro de carniça de sua boca sem dentes.

Totonho gostava daquele terreno e da companhia dos ratos, com quem talvez encontrasse alguma paz de espírito, que todos precisamos. A algazarra das moças era só um excesso. Totonho não me incomodava. Sua presença era quase uma sugestão, como se ele existisse apenas em minhas fantasias. Ele era como Gibão, creio. Provocava as moças só para vê-las pular de susto e gritar com ele. Era também uma maneira de se fazer notar; não fosse por isso, passaria despercebido pela vida e isso não é bom para ninguém, nem mesmo para alguém como ele.

Na esquina acima do terreno baldio, na casinha em meia-água e paredes caiadas com janela e porta de abrir em duas partes, mora minha tia Inaiá. É a irmã caçula da Mãe, o Senhor se lembra dela? De tudo traço os detalhes, porque Sua memória anda fazendo caso de Floral. Ficou viúva muito cedo, a tia Inaiá, e como todas as mulheres por aqui, não se casou de novo. Os dois filhos, Clenildo e Clotilde, moram na capital. Raramente aparecem seus filhos, nem conheço, primos em segundo grau e não os conheço. A esta altura da vida isso já não me magoa, porque gosto de sossego para ler meus romances e minha *Seleções* em paz, mas tenho certeza de que tia Inaiá preferiria ter os netos por perto fazendo algazarra. O silêncio deles é um fardo para ela, porque é o silêncio da falta, da ausência, da ignomínia. É tenso, dolorido, talvez culpado. Imagino se tia Inaiá reza por eles ou por si mesma, responsável que pensa ser pelo abandono em que vive. Mas não é. Ninguém tem culpa pelos filhos que põe no mundo, ao menos é o que dizem. Se o Senhor traça os caminhos, então a mãe é só um veículo, dá passagem aos Seus desígnios, ou como se explicaria que as melhores famílias, e nelas as melhores pessoas, gerem filhos de caráter carcomido e sulfuroso como Clenildo e Clotilde? Aprumaram-se na vida, como se diz, e se encheram de soberba. Clenildo formou-se advogado com ajuda de Florenciana e nunca mais pôs os pés em Floral. Nem para o enterro do pai ele veio. Clotilde até que deu o ar da graça no velório, para desespero de alguns, que dariam um dedo ou um pedaço do nariz por um olhar dela. Mas não foi ao enterro. Disse que não suportaria ver o caixão baixar à cova. A verdade é que a bela estava se coçando para sumir daqui.

Tem disso, viver. Clotilde tinha a beleza de uma miss universo, mas a alma tinha parte com o coisa-ruim. Aqueles encantos criminosos... Podiam matar um homem como eu, que vejo encantos até em joanete e unha encravada. Clotilde não tinha nada disso, tudo nela era a perfeição. Não tenho ideia de onde ela tirou aquela pela branca, sem uma mancha de espinha, uma marca, uma pinta... Ainda menos aqueles olhos azuis, safiras raras. E seu corpo não era como o das outras mulheres da família, esquelético e sem sal. Tinha carne boa de se pegar, dessas que enchem as mãos, resistem ao aperto, tudo durinho, coxas, nádegas, braços, peitos... Ela veio de criança com aquele jeito espevitado, como se tivesse nascido em casa errada. Talvez pensasse que fora trocada no hospital ou coisa assim. Sua presença era um desafio para a imaginação e um desespero para tia Inaiá. Deu trabalho, a menina! Nunca brincava com as primas mais pobres, gostava era da família de seu Hercílio, mais bem de vida naquele tempo, quando o café ainda sustentava seus luxos. Cresceu parecida com eles, não saía da casa de Brício. Quem não sabia da história pensava que Clotilde e Lena, filha mais velha de Brício e Mérida e também loura de olhos azuis, eram irmãs gêmeas. Tia Inaiá nunca coibiu os devaneios insensatos da filha, nunca impôs limites à sua empáfia ou ao seu desejo de ser quem não era. Talvez porque soubesse que a menina era mais forte do que ela. Talvez porque não quisesse mexer no que não compreendia, aquela pessoa estranha nascida de seu próprio ventre para perturbar a ordem natural das coisas.

Clotilde é isso, um desvão. Não surpreendeu que quisesse nos deixar, ir morar na capital com Beno e Florenciana. Queria escola melhor, conforto, distância daqui. Tia Inaiá bem que tentou impedir, quem gosta de ficar sozinha nessa cidade esquecida pelo Senhor? Mas Florenciana convenceu-a de que seria melhor para a menina, que sabia o que fazer para endireitá-la, que podia ler a alma dela, que a menina, no fundo, tinha boa índole, uma mãozinha Sua e tudo se arranjaria... Florenciana sempre convence as pessoas de qualquer coisa, mas vi nos olhos de tia Inaiá que aquilo a magoou, se a menina tinha boa índole, então a criação a estava estragando, não é verdade? A criação de tia Inaiá. Pois nem Florenciana conseguiu dobrar a soberba de Clotilde, menos ainda o Senhor. Não vai aqui nenhuma crítica a minha irmã, apenas reconheço um fato da vida, tão inexorável quanto a manhã que vem de novo me trazer seus encantos. Florenciana é o orgulho desta casa, a mais bem-sucedida, a mais caridosa, a mais amiga, a mais religiosa, tudo que é bom nela é em excesso. Certo, foi-

-se embora cedo, como Clotilde, mas ela e Beno se mudaram para a capital porque os tios dele tinham comércio e oficinas por lá, o cafezal de seu Hercílio não ia dar mesmo para todos os filhos, então fazia sentido ir para lá, não era uma aventura, nem eles nos abandonavam, como fez Clotilde.

Só que Beno é um Ramos Constante como os outros, nunca conseguiu se firmar, sempre dependeu da fibra de Florenciana, de seu talento para fazer dinheiro vendendo comida boa. Tem Sua mão nisso, não tem? Quem mais no mundo é capaz de fazer uma codorna parecer um faisão e um peru ter gosto de nozes com amoras e um simples macarrão parecer um manjar no Olimpo? Essas bruxarias de Flor. Seu restaurante é famoso no Brasil inteiro, filiais no Rio de Janeiro e em São Paulo e tudo o mais, o Senhor sabe melhor do que ninguém, Sua mão lhe esteve sempre estendida. E nada disso lhe subiu à cabeça, ela continua nossa irmã. Paga o aluguel desta casa, ajuda nas contas das outras irmãs e tanta coisa mais. Formou Abílio e Frutuoso, Frutuoso é gerente geral de seus restaurantes, endireitou a vida dos caçulas da família. Florêncio continua com ela, agora que voltou a estudar... Rezo todos os dias para que Florenciana tenha vida longa e com saúde, porque nossa família precisa de sua generosidade, seu coração do tamanho de um caminhão. Mas não acho que tenha agido certo com tia Inaiá. Levar Clotilde daqui foi golpe muito duro. Certo, qualquer um mais bobo teria antecipado esse desfecho. Florenciana era a única prima de quem Clotilde gostava, talvez porque enxergasse nela algo que sabia em si mesma, esse desejo de ser outra pessoa, de viver outra vida, longe daqui, longe de nós. Ou talvez porque Florenciana, como ela, tenha sido abençoada com olhos claros, pele alva, cabelos lisos, dentes alinhados que os lábios finos raramente escondem... Tudo para ela está bom, sempre sorrindo para tudo, sempre ajudando as pessoas. E o nariz! Aquele narizinho que dá vontade de quebrar, em tudo diferente de nós, que carregamos, todos, os genes do Pai, mulato e narigudo como meu avô Serato. Talvez seja disso que Clotilde desgoste, nossa pele escura a denunciar suas origens. Pobre de espírito, a menina. Não atina que o contraste conosco é o melhor espelho de sua formosura, esse sopro Seu a mostrar que uma flor esplendorosa pode nascer do lixo, do caos, da decadência. Ou de uma família como a nossa.

Mas o mundo é imperfeito, como poderia não ser? Clotilde tem alma perversa, entregou seus encantos ao primeiro almofadinha que apareceu. O marido é um homem sem sal, sem luz, sem nada além de dinheiro. Muito dinheiro, é verdade. Veio de Mercedes da capital apanhar a mala dela, que Totonho das Cabras depois encontrou no matagal da Vila dos Leprosos e devolveu a uma tia Inaiá desconsolada. Minha prima não levou nem as calcinhas que a tia bordara com amor de mãe, essa coisa sem par nem substituto. Na verdade, não ficou com uma peça sequer do enxoval comprado a duras penas ao longo de muitos anos de sacrifício por tia Inaiá. Clotilde renegou sua vida entre nós e hoje tem vergonha da família. Isso é muito comum, dizem, mas a gente não espera que aconteça conosco. Os nossos são sempre os melhores, não é mesmo? Os mais corretos, os mais inteligentes, os mais carinhosos, os mais solidários... Clotilde amarrou um paralelepípedo nas ilusões de tia Inaiá, hoje condenada a uma vida desarrazoada.

Do outro lado da rua só o depósito de leite mantém alguma atividade. Está nas mesmas condições que o carro de Licurgo, não sei se resiste muito tempo na mão dele, mal das pernas que anda. Verdade que seu Ferrugem andou rondando Florenciana outra vez, querendo dinheiro, sociedade. Pretexto para chegar perto dela, eu sei. Curgo brinca com fogo. Já provou da ira dos Ramos Constante, devia ter aprendido. Até nisso ele enferrujou, perdeu a memória dos infortúnios e dos passos atravessados... Flor não lhe dará um centavo, nem comprará seu depósito, que vai virar pó, como tudo por aqui. Mas pelo menos o leite do Pai ele não precisa mais trazer, como fazia seu Catulo, pai dele. Licurgo economizou bem dois litros de leite por dia, que é o que o Pai tomava antes da alergia.

Hein? O Senhor não disse nada? Não soprou esse fogo em minha nuca? Sim, estou todo arrepiado, o Senhor vê? Mas não tive culpa no que aconteceu. O Pai parecia um bezerro criado para reprodutor, no café da manhã era leite frio com farinha de milho e mel, no almoço era leite com cachaça para acompanhar o arroz de suã ou a linguiça de porco enchida por seu Josélio e depois por Josinho, seu filho, no jantar era leite batido com polpa de cacau ou com banana e canela, antes de dormir tomava um copo grande de leite quente com conhaque. Dois litros todos os dias. Tio Sorriso brincava com ele, "está querendo branquear, homem?". Meu tio piscava para mim sorrindo de uma orelha a outra, "seu pai deve achar que um dia desses vira do avesso e deixa de ser mulato. As tripas de Tércio devem estar mais brancas que alma de moça virgem…" O Pai desgostava, saía de perto quando tio Sorriso cismava com ele, mas não deixava de tomar seu leite. Até ficar alérgico.

De novo essa friagem na nuca. Não é da brisa, que já não sopra. Vem de dentro, de minhas entranhas, das mesmas imagens de sempre se sucedendo, como num sonho ruim… Tudo muito rápido, o Pai sufocando, a Mãe pulando sobre ele com a punção… Não foi culpa minha. O Senhor não me concebeu ontem, e é de ontem que só consigo comer melancia para convalescer das bebedeiras. Fico aí, semanas, vomitando bílis e melancia. Mas naquele tempo minha dieta nas ressacas era leite e ovos e nada mais, três, quatro dias e estava novo.

Fuço, cavouco, trituro a memória, mas não compreendo. Talvez eu estivesse na capital quando doutor Justo diagnosticou o mal do Pai. Eu podia ficar meses por lá sem dar as caras em Floral, conhecendo moças novas, brincando com as antigas, jogando sinuca, ganhando uns trocados no carteado. Deve ter sido numa sumida dessas que ele soube. As imagens se sucedendo… Vejo tudo claro como agora, as nuvens ralas opostas ao nascente abrindo uma cortina onde projeto as imagens de meu terror. Venho dos braços de Tina. Devem ser seis horas da manhã. O Pai está à mesa do café apertando um cigarro de palha e esperando a Mãe aprontar o mingau de farinha de milho com mel. Ela está no banheiro, talvez reze, não sei bem. O Pai sente meu cheiro, mas não diz palavra.

"Deixa que eu preparo para o senhor", eu digo. Sim, estou bêbado, em minha cabeça uma britadeira pede leite, leite, leite. Eu nunca preparei o mingau do Pai, entendo que ele me olhe de soslaio, o rosto empedrado ainda com raiva de mim. O mingau de leite com farinha de milho o Pai toma frio, não precisa lidar com panelas e essas coisas todas de cozinha que me causam urticária. É deitar a farinha no prato, despejar duas colheres de mel e completar com leite. O Pai gosta de mexer até encontrar o ponto de comer, nem isso me cabe. É fácil.

O estômago aperta, lembro-me do que fiz a ele semanas antes, uma extravagância sem tamanho com uma fortuna que Osimande e eu tínhamos ganhado num carteado na capital, tudo gasto em poucas semanas com as meninas de Cacau, o Pai sem falar comigo desde então. Sinto a culpa agora como antes, faço tudo com a melhor das intenções. Quero o Pai comigo de novo, olhando para mim como o filho que ele aprendeu a amar, mesmo que a contragosto. Como posso saber que um desses litros de leite na geladeira é de cabra, e que o Pai agora só toma leite de cabra? Ele detestava cheiro de cabra, não podia ouvir falar em buchada de bode, quando queria dizer alguma coisa realmente ruim de alguém, dizia que fulano fedia igual a uma cabra prenhe! Quem imaginaria que isso agora é remédio para ele? Meu estômago se retorce, porque o Senhor está sendo desleal comigo. Às cegas, sem saber de nada do que está acontecendo, tenho cinquenta por cento de chances de pegar a garrafa certa. Por que o Senhor não guia minha mão? Ou será que guia? Penso e repenso, mas nunca consegui resolver isso muito bem na minha cabeça. Será que quis aprontar uma comigo? Será que eu ter pego o leite de vaca não foi casual? Será que o Senhor me queria pôr à prova, ver se meu amor pelo Pai era mesmo incondicional como eu tentava provar a mim mesmo depois de torrar com as meninas de Cacau dinheiro bastante para comprar uma casa novinha em folha, de alvenaria e paredes rebocadas com o nome dele talhado com a letra redonda de Idomeneia numa placa de bronze? Nunca saberei. Vejo apenas essa imagem trágica, o leite de vaca vertendo da garrafa sobre a farinha e o mel. Em câmera lenta, o Pai agita a mistura fazendo círculos por toda a extensão do prato fundo de beiras bordadas, presente de tia Geralda nas Bodas de Prata dele e da Mãe. O sol é apenas um anúncio por trás da mangueira do quintal, a cozinha está iluminada pela brasa e as chamas do fogão a lenha, que estrepitam. No ar, esse odor de meus sonhos, misto de bolo de fubá, madeira cuidada com óleo de peroba, penas ferventadas da galinha recém depenada. Lembro-me de tudo, a colher girando em círculos, o pai testando a textura do mingau, seu rosto austero evitando meu olhar, o mau pensamento que ele talvez alimente, incapaz de agradecer o que acabo de fazer...

Ele leva uma colher à boca, e outra e outra. E tudo recomeça na tela diante de mim. Sua garganta fecha, ele sufoca, eu dou um salto para o lado, então na direção dele, tento acudir... Penso que é um ataque de asma, esfrego suas costas, grito calma, Pai, mas o Pai fica roxo, seus lábios esbranquiçados, treme como se estrebuchasse, eu grito socorro, socorro, Idomeneia aparece, começa a gritar também, Odília vem quando ele tenta se levantar da cadeira, mas sem forças cai de joelhos no chão de cimento da cozinha, os vizinhos brotam sabe-se lá de onde e o Pai de joelhos, sem conseguir respirar. Penso que tudo vai acabar aqui, que o Senhor o está chamando, que não há o que fazer, que essa é a crise de asma tão temida e tão esperada e que o levará. A Mãe vem esbaforida, vejo o espanto nos olhos de seu Justiniano Dias diante da velha camisola azul de bolinhas dela, que só deixa de fora suas mãos e cabeça, ela vê o leite sobre a mesa, soma dois mais dois, solta um grito que na hora penso de horror, esparrama os braços abrindo a cena para o que precisa fazer, coisa de que ela devia ter me alertado, por Deus, ela devia ter me alertado!

Doutor Justo tinha dado instruções a ela caso isso acontecesse. "Dona Cotinha", ele dissera a uma Mãe talvez assustada, como me contaria Idomeneia mais tarde, "a senhora preste bem atenção no que vou dizer, porque disso pode depender a vida de seu Tércio. Hoje foi só um susto, mas da próxima vez pode ser... Se a garganta dele fechar de novo, se ele ficar muito tempo sem respirar, se começar a roxear, então é porque a garganta não vai abrir em tempo. A senhora preste bem atenção, dona Cotinha, porque a senhora vai precisar ser forte. Essa punção aqui, a senhora está vendo? A senhora vai levar essa punção com a senhora e deixá-la à vista, num lugar perto de tudo, um lugar que a senhora não precise pensar onde foi que coloquei aquela coisa que o doutor me deu, Deus do céu?! A senhora está me entendendo, dona Cotinha? Essa punção pode salvar a vida de seu Tércio se isso se repetir. Se a garganta dele fechar, se ele começar a roxear, a senhora vai enfiar essa punção aqui, ó", e dizendo isso pusera o dedo na bacia de pele na junção das clavículas da Mãe, e talvez ela tenha sentido um arrepio. "Não tenha medo", doutor Justo prosseguira, "de tão aflito de vontade respirar, seu Tércio não vai sentir nada! E a senhora não vai ficar impressionada com o sangue, vai?"

A Mãe talvez tenha levantado os olhos para o doutor com espanto, ou talvez indignação, e talvez tenha dito "que é isso, doutor, está pensando que sou o quê? Alguma dondoca de cidade grande? Já sangrei porco, cabra, galinha, mexo com sangue todos os dias! Vou lá me impressionar justo com o sangue do meu velho? Onde já se viu? Esse troço, como é que chama mesmo?"

"Punção, dona Cotinha".

"Então, punção. Vou pendurar no pescoço junto da medalha de minha Nossa Senhora. Nunca mais me separo dela, que Deus me ajude!"

Todo o mundo sabia disso, menos eu. Naquele tumulto, Osimande chegando de pijama ainda tonto de nossa noitada na Celestina, as meninas gritando sem parar, Idomeneia rezando um terço aos berros, quando vejo a mãe enfiando aquela coisa na goela do Pai eu penso... Nem sei o que penso, tenho medo até de lembrar, porque a punção é igual à que a Mãe usa para sangrar porcos, só que menor, mais brilhante, uma pequena joia. Vejo aquilo furando o pescoço do Pai e entro em parafuso. "Deus, a Mãe perdeu a noção, está variando!" Passa pela minha cabeça que ela pode estar sonhando, isso acontece muito, aqui em Floral mesmo já houve um caso desses. Numa noite de verão como outra qualquer, chuvosa e quente como eram as noites de verão naquele tempo, quando seu Filipino Sobral acordou estava sobre dona Dalila com o facão na mão. Se eles morassem sozinhos, se os filhos não tivessem acordado com os gritos da mãe, seu Pino, sonâmbulo, teria enterrado a lâmina aguda no peito da esposa, a pessoa que ele venerava mais do que qualquer coisa neste mundo. Por que não seria o caso com a Mãe? Uma idiotice sem tamanho, eu sei, mas é o que me vem à cabeça.

Hoje é fácil dizer de mim para mim "seu burro, era sua mãe, ela não faria nada de mal contra seu pai, ainda mais com toda aquela gente em volta..." Mas eu estou lá, vejo o sangue escorrendo pelo pijama do Pai, aquela coisa mais inusitada e aterradora. Fico desnorteado, penso em Carmelino querendo rasgar João Piloto com sua peixeira de palmo e meio que põe medo até em alma penada, aquela sangueira na perna de João, eu e Osimande segurando os brigões e isso foi agora há pouco no puteiro da Tina, tudo está fresco em meus sentidos... É reação instintiva essa de pular em cima da Mãe para apartá-la do Pai.

E então, Licurgo. Ele estava no depósito quando as meninas começaram a gritar, ouvindo os gritos viera acudir, chegou à cozinha no momento em que a Mãe enfiava a punção no Pai. Quando pulo na direção deles gritando para ela parar pelo amor de Deus, Licurgo corta meu movimento com o braço, o que não é nada para um sujeito forte como ele, que segurava touro pelo pescoço nas vaquejadas. "Você está delirando, Teteco?", ele berra em meu ouvido enquanto esperneio tentando me livrar dele. "Não vê que sua mãe está salvando seu pai?"

O carcará sobrevoa meus pensamentos, piando para eles como se a dizer "cego, você estava cego!" Meu peito suspira. Não tenho lágrimas, sou incapaz de chorar. Tiro a boina de feltro que Florenciana me trouxe de Paris, passo saliva nos dedos, grudo com ela meus cabelos ralos, puxando os fios dos lados para cobrir o cocuruto, o Senhor vê? Cego. Eu estava cego. Não percebera que o velho já não estava roxo, que se punha de pé amparado por Odília, que respirava de novo — agora incomodado pela asma, que sobreveio como se de pirraça —, como se o Senhor não estivesse satisfeito com o infortúnio que me fizera impor ao Pai.

A Mãe me fulmina com um olhar padrasto enquanto me acalmo, pede a Licurgo que desapareça comigo, "tire daqui esse celerado senão lanho ele todo de chicote e ainda jogo sal nas feridas!" Saio sem tomar meu leite, ela vai trocar de roupa para levar o Pai ao hospital. Tudo claro como hoje. Do Pai, nem um olhar sequer. Não até ele claudicar pelo alpendre amparado pela Mãe e por Idomeneia e ganhar a rua onde Licurgo me sacode pelos ombros, tentando me trazer à terra. O Pai se aproxima, com um gesto se esquiva do protesto da Mãe, põe a mão em minha cabeça atordoada. Licurgo me deixa. O Pai é um pouco mais alto do que eu, apesar da corcunda que ganhou depois do acidente. Olho para ele com apreensão. Ele ergue a mão esquerda, com os dedos tapa o buraco no pescoço. Sua voz sai ciciada, indecisa. "Vi a morte de novo", ele diz, e há resignação em seus olhos. "A morte, meu filho. Ela é fria. Negra. Sufocante. Você tornou a trazê-la até mim. Foi Deus, eu sei, mas ele escolheu sua mão".

A Mãe chega perto para ouvir, todos se chegam para ouvir. "Perdoe-me por ter negado meu perdão a você". Licurgo dá outro passo para longe, o Pai respira com dificuldade. "A casa não é importante", ele continua. "Você é. Minha casa é você, Idomeneia, Odília, Florenciana, Cotinha, todos. Esqueça o dinheiro, as coisas que eu disse. Um dia teremos nossa casa, Deus me fez ver com clareza quando a morte soprou em meu ouvido que a vida é um triz". A Mãe quer dizer alguma coisa, ele faz outro gesto de dissuasão. É mestre nisso, o Pai. Suas mãos enormes foram adestradas com paciência no trato da madeira, têm a suavidade das coisas conhecidas. Dissuadem com pouco, às vezes abertas na altura do ombro, mas quase sempre com breve movimento de dedos. "Venha comigo ao hospital, meu filho", ele prossegue, agora segurando meu braço. "Sua Mãe está cansada, vai precisar de sua ajuda".

O sol ainda não saiu, mas pinta as nuvens de meu cinema imaginário, borrando os caminhos que eu poderia ter trilhado. Porque escoltei o Pai até o hospital. Ouvi em silêncio a bronca de doutor Justo. Fiquei com o Pai depois da operação, trouxe-o de volta no fim do dia, ouvi com ele o Repórter Esso, dei-lhe um beijo de boa noite sob os olhares repreensivos da Mãe... Rezei algumas ave-marias, uns padre-nossos... Sentei-me para ler meu livro de guerra, convencido de que o Senhor me dera nova chance. O Pai vira a morte por minhas mãos, e minha desgraça redimira a todos. As meninas, Licurgo, a Mãe, doutor Justo, Osimande, eram todos heróis. E o Pai estava mais perto do Senhor, agora que me perdoara. Lembro-me de ter pensado que não era um mau filho, afinal. Uma sina, talvez. Acordei no meio da noite com o demônio me sacudindo pelos ombros, enfiando o dedo sulfuroso em meu traseiro, soprando fogo em minha boca, rindo seu riso debochado. Debati-me, quanto mais me debatia mais me enredava em suas labaredas, seu hálito de cachaça inundando minhas narinas, a morte sussurrando em meus ouvidos "acorda seu filho de uma égua, acorda, pare de se debater"! Osimande recebeu um soco no nariz no estertor de meu pesadelo, devolveu-me um tapa no ouvido, "você está ficando louco, homem! Acorda dessa modorra, esqueceu o que combinamos? O carteado com seu Herculano?"

Os caminhos que eu poderia ter trilhado... Com o ouvido

zunindo saltei da cama com um pensamento torpe. Pensei que, do Pai, sou filho, e isso é uma condenação. *Coitado do Pai*, lembro-me de ter pensado. Osimande se agitava exasperado, pisando nos lençóis espalhados pelo chão de terra batida. Vesti meu terno branco, calcei meu Vulcabrás reluzente, saí com Osimande pela madrugada bicando a cachaça que ele trouxera de Tardópolis. Fiquei três semanas sem aparecer em casa, nas cartas tirando dinheiro de um parente distante de seu Herculano e dormindo enroscado nas pernas das meninas de Emerenciana. Não reclamei das cabras que precisei ordenhar depois disso, penitência imposta pela Mãe de que só me evadia se estava no eito. Não durou, que o Pai aprendeu a apreciar a espuma do leite se formando no balde, exalando seus perfumes mornos, misto de feno, noz moscada e mofo. Até do cheiro almiscarado das tetas das cabras ele aprendeu a gostar.

Cumprimento o menino Robério, que desce para a escola. É o único que passa por aqui a esta hora da manhã. Sua mãe perdeu as mãos no moedor de cana meses atrás, tentando salvar o gato da vizinha. O garoto acorda cedo para tomar café da manhã com a avó, que mora do outro lado da cidade. Salete se recusa a deixar a casa onde enterrou o marido. Sem mãos, pode pouco na cozinha. Doutor Justo está velhinho, mas ainda pensa. Convocou seu Enautério e juntos improvisaram umas garras que ela prende com couro nos braços e antebraços. O ferreiro fez um bom trabalho, com elas Salete consegue arrumar a casa, revirar a terra para plantar o milho e levantar as amarras de cana quando colhidas. Mas já não pode cortá-las. A pessoa precisa de duas mãos hábeis para podar a cana, um talho na base, um talho no alto, zapt e zupt, em um minuto o carro está cheio. Apesar disso, dona Margarida não a despediu. Tem dívidas demais para com o Senhor, dona Margarida. Todas herdadas de seu Thirso, mas se ela se acha culpada de tudo, é porque é. Tanta coisa ruim fez aquele demônio. Não gosto nem de lembrar.

As cabras balem, a Mãe deve estar dando a elas o feno trazido por seu Anselmo. O Pai dá sempre os mesmos nomes a suas cabras, Madrinha e Carambola. Perdi a conta de quantas tivemos. As atuais foram presente de Plínio, que morava na casa da esquina de baixo.

Ainda mora, mas acho que dessa vez ele não volta do hospício, incapaz de superar a morte de Clarisse. Até as galinhas se foram, deixaram no ar um cheiro de enganar moscas. Sobraram duas e um galo, que eu trouxe aqui para casa, que as moças são boas poedeiras e gosto de ovos cozidos. Antes, tinham sido os porcos. Posso ver Plínio sair amarrado daqui, a boca a espumar e xingar os doutores do asilo. Foi a primeira vez... A Mãe cuidou dos porcos dele por uns tempos, levando sobras de nossa comida. Os bichos tornaram a engordar, deram cria. Mas Plínio voltou e não houve jeito. Tirando a porca prenhe que tia Inaiá levou, os outros morreram de fome. Depois foram os coelhos. Ainda sinto o cheiro deles no ar. Foi estranho o modo como morreram, os pobres. Amontoados num canto grudados uns nos outros, como se a morte lhes tivesse dado uma ordem unida — "Todos para o fundo do quintal, vamos! Acelerado! Um, dois, um dois!" — e então lhes passado a foice certeira num golpe misericordioso. Antes de atear fogo à gasolina que jogara sobre os bichinhos, o sargento Amaral veio me chamar para ver aquilo, que de tão inusitado lhe parecia obra do coisa-ruim. Também achei esquisito, mas a teoria do sargento me pareceu destelhada. Eu disse a ele que o demônio tinha trabalho demais com nossas almas, por que se interessaria por coelhos?

"Já imaginou?", eu disse a um Amaral ressabiado, "basta um casal de almas de coelhos para infestar o inferno de coelhinhos. Você acha que o capeta quer uma coisa dessas, seu inferno cheio de coelhinhos peludos com orelhas cor-de-rosa e olhos mortiços, como se pedissem um favor, tire a gente daqui, pelo amor de Deus? No meu modo de ver", eu completei, sem muita convicção, "de tanto sofrer nas mãos de Plínio esses coitadinhos estão é no colo do Senhor". Minha falta de convicção permanece, porque aquela imagem — os bichinhos só pele e osso acantonados junto ao muro de tijolos aparentes que dividia o quintal de Plínio em duas partes para separar as criações — está comigo até hoje. Ainda não compreendo por que eles viram de se juntar para esperar, juntos, esse evento inescapável que é a morte.

Tenho para mim que isso de morrer é algo que cada qual deve cuidar por si mesmo, homem ou bicho. É assunto privado, cada um de nós com o Senhor. Não é o que dizem? Que cada um será julgado por seus pecados e só por eles? O Senhor não promoveria um julgamento no atacado, os hereges de um lado, os parricidas de outro, os ladrões mais adiante na vasta antessala do juízo final, todos esperando uma sentença inespecífica, que não levará em conta os atenuantes de cada caso. Não pode ser assim... É o que eu penso, pelo menos, se o Senhor me permite. Por que então os coelhos de Plínio decidiram morrer de fome ao mesmo tempo e no mesmo lugar?

Pensei muito nisso por uns tempos. Pode ser que tenham atendido a um mandamento qualquer inacessível a nós, uma lei sua, própria da espécie, ou talvez restrita ao plantel de Plínio, como se tivessem criado um código secreto em retaliação ao dono que os estava maltratando, decidindo morrer todos ao mesmo tempo. Ou pode ser que tenham sentido medo no momento final, cada qual procurando um lugar para se esconder do destino inevitável e encontrando, ao acaso, o mesmo lugar que seu parceiro de infortúnio. Ou então pegaram a mesma doença, e ao mesmo tempo. Dizem que coelho é bicho frágil. Não sei. Sei que aqueles coelhinhos amontoados mexeram comigo. Ainda mais que esperei o sargento Amaral riscar o fósforo, vi o fogo lamber os corpos ressequidos, senti o cheiro nauseabundo de carne queimando...

Sou um idiota, devia ter ido embora antes. Agora era tarde, minhas pernas tremiam, se eu desse um passo cairia estatelado no cascalho da rua. Eu estava relendo um romance do general Heinz, aquele em que ele lamenta o fim da guerra, porque não sentirá mais "o perfume que sai dos fornos crematórios", e lembrar disso naquela hora me revirou o estômago. Perfume... O general Heinz é um sádico excomungado, não sei por que vivo relendo suas histórias. Senti aquele frio fora de hora, como se a morte me estivesse espiando, ou espreitando, então fiquei lá, catatônico, olhando o fogo consumir os bichinhos. Lá pelas tantas o sargento Amaral deu-se por satisfeito, despediu-se, deixou-me ali com meus pecados. Aquilo levou horas...

Já é a terceira internação de Plínio, e parece que ele deixou de comer. Doutor Justo não deu um mês de vida a ele. Pena, porque gosto dele, de sua teimosia e sua falta de jeito com as pessoas. Fez poucos amigos, então me aproximei mais dele depois da morte de Clarisse. Um homem não pode viver sem mulher e sem amigos. Uma coisa ou outra, tudo bem, mas as duas? Não há juízo que suporte. Tentei de tudo, até na Rua das Flores o levei, em vão, obviamente. Plínio deve ter feito algum acordo com o Senhor, ou talvez Clarisse o esteja chamando com muita insistência.

Por via das dúvidas, pedi a Firmino que mande uma turma limpar sua casa, alguém ainda pode ficar doente. Mas o prefeito está nos dias, começou a beber no domingo. Ele é como eu, bebe de invernadas, vamos ficar sem administrador por pelo menos dois meses, que é o tempo que ele aguenta até entrar em coma e baixar ao hospital. Com isso, a casa de Plínio está largada, assim como a casa em frente, já no quarteirão de baixo, e as duas outras mais para cima do depósito de Licurgo, nossa vizinhança desaparecendo. E não é só aqui. Há anos a cidade vem perdendo moradores. Os homens, chegando a certa idade, se vão, em busca de melhor sorte. Quem morre não é reposto, já não há famílias como a nossa, dez, quinze filhos, talvez porque as pessoas não vejam mais graça no mundo, não queiram ver seus filhos a penar por aqui. Fiz até uma brincadeira com o prefeito, disse a ele que pregasse uma placa no trevo da estrada que leva à capital: "Visite Floral da Serra antes que acabe". Firmino não gostou nada, não fosse o Julinho da dona Neide ele me teria quebrado de novo o nariz com o taco de sinuca. Mas eu não disse aquilo por mal. Qualquer um por aqui sabe que Floral tem sangue podre, não vai durar muito. Não admira que o Senhor nos tenha abandonado. Que para nós não reserve nem mesmo pensamentos ruins.

O cheiro de café torrando... A Mãe não precisou nem de três dias para secar os grãos ao sol, que a estiagem está muita, e agora posso ouvir o torrefador que seu Hercílio nos deu girando por suas mãos cansadas, a lenha estrepitando no fogão de pedra que o Pai plantou na cozinha. Homem bom, seu Hercílio. Nesses anos todos, não falhou uma vez sequer. No dia da morte de dona Diná ele velou o corpo a noite toda, depois ponteou o cortejo fúnebre, trocou de lugar com os irmãos na levada do esquife sem nunca abandoná-lo, chorou como uma criança quando cantei *Dos gardenias para ti*, minha última homenagem a ela, jogou a primeira pá de cal sobre o caixão de jacarandá envernizado que guardaria sua mãe para sempre e no início da tarde estava aqui, com a saca de café do mês. Como se cumprisse uma promessa ou uma sina. Como se, não vindo, visse incontinente as labaredas do Demo a lamber suas esperanças, sua eternidade de outro modo luminosa.

Homem bom. Do café que nos traz, um terço de saca a Mãe beneficia, a outra parte vende para o armazém de Netinho. Antigamente isso ajudava nas contas da casa, mas com o café no preço que está, bem que seu Hercílio podia trazer uma saca maior... Não estou reclamando, me perdoe o Senhor. É só essa nostalgia... Eu gostava de ver a Mãe voltar do armazém com o rosto afogueado, como se Totonho das Cabras lhe tivesse mostrado as partes, ou como se tentasse esconder alguma coisa do Senhor, um pecado indizível que ela guardava na bolsinha de couro rosa que Florenciana lhe dera de presente e que hoje está esfarelando de velha. Rodeava o alpendre como se a se esgueirar por entre arbustos de um cerrado denso, soterrava minhas intenções com um olhar de esguelha, trancafiava-se no quarto por longos minutos e por fim seguia para a cozinha com um sorriso entre triunfante e amedrontado, que deixava transparecer seus pensamentos para ela pecaminosos.

Então eu sabia que a saca de café havia rendido o suficiente para algum plano mirabolante, como dar de presente uma renda de bilro a Florenciana, um livro a Frutuoso, uma sandália de couro ao Pai, ou quem sabe fazer uma festa de aniversário para uma das netas. Vez por outra sobrava para mim, que o Senhor é pai. Nunca muito, o troco da renda ou do livro ou da sandália, o bastante para uma farra com as meninas de Emerenciana. Não que precise pagar por elas, nada disso. Enquanto Ciana e Tina estiverem vivas, não preciso de dinheiro para me deitar com suas moças, já não tão meninas assim. Mas pelo presentinho, tratam a gente de outro jeito, as putas. Se a gente chega com um presentinho, um adorno para os cabelos, um brinco, um anel... De lata, de cobre, de papelão, não importa. Seu Belaustário relojoeiro nunca cobrava pelas gravações que eu lhe pedia, gosto de pensar que por meus encantos, não por ele ser compadre do Pai. Julejane, Jordana, Clarinalda, Darlineia, Arlequina, Tauriana... Nomes gravados com a letra floreada de seu Belaustário. Mulher da vida é como qualquer outra. Faz que acredita que você pensou nela, que perdeu seu tempo com ela, que a amou em pensamento, mesmo se enodoado pelo desejo de fazer alguma coisa bem suja entre as pernas dela. Perdi a conta de quantas rainhas ungi com os presentinhos lastreados nas sacas de café de seu Hercílio, o nome delas bordado nos anéis de lata. É pena que o café esteja valendo esse nadica de nada. Torrar café tem arte.

Tentei aprender, que o café é amigo fiel nas noitadas. Mas na cozinha sou um fiasco, a começar por isso de atear fogo à lenha. Desde criança espio a Mãe juntar gravetos e capim seco nos chumaços em forma de bola de meia que ela depõe em lugares estratégicos sob as trempes de ferro do fogão, depois amontoar as lascas e as ripas de madeira num desenho assimétrico, todo improvável, e então acender cada chumaço como se fosse um estopim de uma bomba de grandes proporções, numa rapidez de deixar tonta a criança que eu era, o jovem que fui, o adulto e, por fim, esse velho encarquilhado. O fogo lambe as ripas de vários calibres num passe de mágica, em segundos tudo crocita anunciando que o dia renasce.

Nunca fui capaz de acender o fogo dessa maneira. Nas noites maldormidas no sítio de Abel o homem do fogo era Osimande, às vezes o próprio Abel, às vezes seu Hercílio ou um de seus filhos mais velhos. Eu mesmo, nunca. Gosto de apreciar o fogo, as chamas se debatendo para escapar da madeira que as aprisiona, como se quisessem subir soltas e livres para o céu, talvez sonhando acoitar-se com as estrelas ou apenas flamar por aí sem rumo, querendo surpreender amantes nas moitas ou nas esquinas escuras da cidade, iluminar, quem sabe, a consciência de alguns, que há muitos precisados disso em Floral. Mas se depender de mim, elas, as chamas, nunca serão. Nunca brotarão da madeira como essa espécie de alma, alma quente, inquieta, bruxuleante, enigmática.

Levo minha vida longe do fogão, essa coisa inerte a caçoar de meus fracassos. A Mãe, não. Atiça o fogo com a mesma arte de um Ronivaldo Feliz, que Nossa Senhora dos Mortos o vele. Com o café é igual. Ela conhece a qualidade do grão só de olhar. Isso pode variar muito de um ano para o outro, o que é extraordinário, porque café para mim é tudo uma coisa só. Mas a insolação, as chuvas, até o vento, tudo influencia... "Se a pessoa não souber distinguir isso no grão", posso ver a Mãe ensinando a Florenciana, "a secagem pode ser pouca ou em excesso, e então o café fica insosso. Torrar demais pode matar os odores, de menos deixa a infusão com gosto de pano de chão". Miudinha e branquinha, Flor ficava na ponta dos pés, as mãozinhas apoiadas na beira do fogão, os olhinhos brilhando das chamas que brotavam de sua curiosidade infinita... Aprendia tudo num passe de mágica, aquela; o café dela é como o da Mãe, esse odor que é uma infinidade, polifônico e misterioso. Sei que o Senhor não pode sentir o cheiro do carvalho... O chocolate... Deve ter outras coisas que não consigo identificar, meu nariz nunca foi muito bom. Mas chocolate sei que há, no fim das invernadas só consigo botar no bico bebida doce: licor de menta, licor de laranja, licor de cacau... Sim, é o cheiro de licor de cacau que a brisa fresca da manhã sopra em minhas narinas. Gosto de pensar que nisso estou em vantagem com relação ao Senhor, que não conhece o prazer da anunciação de um novo dia pelos odores que a Mãe me traz. Para o Senhor, não há fim ou princípio, é tudo um fluir infindo. O Senhor me perdoe, mas não deve ser muito bom isso de tudo ver e tudo ouvir sem nada sentir, o calor, o frio, o cheiro do mato quando a chuva cai. Deve ser por isso que o Senhor fica brincando com meus caminhos.

Acordo sobressaltado, meu livro no chão... Estava mesmo achando estranho Licurgo de novo por aqui cheirando a pano de chão e a gritar por Florenciana, brandindo um anel de lata com o nome dela gravado por seu Belaustário em letras floreadas e incandescentes. Licurgo nunca entendeu minha irmã. A vida inteira vaticinei tragédias nos encontros deles, mais de uma vez o vi com um tridente nas mãos... Que chatice, cochilei de novo!... Desta vez sem sonhos, apenas a mesma luz azulada de sempre, como se eu mergulhasse num mar de Blue Curaçao. Um lado meu caçoa de mim quando penso nisso, mas tenho para mim que cada nova manhã só não é aterradora ou insuportavelmente angustiante porque sei que tudo estará como sempre foi.

Florenciana é quem diz que a noite não passa de um instante na vida do dia. É como se o dia se perturbasse por alguma coisa e fechasse os olhos por um momento, talvez incapaz de se haver com seus segredos, suas promessas. Vivi minha vida à noite, essa imagem me foi sempre estrangeira. Mas, ultimamente, não sei... O mar de Curação todas as manhãs, esse recomeço sem fim... Isso de o dia piscar até que não é tão disparatado. As coisas não estão como estavam antes de a noite cair? Neste exato momento... Os pardais, a brisa, a poeira em redemoinho rua abaixo... Não está tudo igual? O marulho dos grãos no torrefador é mais que confirmação desse fato inexorável. Hoje, sou incapaz de imaginar como seria a vida sem essa suave expectativa de todas as manhãs. Tudo o mais deixou de ser o que era em Floral, mas a rotina de nossa morada é teimosa, e a rotina é necessária na vida de uma pessoa. Como o sol, nascendo todos os dias. Osimande deve estar caçoando de mim no inferno, cochichando com o coisa-ruim que depois de velho dei para pensar estultices, urdir teias de aranha.

Pois diga ao Demo que não lamento nossas andanças, meu cunhado. Nem renego o alento n'alma que era chegar em casa e ter meus sentidos inundados pelo marulho do café torrando, o fogo crepitando, a manivela girando pela mão cansada da Mãe, tudo a dizer que eu era eu mesmo outra vez. Gostava disso. Na boemia, você num átimo se despega de si. Sei de muita gente que se jogou de penhasco, se enforcou em árvore, se atirou na frente da maria-fumaça em meio a alucinações aterradoras. Gente fugindo de fantasma ou de um naco sujo da alma... Chegar em casa pela manhã me reconciliava com os eus que perdia nas noitadas. Sempre gostei de saber que o Pai vai acordar daqui a pouco, que vou ouvir sua tosse rouca da asma, pior nesta seca. Que suas sandálias o levarão do quarto à cozinha onde a Mãe já terá coado o café... Ela gritará meu nome, eu me juntarei a eles. Como em todo recomeço. Rezo todos os dias por isso. Para agradecer e para preservar, mesmo que o Senhor já não tenha ouvidos para mim.

Somos uma família abençoada, apesar do Senhor. O Pai é querido na cidade, recebemos ajuda de toda a gente. Tem seu Hercílio que vem com o café, Licurgo com a cachaça e a nata para a manteiga, mas tem também Netinho do Armazém, que nos dá farinha de trigo e fermento para o pão. Zequinha das Mortes, do Frigorífico, fornece o charque, a banha e a suã para o arroz do Pai. Quando aparece por aqui, Serjão da dona Mafalda traz frutas secas, queijo, uma infinidade de doces em calda, até botina para o Pai ele já trouxe... Justiniano nos dá o mel. O açúcar é de dona Margarida, que gere o único engenho de cana que sobrou por estas serras além do de Licurgo, mas o dele é só para a cachaça, que o preço do açúcar só não está pior do que o do café. E muito mais gente ajuda de modo eventual.

Afora dona Margarida, que tem problemas de consciência, nunca compreendi muito bem essa solidariedade desprendida do povo daqui. Quer dizer, quando éramos dez crianças espremidas naquelas casas minúsculas, infestadas de barbeiros, a ajuda talvez fosse uma necessidade. Funcionário da prefeitura como o Pai ganha salário mínimo até hoje, não chega para doze bocas. Mas quase todo mundo tinha pencas de filhos por aqui, e havia gente mais pobre do que nós. Seu Nestorano, por exemplo. Também era funcionário da prefeitura na função de capinar ruas, catar lixo, limpar calçadas, manter o asseio da cidade. Depois da morte de dona Cleuzira — ninguém me tira da cabeça que foi de fome, mesmo doutor Justo garantindo que foi de complicação do parto de Calípio —, seu salário tinha que chegar para 16 bocas, a dele e as dos filhos encapetados. Pois tenho certeza de que o Senhor não dá notícia de seu Hercílio doando café ou Netinho dando farinha ou Zequinha dando um osso de boi que seja para a família de seu Nestorano, então ou nunca. Seu Maurílio então, coitado! A meninada vivia jogando água de esgoto nele, o povo ridicava garrafas e ferro-velho, ele penava para juntar os trocados que chegassem para dar de comer aos filhos chagásicos.

Por que essa predileção por nós? A Mãe diz que "nessas coisas de Deus é melhor não bulir. Reze, agradeça e siga seu destino". Ela tem razão, mas meus botões sabem o que penso. Para mim, tudo é por causa da abnegação do Pai. Ele nunca reclamou de nada, nunca pensou nos filhos como um fardo ou um castigo, como seu Nestorano. Antes pelo contrário. Para onde ia levava as meninas na rabeira, "vamos, vocês precisam aprender a viver". O Pai estava em toda parte, ajudava quem precisasse de uma reforma no telhado, um remendo na porta, um pé de cômoda ou um banco para a cozinha, e isso sem cobrar nada. Nunca, jamais. Um cafezinho, um bolo de fubá para as meninas, um suco de manga, um caldo de cana, uma cachaça. Era o que bastava. E as meninas sempre com ele, felizes da vida. Eram muito bonitas, minhas irmãs. Florenciana era aquela coisinha de rasgar os olhos de quem duvidasse da existência do Senhor. Parecia uma bonequinha com seus cabelos cacheados, louros por uns anos, os olhos acinzentados e meio transparentes olhando fundo na alma das pessoas, o sorriso pleno costurado nos lábios... Um sorriso de luz... Que hoje está como o olho do tiziu, ninguém sabe, ninguém viu. E não demorou nada, Flor nasceu com vocação para entender os outros, perdoar seus pecados, de sua boca só saem palavras de conforto ou reprimenda ou pesar, como se ela fosse uma espécie de padre, caridosa e tudo o mais, mas... Não sei, eu a preferia sorrindo. Por que caminhos o Senhor a terá levado, acho que jamais saberei. Mas devem ter sido bem danosos...

Odília já era diferente. Uma de nós, como Florenciana nunca foi. Tinha cabelos pretos e fartos, o Senhor se recorda? E da pele morena e dos olhos escuros como as noites de inverno? Aquele fogo no corpo... Estava sempre a pular e a correr e a transbordar de energia; quando ria, era para se acabar de rir. Desbocada demais... Provou com gosto as fivelas dos cintos do pai. Antuérpia era o oposto, acanhada como um caramujo, pelo menos até começar a namorar. Certo, não devia ser fácil conviver com a imponência de Florenciana e o brilho de Odília. Mas Antuérpia era um equilíbrio, o Pai gostava de contar histórias para ela, que a tudo ouvia maravilhada e sem piscar. As três juntas eram uma coisa de se ver... Continuam, mas é diferente... Antuérpia casou-se com o imprestável do Cistelino, enterrou sua juventude e sua cisma naquela fazenda dos infernos. Embuchou, perdeu a luz, sua pele é uma cinza. Flor e Odília ainda atraem os olhares, mas na infância... Na infância somos como anjos. As pessoas se achegam, passam a mão na cabeça da gente, pegam a gente no colo, contam histórias, riem das coisas que a gente fala, acham tudo uma gracinha... Ninguém olha para você pensando no que você vai se transformar e julgando seus atos infantis como se fossem os de um adulto idiota ou cínico. Ninguém olha para você como se você fosse uma promessa ou um fracasso antecipado.

Quer dizer, há quem acredite que o que você será pode ser visto muito cedo, mas isso é uma dúvida. Dona Semires era uma que cismava poder dizer o futuro da pessoa ainda bebê, ainda na barriga da mãe. "O destino do infeliz está traçado antes de a luz ferir seus olhos" ela dizia. "Com cinco anos posso ver o adulto, vejo tudo, atos e pensamentos". Nunca acreditei nela. Ficava descorçoado com sua arrogância charlatã. Pela dúvida, sempre tive a bruxa em boa conta. Quando morreu fui ao velório com flores, que Emerenciana pediu, "anda, Teteco, você sabe que não posso com os mortos, leve essas flores para mim", tudo por medo de que a dita cumprisse do além a promessa de botar fogo em seu puteiro. "Aquela mulher tinha parte com o Demo! Disse que eu morreria de morte horrível, que sofreria os piores suplícios antes de queimar nas labaredas do inferno!" Fui com as flores por Emerenciana, mas também porque não me lembrava do futuro que ela desenhara para mim.

Se meus fantasmas me perguntarem, ou o Senhor, direi sempre que o trunfo dos videntes é nossa memória madrasta. A bruxa disse coisas sobre mim ao Pai quando nasci, coisas que ele me contou quando fiz dez anos, como se aquilo interessasse a um menino espoleta como eu era, que gostava mesmo era de tirar bicho-de-pé, jogar futebol na várzea que ladeava o matadouro, nadar nos açudes das fazendas dos Constante, soltar barcos de papel nas enxurradas depois das chuvas de verão, empinar pipas, caçar calangos com bodoque… Não me lembro de nenhum vaticínio. No velório, esperei por um sinal dela. Depus as flores a seus pés como Ciana me pedira e esperei.

Havia pouca gente, a bruxa não se casara, não tinha filhos. Jonialdo e Antióquio estavam lá comendo e bebendo, ratos de velório que eram. Ao lado do corpo havia uma senhora que eu nunca vira antes, devia ter vindo das redondezas, não há quem eu não conheça em Floral. Padre Hermógenes estava de joelhos, a cabeça nas mãos constritas, contra o caixão. Sem coroas de flores, guirlandas ou velas perfumadas, o ar estava empestado. Padre Hermógenes saiu, eu me aproximei. Cheguei perto dos lábios dela. Saí, tomei um café, de volta tornei a encarar seus lábios, seus olhos. Estava mortinha, a dona Semires. Ela pode ter acertado tudo sobre mim, mas pode ter errado tudo também. E de que isso me serviu? De nada. Lembro-me apenas da angústia que as palavras do Pai provocaram em meu peito infantil. Mais nada. Posso ter cumprido o destino traçado por dona Semires, mas posso estar rindo dela sem saber, veja como dá para borrar o rabisco torto da vida, sua bruxa… Quer dizer, o Senhor não teria traçado um destino como o meu, teria? A não ser para se divertir... Mas descontando a bruxa, o certo é que, em criança, a gente vive nessa espécie de redoma, todos nos tratam como se fôssemos bons, como se não tivéssemos pecados, como se nossos pensamentos fossem puros, fôssemos anjinhos. Mesmo ela, a bruxa, me chamava assim: "Vem, anjinho, senta no colo da tia Sema, vou contar uma historinha", e vinha com fadas e duendes, bruxas e castelos, fantasmas e mulas sem cabeça, essas coisas do mundo das crianças... Da redoma. Era assim com o Pai e minhas irmãs, lindas como anjos grudadas nele onde quer que ele estivesse. Isso deve ter ajudado a construir o carinho da cidade pelo Pai. E depois, o tempo passado, nascidas Amália e Idomeneia, as filhas de Tércio do Carmo Vianna ganharam corpo, formosura, perderam a aura da infância, ganharam outra, mais valiosa, por assim dizer. Viraram alvo da cobiça de toda classe de gente, dos abastados Ramos Constante ao coitado do Licurgo, perdido por Florenciana desde menino e que pensou em se matar quando ela escolheu Beno Constante e foi-se com ele para a capital. Amália foi a última a se casar, e das mulheres apenas Idomeneia continua solteira. A hora dela chegará, o Senhor sabe melhor, ela ainda é bonita, apesar de esquálida, tem caráter e continua virgem, o que não deixa de ser extraordinário numa cidade como a nossa. O Pai deve se orgulhar do que fez, criar cinco mulheres na pobreza e mantê-las castas à espera do melhor partido. Não, o Senhor não precisa me lembrar de que Odília não se casou virgem, mas isso não foi culpa do Pai. Aquela nasceu pulando, saía às escondidas nas madrugadas apesar de todos os cuidados da Mãe e de Florenciana. Pintava e bordava com Osimande, caiu vítima de seu bandolim enfeitiçado, fazer o quê? Mas, pelo menos, deitou-se com o futuro marido, logo, é como se tivesse se casado virgem, a cerimônia ocorrendo com algum atraso, só isso. E permanece fiel a ele, mesmo depois de todos esses anos de viuvez, como o Senhor também está cansado de saber. Mulher de fibra, a Odília. Todas o são, e isso elas devem ao Pai. Tenho para mim que a cidade nos ajuda como uma espécie de reconhecimento pelo que fez o Pai, sua abnegação, sua retidão, seu caráter gravado fundo na alma de suas filhas. São ideias minhas, esse fio teço sem Seu consentimento, e devo estar errado, como em tudo o mais. Porque o ajutório continua mesmo hoje, quando já não há precisão. Temos Florenciana, de coração do tamanho do mundo, a tomar conta de nós, então só pode ser por magia que todos continuam a nos presentear. Abel Constante também pensa assim. "Licurgo não continuaria trazendo a nata toda semana", ele me disse mais de uma vez, "se não estivesse, como todos os outros, preso em alguma espécie de encantamento, cada qual atado ao outro por um fio invisível manipulado por uma entidade externa, poderosa, milagrosa. Fico pensando no que aconteceria se algum deles se rebelasse, se parasse de doar. Netinho, por exemplo. Se ele parasse de levar a farinha toda semana, como fez com os escovões de chão que dava a Idomeneia... Pode ser que toda a teia se desfizesse. Pode ser que o mundo virasse de pernas para o ar, ficasse avermelhado. Talvez Floral se acabasse".

Abel vem perdendo o senso das coisas nos últimos tempos, mas nisso acho que ele tem razão. Seu Hercílio é outro. Mês entra, mês sai, está ele aqui com a saca de café para a Mãe. Por ele, a teia que enfeitiça a grã-finagem de Floral nunca se descoserá. Acho que por causa do orgulho que ele sente de Florenciana... O Senhor não me entenda mal. Seu Hercílio bem que merece meus maus pensamentos, mas esse não é um deles. O Senhor sabe que Flor acabou ocupando o lugar da filha que ele tentou plantar nas ancas estreitas de suas finadas esposas. Dona Alcina morreu dando à luz Bernardo, disso o Senhor se lembrará, porque viu de punir o menino pelo que o pai fez a Abel. Enrolar o cordão umbilical no pescoço do bebê, sufocá-lo daquele jeito... Maldade. O garoto não tinha culpa de nada. Ficou entrevado em contorcionismos excruciantes naquela cadeira de rodas por mais de quinze anos... Só pode ter sido obra Sua. E o Senhor sabe também que seu Hercílio só se casou de novo depois da morte do garoto por insistência de dona Renilda. Casamento inesperado. Era jovem, dona Renilda, não tinha trinta anos, mas era pessoa de encalhar. Tinha uma conversa insossa, uns olhos de bagre, um corpo estranho, desproporcional. Os vestidos daquele tempo escondiam as moças, mas sei ler os volumes, havia ancas de menos no andar meio pendido dela. Não nascera para parir. Batata. Quase morreu durante a gravidez de Cilinho, e não deu conta de expelir Berenaldo, tirado dela já morta por um doutor Justo inconsolável. Pura teimosia de seu

Hercílio. Depois de cinco filhos homens, queria porque queria uma menina. Atiçou o coisa-ruim, deu no que deu.

Entende-se que ele escolha Florenciana para filha. Ai de quem falar alguma coisa de mal dela com ele por perto. É chamar para a briga incontinente, e seu Hercílio não é homem disso, não mesmo. A pessoa precisa provocar muito para ele se bulir do cantinho de onde aprecia o mundo, ele e seu cigarro de palha. O Senhor não foi dos mais justos com ele, mas ninguém nunca ouviu seu Hercílio reclamar dos próprios infortúnios, chorar pelos cantos a tragédia que se amontoou sobre os Ramos Constante depois da morte de seu Herculano. Nadinha. Recebeu tudo com a resignação de um boi de cercado. Homem de paz. Nunca andou armado como andavam seu Humberto e seu Berilo, que nos espelhos da casa deles se viam barões do café e na rua se estribavam em empáfia e valentia, para desespero de seu Herculano. Seu Hercílio, não. Gostava pouco de farra, não caía em provocação, era dos poucos que esnobavam nossas serestas. Não bebia quando os irmãos estavam bebendo, que alguém precisava estar sóbrio para apartar as brigas nas festas que eles davam. Podia ter se candidatado a padre, não é verdade?

Mas bastava botar Florenciana no meio que o sangue dele fervia. Licurgo foi um que se dobrou a essa obsessão. Sonho sempre com isso em meus cochilos ao longo do dia, sempre com as mesmas cores, seu Hercílio pulando sobre Licurgo depois de quebrar a garrafa de cerveja no balcão do bar, como nesses filmes de faroeste. "Retire o que você disse, seu moleque!", ele berra com uma voz rascante de todos desconhecida, o rosto vermelho, a veia saltando no pescoço. "Retire agora ou corto sua jugular na frente de todo mundo!" Em meus sonhos é isso que ele grita, mas o que aconteceu mesmo, não se sabe bem. A música abria os tímpanos, toda a gente no salão cantava "Alalaô-ôôô-ôôô, mas que calô-ôôô-ôôô…" Nada se ouviu direito. A banda parou de tocar quando o povo formou aquele círculo em volta dos dois, seu Hercílio com os joelhos no peito de um Licurgo petrificado. Licurgo, imbatível nas vaquejadas. Licurgo, que agarrava touro à unha… Sucumbindo à fúria de seu Hercílio.

O Senhor sabe que o Floral Clube ainda está lá, na subida da Tibério Constante, a rua de paralelepípedos que leva ao Parque de

Exposições… O Parque… O Senhor me perdoe um volteio: tenho saudades daquilo. Posso sentir os cheiros das festas de exposição… Estrume de boi, perfume barato das meninas, urina, fumaça de churrasco de novilho precoce, gordura pingando na brasa… A música, a poeira levantada pelo trânsito do povo… Clotilde, ainda menina, passava macela na vasta cabeleira ondulada para tê-la sempre loura… Eu gostava do perfume de seus cabelos, ainda não sabia onde eles a levariam, seu desdém por tia Inaiá, então andava com ela para baixo e para cima, ela se saracoteando por entre as mesas encurraladas dos botecos improvisados no alto de um dos morros do parque. Anita (ou Cacau ou Joana) chorava por Abel Constante e suas lágrimas eram irisadas pela luz negra da Panela de Pressão. Nossa Paprê. Zoraide se pendurava em meu pescoço depois da segunda pinga… Tinha cheiro de pia entupida, a Zoraide, se eu estava com ela é porque tinha bebido muito.

Não, não são a mesma coisa, o Parque e o Floral Clube, mas sonho com os dois, alternando. Talvez porque estivesse com Zoraide no dia da briga de seu Hercílio com Licurgo… E também estava com ela na tragédia da Panela de Pressão, aquela gente toda se pisoteando, se rasgando, se esfaqueando para sair com vida da boate em chamas. Ninguém nunca soube o que aconteceu, mas não precisa pensar muito. Aquela oca de sapê e palha trançada era uma fogueira à espera da fagulha que a acendesse. Vinte e sete mortos, uma centena de gente queimada, quebrada, deformada… Maldade do Senhor… Zoraide ficou presa no banheiro, foi uma das últimas a ser encontrada. Morreu sem sentir, doutor Justo garantiu. Acreditei nele, mas não achei justo. Zoraide não era mulher da vida, não merecia morte de bruxa ou meretriz. Mas isso foi depois. Agora ela crava as unhas em meu braço, gruda o corpo suado no meu, "será que ele vai matar o Licurgo, Teteco? Será que ele tem coragem?". Penso em dizer a ela que é carnaval, que coragem é mercadoria rara, mas o grito de seu Hercílio limpa meus pensamentos. Essas imagens vêm sempre assim em meus sonhos, então devem mesmo ter acontecido assim.

Então. Antes da reinauguração, o salão do Floral Clube nos bailes de carnaval era um defumador de toucinho, aquela fumaceira de cigarro e gelo seco sufocando os foliões num apertume azedo.

Mas naquela noite da briga de seu Hercílio, tudo era novidade, diferença. O Clube fora reformado meses antes, estava maior, chique de dar orgulho. Até ali, ninguém tivera olhos para ver o quanto estava decadente, senão, talvez, o prefeito Sabino. O hábito é siamês da decadência e da morte, como meu sobrinho Cláudio gosta de dizer. É dado a filosofias, o Alemão, e quando toma umas brancas destrança a língua como se estivesse num púlpito. Ele fala que, por hábito, a pessoa só se dá conta que encarquilhou quando já é tarde demais. "A gente se habitua com os maus-tratos do tempo, tio Teteco. Não é como as traças, que furam um buraco em sua camisa da noite pro dia. O tempo destrói devagar. Acho que ele tem medo de ser surpreendido a se marcar nas coisas, nas pessoas. O que ele quer, mesmo, bem lá no fundo de sua alma de tempo, é surpreender o infeliz quando já for tarde demais. Então, a pessoa olha no espelho e descobre que foi ludibriado, e que a artimanha do tempo foi simplesmente o hábito".

Sempre dou razão ao Alemão, que não sou bobo nem nada. A escada que levava ao salão de baile do Clube era prova de que ele estava certo... Posso vê-la agora, o Senhor vem comigo? Penetro no clube pela porta principal de ferro fundido, com vitrais azuis e vermelhos na parte de cima e arabescos floridos na altura dos olhos. Agora estou no hall ovalado, que dá acesso à bilheteria do lado esquerdo e à administração ao centro. A escadaria em madeira de lei está à minha direita, três lances virando sempre à esquerda até o corredor de acesso aos banheiros. Galgo os degraus, vejo a grande porta em arco que se abre para o salão de baile. Como o corrimão da escada, a porta foi entalhada por um artista da capital, nela há uma mata cheia de querubins rodeando um fauno de olhos efeminados e orelhas de abano. Dizem que o corrimão é uma obra de arte. Para mim, não passa de um corrimão familiar, que absorveu o sebo das milhares de mãos que amparou na subida alegre para as festas, ou na descida claudicante depois dos excessos de bebida, ano após ano, festa após festa, cada dia uma finíssima e imperceptível camada de sebo se acumulando sobre a do dia anterior, escondendo do povo que do corrimão já nada resta do interesse artístico que talvez tenha tido, que isso não passa de um pau ensebado, amigo das quedas, dos enjoos e das brincadeiras das crianças nas festas de aniversário das tardes de domingo.

As paredes também exibem essas chagas. As quinas perderam o fio e a cor, a cal foi substituída pela marca indistinta de anônimos e infinitos corpos, braços, cotovelos e mãos que por anos se encostaram, relaram, se seguraram ou se apoiaram nelas por cansaço ou preguiça, para um beijo ou um soluço, por descuido ou acaso, para evitar uma queda ou apressá-la, que muita cabeça teve de se haver com aquelas paredes nas brigas de fim de noite. E tudo isso está ali, impresso, de forma… Imperceptível. Como não concordar com o Alemãozinho? O tempo é como o Senhor… Não estou me queixando, não me compreenda mal. Outro dia reapareceu por aqui o ferreiro Gentil, o Senhor se lembra dele? Tinha bem uns trinta anos que não dava as caras em Floral. Está gordo, enrugado, careca, manco de uma perna, roupas malcuidadas. Veio tomar uma pinga pelos velhos tempos, mas eu não estava bebendo. Ele chegou, me mediu de alto a baixo, abriu os braços, pensei que ia me abraçar. Mas ele disse apenas: "Como você envelheceu, seu pinguço de uma égua". Aquilo não me tirou do sério. Devolvi o mesmo olhar de escrutínio. *Gentil não tem espelho em casa*, pensei comigo. Tornei a me sentar, ele entrou para um dedo de prosa com o Pai. "O hábito é isso", ouço o Alemão repetir, "a gente envelhece nos olhos dos outros. Nosso espelho não denuncia". Pois então, nosso Clube era como nós, seu estado era natural como as rugas no rosto do Pai. De modo que não sabíamos que ele estava decadente até prefeito Sabino Constante decidir reformá-lo.

Do clube antigo, só ficou a lembrança. Fachada, portas, vitrais, escadaria, corredores, salão de baile, tudo veio abaixo. Participei de um ou outro protesto contra a obra, não liderei nada, que não sou disso, mas fui na onda, não sei bem por quê. Por Abel, talvez. Com ele eu repetia nas mesas de bar o que se dizia nas ruas, que era um atrevimento de prefeito Sabino bulir com a ordem natural das coisas, trazer abaixo a alma de Floral, provocar a ira dos mortos que velavam pelo Clube. Seu Castilho publicou os números em seu matutino: quarenta e sete passamentos desde a fundação, em 1891. Os motivos: um tombo na escada, oito tiros no peito, dois na cabeça, sete pelas costas, três ataques do coração, dois suicídios, doze degolas, seis pessoas atiradas pela janela, outro tanto sem registro… Não eram coisas bonitas de se lembrar. "Mas uma cidade é seus vivos e seus mortos", seu Castilho escreveu, no dia em que soube dos planos do prefeito. "Quarenta e sete acidentes em oito ou nove centenas de festas e eventos não é uma cifra tão alta. Cada infortúnio está gravado nos corredores do Floral Clube, em seu salão de baile, na escadaria de Mestre Vivaldino, na porta de ferro fundido artificiada na Inglaterra... Ontem mesmo subi contrito aqueles degraus majestosos que o tempo marcou, o coração apertado como se me penitenciasse nas escadarias da Torre de Belém. Ouse o alcaide lisboeta sequer pensar em tocar naqueles degraus medievais! Antes de arder no quinto círculo do Inferno, será estripado pela turba enfurecida, suas vísceras serão lançadas aos cães!"

O texto de seu Castilho virou motivo de chacota, mas foi afixado nos postes da cidade, lido nos bares, nos puteiros, no coreto da praça. Incrível como o povo pode ser tão ignorante. Parece que só prefeito Sabino tinha olhos para ver, então não se dobrou. Fez a reforma, e no fim até que não ficou ruim. Com a anexação da sala contígua, que antes era usada para reuniões políticas e para a jogatina clandestina, e com a derrubada de um dos banheiros, o salão de baile quase dobrou de tamanho. Trocaram os tacos do assoalho por mármore, ficou tudo lisinho. Até ali — e eu já nem me atinava com isso —, andávamos com cuidado pelo salão, por causa da infinidade de tacos soltos ou desaparecidos, alguns em razão das brigas, que foi muita gente que saiu dali ferido por taco voador. O bar também cresceu, ganhou um balcão de zinco como nos bares franceses, como Alemãozinho diz que há. O teto ficou mais alto, nele penduraram umas coisas estranhas — "ameboides, seu ignorante", prefeito Sabino me disse no dia da inauguração, "é a última moda na capital" —, ameboides, que seja, luzes coloridas sobre o palco, tudo tinindo de novo.

De modo que a briga de seu Hercílio, por inusitada, não ficou na memória da cidade por si mesma. Muito do que se disse dela ganhou mais tintas por causa do cenário renovado do Floral Clube, que deve ter ofuscado também o Senhor. O Senhor estava de olho em Florenciana, não estava? Pois então. Como as luzes se acendessem quando a banda parou de tocar, e eram novas luzes, mais brancas, mais fortes; e como as paredes, de uma brancura virginal, e o chão de mármore, claro e muito brilhante, parecessem que multiplicavam a claridade e a excitação das pessoas, formadas em círculo em volta daquela cena insólita, iluminada como num sonho em que o sol tivesse chegado muito perto da gente e a gente pensasse que ficara cego de tanto ver; e como Licurgo parecesse feito de gelo, quando todos esperávamos que ele fizesse algo como dobrar seu Hercílio em dois, ou quebrar a mão que apertava seu pescoço, ou que trançasse os braços em torno daquele que o tentava subjugar; como, portanto, tudo era novidade aos olhos dos floralenses, tudo ficou superlativo, desproporcional, fora deste mundo.

Porque, o Senhor sabe, briga, mesmo, não houve, o que contam foi inventado. Não é verdade que seu Hercílio segurou Licurgo como se fosse um touro xucro. Não é verdade que Licurgo se debateu e esperneou como se sufocasse sob o jugo da manzorra de seu Hercílio, que nem tem mão tão grande assim. Nem é verdade que Licurgo tenha enfim desmaiado de tanto medo, essas coisas que às vezes sucedem com os covardes, alguns se borrando, outros se mijando de terror como se vissem onça pintada. Licurgo simplesmente ficou ali, petrificado sob o luzeiro novo, incapaz de reagir, de falar palavra ou palavrão, seu Hercílio espumando pelo canto da boca. Ninguém teve coragem de apartar, que ninguém jamais tinha visto nada parecido antes.

Em Floral, briga a gente aparta quando conhece os brigões, sabe o que eles podem. Fosse Vitalino Brito ou Serjão da dona Mafalda, naquele tempo um garoto dos mais esquentados, a briga não teria seguimento, o povo já teria apartado, porque, deixados, brigavam para matar. Outros, como Santinho Dias, irmão de seu Justiniano, e Carlão Tremoço, que a maria-fumaça matou, já eram menos perigosos, mas a turba apartava, porque deixavam a pessoa bem machucada. Mas aquilo era diferente. Seu Hercílio, roxo como um repolho, o caco de garrafa já marcando o pescoço de Licurgo, berrando "retire o que você disse e retire agora!", ninguém jamais vira. Estavam todos como Licurgo, petrificados pela surpresa.

Licurgo depois contaria a sua versão, que a de seu Hercílio nunca se ouviu, as razões mantenho cá comigo em meus pensamentos. Licurgo conta que estava no bar esperando a cerveja que pedira, seu Hercílio conversava com Florenciana, a banda quente, Senetino se esgoelando ao microfone, que se tudo era novo, o som do Clube permanecia ruim como dantes. Beno talvez estivesse no banheiro, ou quem sabe dançasse com Odília, na época ainda menina, mas já impossível de se vigiar, melhor que o futuro cunhado tomasse conta. Florenciana estava bem perto de Licurgo, o cotovelo enterrado no balcão de zinco, a fantasia de colombina que Beno lhe dera roçando o braço dele quando ela ria das coisas que seu Hercílio falava, "e Flor ri e o mundo se acaba, não é Teteco?", Licurgo me diria, ousado que só ele de chamar minha irmã de Flor, que nem mesmo Beno era disso. "Não posso com aqueles dentes miudinhos dela, aqueles lábios fininhos, aquele narizinho delicado. Sua irmã é uma joia, não é? Uma joia lapidada pelo Demo! Foi o que eu disse a ela, mas disse baixinho, não imaginei que seu Hercílio escutaria. Minha Flor, eu disse no ouvido dela, você é bonita demais... Bonita demais! Boniteza assim não pode ser coisa de Deus! Você é coisa do coisa-ruim!"

Um erro, Licurgo cometera. Erro dos mais equivocados, o Senhor não concorda? E bastou ouvir essas palavras tortas para a imagem do fauno de olhar efeminado turvar meus miolos. Sim, porque Licurgo ficara feliz com a reforma do Clube. Acho que fora dos únicos. E por quê? Por causa da porta, por ele destruída a machadadas. Florenciana amava aquela porta, via alguma coisa nos olhos do fauno que ninguém mais via. "Ele não é um anjo", ela dissera a Odília na festa de quinze anos de Isaura Constante, uma das tantas em que perdi Isaura ao me perder. "Não, Dilinha, ele não é um anjo. É um menino triste", Flor falava e contemplava o fauno com o peito opresso, a respiração em suspenso. Tinha onze anos, havia outras crianças por ali, mas apenas Odília lhe dava atenção. As outras tinham os olhos eletrizados pelo vestido de tafetá de Isaura Constante, a tiara de pérolas de Isaura Constante, os passos arredondados de Isaura Constante a dançar o "Danúbio Azul" com seu Herculano. "Veja como ele olha para a fonte...", Flor continuou, indiferente à princesa que rodava e rodava sob as luzes cansadas do Floral Clube. "Ele está tão tristinho..." Não havia fonte na floresta entalhada na madeira, disso me lembro bem. O fauno olhava para o alto, onde os querubins tramavam... seu destino, talvez, mas isso me parecia de todo indiferente. Eu não tinha olhos para o fauno, estava como todos, a atenção ancorada em Isaura. Mas meus ouvidos estavam atentos às meninas. "Ele perdeu alguma coisa", Florenciana disse baixinho. "Seu amor, sua fadinha, talvez sua alma..." Odília persignou-se, eu achei aquilo bem engraçado. "Os querubins talvez estejam levando ela embora. Um fauno sem alma e de coração despedaçado". Ela suspirou, a música cessou, Isaura agradeceu os aplausos com um sorriso perolado. "Sonho com ele todas as noites", minha irmã continuou, e sua voz foi ouvida pelos que estavam à porta e também pelas outras crianças, que se voltaram para ela, Licurgo o mais atento dentre elas. "Às vezes acordo chorando, porque ele é um fauno muito triste..."

Tinha onze anos, Florenciana, e já lendo a alma dos faunos. Licurgo, que vivia rodeando minha irmã, ouviu aquilo com rancor, o Senhor sabe melhor do que eu. E fez gravetos do fauno e seus querubins quando prefeito Sabino derrubou o Clube, depois queimou tudo nos fornos da antiga olaria de seu Catulo, que morreu inocente da paixão do filho. E o Senhor sabe que o Floral Clube caiu anos depois da festa de Isaura, não é? Pois Licurgo guardou pela eternidade o ciúme do fauno efeminado! Descontou naquele carnaval, soprando asnices no ouvidinho de minha irmã. Florenciana deve ter se assustado, fez um gesto brusco, segundo Licurgo para agredi-lo, mas ela nunca agrediu ninguém na vida, com gestos ou palavras, Licurgo estava mesmo era se excedendo. Ele a segurou pelos pulsos, disse que iria com ela até o inferno, que lá eles fariam o que ele podia ler nos olhos dela. "É o que você quer, não é minha Flor?", Licurgo teria falado alto, e esse teria sido seu segundo erro, "abrir esses seus gambitos para mim sob as bênçãos do coisa-ruim, foi o que eu perguntei a ela, Teteco, mas perguntei assim, por perguntar, não era de verdade. Era carnaval... A gente não pode nem brincar mais com as pessoas no carnaval? Foi uma brincadeira... De mau gosto, reconheço, mas eu já disse coisa muito pior para moças tão ou mais castas que sua irmãzinha..."

Licurgo refletiu um pouco, os olhos dele se encheram. No bar da praça estávamos todos mortos de curiosidade, mas fingindo indiferença para não melindrar o infeliz, que disse "não... Não existe pessoa mais casta que sua irmã... Reconheço... Foi um erro... E quando dei por mim seu Hercílio estava com os joelhos no meu peito". Sem saída e surpreso — Licurgo nunca reconheceu que sentiu medo —, pedira desculpas, "sim, pelo amor de Deus, desculpe-me, retiro o que eu disse, pelo amor de Deus, retiro o que eu disse!", e ficara repetindo isso, mesmo quando seu Hercílio já deixava o salão com Odília, Beno e Florenciana.

É disso, a pinga, o Senhor sabe... Vive soprando bobagens nos cornos dos tolos. Florenciana de tudo leva para casa, até desaforo, caridosa e compreensiva que é, mas não uma ofensa como aquela. Pode ser que Licurgo não tivesse mesmo intenção de ofender, que era carnaval, e carnaval é magia, fica tudo em suspenso, o bem, o mal, a vergonha, a castidade, o certo, o errado, os sonhos, a decência, tudo. Mesmo alguém como minha irmã, que era linda, linda, linda de morrer, mas casta como a Mãe de Seu Filho, poderia acolher alguém como Licurgo e suas palavras, de outra maneira impróprias. Quem sabe ela lhe sorrisse seu sorriso lindo de lábios finos e dentes pequenos? Quem sabe seus olhos cinzentos não o encarassem com alguma concupiscência, ou talvez fúria, assim destroçando seu coração apaixonado? Ah, que glorioso teria sido um olhar raivoso de sua linda Flor, algum movimento que lhe indicasse que suas palavras tinham penetrado aquele peito de aço, provocado algum reboliço nas entranhas intocadas de minha irmã! Mas, não. Ela não olhara para ele com fúria nem desdém. "Ela me olhou com nojo, Teteco", Licurgo terminaria aquela conversa, entristecido. "Com asco, como se eu fosse um verme a rastejar na merda. Foi isso que me desmontou. Foi o que roubou minhas forças". Lembro-me de cada palavra dele... "Como se eu fosse um verme rastejante..." Também já ouvi isso de Isaura Constante, como poderia esquecer?

Passaram-se muitos anos antes que seu Hercílio voltasse a dirigir a palavra a Licurgo, e isso também foi por causa da marvada, que como a de Licurgo não há igual nestas serras, talvez no país inteiro. A pinga é para todos os males. Muitos são por causa dela, mas quantos ela não cura? A que os apartou mais tarde os reaproximou. Mas vejo as coisas como elas são, seu Hercílio despreza Licurgo. Prefere vê-lo morto, é pensamento meu, que vai comigo em meu caminho. Uma ideia maldita, eu sei. Por causa de um, o outro se descobriu capaz de matar, revelação terrível para alguém como seu Hercílio. Isso de querer matar alguém acaba aproximando as pessoas. Revela o que talvez sejamos desde sempre. O general Heinz vive dizendo que somos todos assassinos adormecidos, reprimidos em nosso desejo de morte pelo olhar de gente como minha irmã Florenciana, sua bondade a toda prova. Ou de Nossa Senhora dos Mortos, que vela as almas do cemitério com aquela beatitude súplice, como se a dizer "não matarás, não matarás!", o que nos enche de culpa ou medo. Sei que seu Hercílio não gosta da sensação de se ter reconhecido no espelho de um Licurgo, que é o mesmo de um Vitalino Brito, gente com sangue de gente nas mãos. Bem no fundo, lá no mais profundo, o pai de Beno se acha melhor do que todos nós. Pensamento rude, eu sei, o Senhor me perdoe se sou injusto. Meus lábios jamais cuspirão essas ideias. Seu Hercílio é o elo forte da teia que mantém a cidade enredada nessa magia que a todos obriga, como se a casa do Pai fosse a manjedoura sagrada, e nós, os filhos Seus.

O Pai se levantou, e com ele minha aflição. Desde que a seca começou, ele sofre de dar pena. Não é toda noite que acordo com suas crises, mas se acordo fico assustado com a respiração ofegante dele, como se seu peito estivesse cheio d'água ou de areia. Noite passada ele não sofreu tanto, e dou graças ao Senhor, mas não ponho isso na conta de minha dívida para consigo, nem de Sua atenção para com este Seu servo nem tão humilde assim. Se rezo pelo Pai todas as noites, pelo menos aquelas em que estou sóbrio, é por teimosia. Compreendo que o Senhor não tenha olhos para mim, minha fé não é digna, mas o que tem o Pai com isso? Não é culpa dele. Onde o Senhor esconde Sua bondade? Aquela que Seu Filho nos ensinou, onde a guarda? Já Lhe disse milhares de vezes que não tomaria isso como um sinal, uma concessão, um reconhecimento, um perdão. Mas não adianta, meus pedidos parece que encontram uma laje de concreto armado no caminho, não chegam ao Senhor como os de Florenciana ou da Mãe. Se dependesse do tanto que rezo o Pai teria o pulmão de um nadador, estaria lépido e rijo para as meninas de Emerenciana, que a Mãe nunca se importou com as escapadas dele. Morro de pena. Ouço sua sandália triscar o cimento da sala, subir o degrau do corredor que leva à cozinha, seu passo meditado, talvez resignado, como se ele carregasse uma daquelas enormes bolas de chumbo que o general

Heinz amarrava nos tornozelos dos fujões de seu campo de concentração. Homem sem alma, o general Heinz. Fico arrepiado de pensar naquelas mulheres, crianças, jovens, velhos, pintores, advogados, operários, músicos, banqueiros, boêmios, comunistas, ciganos, todos nus trancados numa câmara de gás à espera da morte, sua respiração ficando impossível como a do Pai, e então penso que o Senhor não é pai, é padrasto, ou não teria permitido que os nazistas fizessem o que fizeram, assim como não deveria tolerar sofrimento como esse do Pai. Mas esse pensamento nunca dura muito tempo, porque seu Tércio do Carmo Vianna não parece se importar, não vive sua sufocação como um infortúnio. Vê nisso desígnio Seu, insondável como todos os outros. E essa é daquelas coisas que tiram o sono da gente. O Senhor, quero dizer. E o sofrimento do Pai. E os nazistas.

Abel Constante diz que tenho uma fixação mórbida pelos nazistas, que esses livros de guerra que leio são vício mais pernicioso que a pinga, porque corroem o espírito. Não é analfabeto, o Abel, não diz isso por ignorância. Sabe que um homem precisa se instruir, que a cultura é o sal da alma. Não sei por que ele implica com minhas *Seleções*, meus livros de bangue-bangue, meu general Heinz. Só pode ser para puxar assunto, esticar conversa em fim de noite, ou encantar as moças. Dos filhos de seu Herculano é o único que terminou os estudos. Resistiu, o Senhor é testemunha. Foram oito anos até se formar. No final, aprendeu as leis, que não lhe são de muita serventia, mas conheceu também outras coisas… Coisas de ocultismo, bruxaria. "O irracional, Teteco", ele gostava de dizer depois de uns uísques, "o irracional!"

Sim, o irracional. Vivo às suas beiras, sinto seu perfume iodado, ouço seu canto melodioso… "Em meu navio não há mastro onde me amarre ou cera bastante que me vede os ouvidos. É um mar revolto, o irracional, nunca vou saber se me lanço nele por destemor ou covardia. Apenas me lanço". São de Alemãozinho essas palavras, estão na carta que ele me enviou da Alemanha no ano passado. Ele também é chegado a uma beira de abismo. Mas Abel? Se eu tivesse estudado como ele não teria perdido meu tempo com alguém como eu numa cidade como Floral, essa nau sem mastros nem velas, remadores ou capitão. Uma vez lhe perguntei… Não sou disso, não me meto na vida dos outros. Observo, anoto nos miolos, guardo meus pensamentos. Mas perguntei, a curiosidade me carcomia desde que ele regressara da capital. "E seu diploma, homem? Oito anos estudando leis para se enterrar nesta cidade sem lei? Isso é mesmo de uma irracionalidade jumenta!"

Ainda posso ouvir sua gargalhada zombeteira, que me pareceu pedante, porque me senti diminuído, levado por ele a um lugar que eu não reconhecia como digno dele. Pois no bar somos todos iguais, embora não a Seus olhos, que nos julgarão diferente, cada qual destinado a seu círculo próprio na morada do Demo. No bar, as meninas, castas ou putas, os doutores, os analfabetos, os cães, os gatos, os covardes... Os assassinos... Somos todos iguais, temos os mesmos direitos, podemos dizer e pensar o que nos parecer, cada qual que se avenha com as consequências das sensibilidades afrontadas. E elas não tardam, o Senhor sabe. Ganham formas. Viram peixeiras afiadas, punhos cerrados, palavras rudes, olhares indiferentes, risadas desdenhosas. Como a de Abel em resposta à minha pergunta, como se eu fosse um ignorante analfabeto incapaz de compreender sua decisão, para ele perfeitamente lógica.

Durou pouco, aquilo, Abel é gente de bem, percebeu minha azia. "Estudei para doutor", ele disse, desinflando, "mas isso de lei é bobagem, meu amigo. O mundo não se guia por leis. O mundo é indecifrável, esquisito, tortuoso. Lei é preto no branco, e isso não é deste mundo. Nem a lei dos homens, nem a lei de Deus. Ou você acha que Moisés desceu mesmo do Sinai com aquelas tábuas enormes nas mãos, seiscentas e vinte letras redondinhas para a sua tribo ler e obedecer? Como é que Deus escreveria em tábuas de pedra? Com raios, dizem, mas isso é complicado, mexe com forças ocultas. Deus tudo pode, mas tábuas de pedra entalhadas com raios? Qual nada! Moisés não desceu com as leis escritas, já prontas. Em meu modo de ver..." — alguém gritou na rua, houve tumulto, pessoas deixaram o bar para assuntar. Abel parou, pigarreou, abaixou a cabeça, olhou para o lado, prosseguiu como se segredasse algo muito sujo ou perigoso, com isso prendendo a atenção de todos nós —, "em meu modo de ver Moisés foi escrevinhando enquanto vagava pelo deserto, dia após dia, ano após ano, um mundo velho de leis que ele inventava, impunha ao povo que o seguia, que as obedecia por um tempo e então se rebelava, porque as leis não serviam para fugitivos no deserto. Então ele foi lapidando aquilo aos poucos, testando o que prestava e o que fomentava a revolta, tirando uma palavra aqui, uma lei ali, acrescentando outra até que, no final, chegou àquilo, as Tábuas da Lei. Não tenho dúvida, foi ele quem entalhou aquelas palavras. Deus não teve nada a ver com isso. Porque Deus, Teteco..."

Abel interrompeu-se outra vez, como costumava fazer depois de algumas frases sinceras. Ajeitou-se na cadeira, com um sinal pediu a Ananias outro uísque. Nessas horas ele virava catedrático, aquele olhar sobranceiro, como se refletisse sobre algo realmente importante ou recuperasse uma ideia submersa em seu cérebro empapado de álcool. Seus gestos se arredondavam, ele se via rodeado de doutores e não de gente como eu e as meninas da Cacau, que ciscavam por ali até dar a hora delas. Joaninha era a mais ligada, pingava de paixão pelos olhos de Abel. Ele era mesmo um portento, sou o primeiro a concordar. Tinha peito de atleta, gestos decididos, olhares incisivos, mãos atentas. Joaninha não tirava os olhos dos dedos dele, talvez imaginando outros filamentos, e é claro que não compreendia uma palavra dos discursos de meu amigo. Era um dom, esse. Abel se dava pelos gestos e pela voz musical, tudo muito eloquente para nossa Joaninha, a quem as letras, aliás, não faziam falta. Não mesmo. Tenho para mim que letras e mulheres da vida não combinam, mas isso o Senhor não tem como saber. Putas letradas têm ideias, sonhos, pensam em se casar. "Venha com seus cavalos me tirar daqui, Teteco", Janaína me pediu certa feita, "vou com você para onde você quiser, sou sua Madame Bovary!", como se eu fosse um príncipe encantado e não o que sou, esse sapo de brejo, de ambições no rés do brejo. Joaninha não era assim. Aferroava os olhos nos volteios corporais de Abel e estava tudo certo.

"Porque Deus não é dado a bruxarias", ele continuaria naquela noite depois de outro gole em seu Old Parr, "e isso de usar raios como caneta é coisa de bruxo, não é não? Como a Rainha Má da "Branca de Neve", movendo os braços e com eles as nuvens e com elas a tempestade e então os trovões e os raios que a transformavam em bruxa comedora de ratos. Pois então, Deus não é assim. São Suas leis, não estou negando isso, mas não foi Ele quem as talhou. Foi Moisés! Moisés e sua soberba! E quem segue aquilo hoje em dia? Quer coisa melhor do que bulir com mulher dos outros? Do que pular a cerca de vez em quando? Do que dizer uma mentirinha em nome de Deus? E olha que isso leva a gente direto pro inferno! Direto e reto! Pois eu lhe digo, se for verdade, se for mesmo capital isso de bulir com a mulher dos outros, contar uma mentirinha sobre alguém, então não tem um floralense no céu. Unzinho que seja. E agora você veja, se ninguém segue as leis de Deus, imagina as leis dos homens! Aí é que esse negócio de lei não presta pra nada mesmo. É preto no branco para inglês ver. Lei é coisa do dia a dia, a gente vai testando, isso pode, aquilo não pode, aquilo talvez... O resto é titica de galinha."

Não compreendo por que Abel dizia tais asnices. Talvez para fugir de si mesmo... Ou pode ser que acreditasse mesmo que o Senhor não se daria ao trabalho de trovejar as leis que eu passei a vida desobedecendo. Nosso profeta... Gostava de se exibir, o Abel, inventar filosofias. Não sei do que exatamente o Senhor se recorda daquela noite em que Osimande pregou nele o apelido de profeta. O Senhor, que tudo sabe, tudo vê. E o Senhor me perdoe se dou uma volta em nosso assunto, mas isso é uma das poucas coisas que me tira o sono. Se o Senhor tivesse que enfrentar Seu tribunal, por exemplo, como contaria Sua história? Como escolheria o que iluminar, o que esconder, o que florear? No princípio era o verbo, eu sei. Mas depois disso veio tudo. E tudo não é uma história, não é uma vida. Embotado de tudo ver e tudo saber, Seu cérebro deve ser uma gelatina escura e insossa. Porque tudo, o Senhor há de convir, é nada. Não é de hoje que penso assim, o Senhor já me assombrou em meu laguinho socrático quando descobri que o Senhor é luz e trevas, céu e inferno, tudo e nada, sábio e charlatão. Escolheu a lua, o Senhor, cuspindo sua ira em represália. Vi-a em fogo como se o sol a consumisse, uma língua desceu até meu laguinho, fez ferver a água, cozinhou meus bagos e meus miolos, quando acordei não sabia onde estava, não lembrava meu nome, tudo o que via era Sua luz infinita, como se meu cérebro estivesse como o Seu, embotado de tudo. Soube, então, que eu não era nada. Meus caminhos só se abriram quando Abel veio me resgatar, e disso tenho pouca lembrança, ficou apenas a imagem dos olhos dele para mim, trazendo-me de volta à vida e dizendo que eu precisava parar de beber. Logo Abel, pedindo isso! Minha vida torta. Mas é uma lembrança, guardada junto das outras que considero minhas, em tudo diferentes de todas as outras. Como o Senhor se avém com isso de ter todas as lembranças de tudo e de todos, por toda a eternidade? Não cabe em meus pensamentos, esse mistério. O Senhor deve ser mau contador de histórias, se é que as tem para contar. Mas deixo isso para lá, talvez o Senhor aprenda alguma coisa comigo.

Saiba que Osimande apelidou Abel de profeta depois daquela fala inflamada, de pé sobre a cadeira do bar de Ananias. O bar era herdado do pai, seu Amoroso, o Senhor não deve se lembrar dele. Era um homem bom, mas vivia dizendo que não acreditava no Senhor nem em suas andanças ou promessas. E cometeu erro comum aos donos de bar daqui: bebia conosco. Claro, dono de bar é gente como a gente, tem os mesmos direitos, pode beber quanto quiser, o fato de estar do outro lado do balcão não o distingue. Quer dizer, um pouco. Nós, do lado de cá, precisamos pagar, então precisamos arrumar dinheiro e dinheiro não dá em árvore. Logo, não bebemos o tempo todo. Dono de bar, não, tem um estoque infindável. Não precisa pagar a conta... Por isso há essa lei não escrita, dessas que Abel gosta, que diz que dono de bar não deve beber no trabalho. Não porque seja ruim para os negócios, ou todos os botequineiros de Floral estariam arruinados, mas porque não é bom para a saúde. Seu Amoroso morreu cedo, de cirrose, aos quarenta e poucos, nós ainda morávamos perto de tia Geralda. Seu filho precisou deixar os estudos para tomar conta do bar. Ananias aprendeu a lição, só toma guaraná, água tônica e café, e não fosse pela úlcera teria uma saúde de ferro. Mas quando Abel trepou na cadeira para filosofar no dia que Osimande o apelidou, seu Amoroso ainda era vivo. Lembro de seu comentário ao pé do ouvido de Osimande: "do jeito que a coisa vai, esse menino ainda vira pastor de almas, se não virar um messias".

Meu primo Enciso viera de Pau dos Montes em visita e também estava na mesa; além de Marivalda e seus olhos cor de mel, Mirna, que arrastava uma asa para Osimande, Celeida, que Abel depois emprenharia, e mais um monte de gente, ou pode ser que minha memória esteja povoando a mesa com meus fantasmas. Mas as meninas tenho certeza, era por elas que Abel se inflamava. Conosco era mais raro, principalmente depois do apelido que grudamos nele e que o deixava acabrunhado, se bem que nunca possesso como Totonho das Cabras, que partia para a briga quando brincávamos com ele. Não me recordo do motivo da indignação de Abel, nem do rumo que a conversa tinha tomado antes de ele se exaltar e começar a pregar contra o que ele chamava "os poderes imperiais" dos fazendeiros da cidade. Ora, seu Herculano, pai dele e de seu Hercílio e de seu Humberto e de seu Berilo e de Isaura, era o maior de todos. Eu mesmo fui um que pensei que Abel improperava contra aquele de quem herdaria, justamente, um império. Depois compreendi que Abel falava contra os outros, seu Carmelo Casto e sua arrogância, seu Ernani Patriota e sua astúcia de cobra, seu Thirso, por quem dona Margarida se penitencia até hoje, e sua crueldade. O açúcar que ela nos manda todo mês, ninguém me tira da cabeça, é para apaziguar a consciência, depois de tudo que o pai dela aprontou com o Pai e com os outros pobres e enjeitados da cidade. Coisas de fazer um cristão duvidar de Sua existência.

Como o Senhor deve ter virado os olhos para outro canto quando tudo aconteceu, vou refrescar Sua memória.

Trilhei uma única vez a rota em serpente pela serra até o Vale Feliz, onde fica o engenho que na época era de seu Thirso. Cruzei o rio Urdido já pela ponte do Pai, mas antes dela o acesso sobre rodas era impossível. Era lombo de burro e cavalo dos bons para encarar a pinguela sobre o estreitamento que o Urdido cavara entre as duas meias do Morro das Cobras. O engenho era bastante isolado, a produção da fazenda tinha que descer até Plenitude oito quilômetros serra abaixo, único porto do rio, que depois vira uma sequência de corredeira e cachoeiras. Isolados ficavam também os empregados de seu Thirso, famílias inteiras acocoradas num grande barracão de sapê coberto de zinco, separadas umas das outras apenas pelos maus pensamentos, dormindo em redes ou no chão batido, sofrendo todo tipo de privação e trabalhando para comer. Como escravos.

Estou arrepiado da nuca ao pacová, o Senhor vê? Tia Marceliana abraçada à Mãe, devastada com a morte de minhas primas, afogadas no rio tentando escapar de lá... Vejo tudo limpo e claro. Engraçado como essas lembranças longínquas estão mais vivas em meus miolos do que as coisas que penei ontem. O Pai se penitenciando de joelhos diante de seu São Jorge iluminado pelo candeeiro a querosene, que naquele tempo não tínhamos luz elétrica em casa; tia Inaiá abraçada ao próprio corpo, prostrada na cadeira ao lado da cama do Pai a repetir "isso não está acontecendo, não está acontecendo, não está acontecendo"; a Mãe a enxugar as lágrimas de tia Marcelina com seus dedos mal limpos da banha do porco que ela acabara de sangrar; doutor Justo chegando com o calmante que a tia se recusou a tomar, "não quero me acalmar, não quero nada, quero morrer, pelo amor de Deus, quero morrer!" Suas palavras a queimar meu discernimento...

O Pai levou meses para se refazer do choque. Tinha seu Thirso em alta conta. Quando o homem era prefeito da cidade e o engenho era só um projeto na cabeça do demônio, chamara o Pai para a empreitada de construir a ponte sobre o Vale Feliz. "Homem bom, seu Thirso", o Pai costumava repetir às refeições, "ofereceu uma gleba de terra para eu plantar cana pra ele em paga pela ponte. Mas o que eu entendo de cana? Na minha vida só sei mimar as árvores, conversar com elas, e então fazer delas o que elas ainda não sabem que são: pontes, bancos, janelas, telhados...". Sexto sentido, tem o Pai. Foi como se tivesse cheirado o enxofre antes de tudo supurar. Tempos depois, em razão da rebelião, ficamos sabendo das condições dos colonos de seu Thirso, metade com tuberculose, outro tanto com lepra, crianças com raquitismo, barriga d'água, cegueira, mulheres com deformações pelo corpo, muita gente sem pedaço de mão, pé, orelha, lábio. Seu Thirso mandava bater e cortar quem desobedecia ou tentava fugir...

Quando o Pai soube que Idolina e Ameneia tinham sido curradas pelos capangas de seu Thirso antes de morrer no rio, foi como se o mundo se acabasse, três meses de penitência, todo sábado de manhã galgava de joelhos a ladeira que nos separa de Sua Morada, culpado que se sentia por ter levado minhas primas ao desalmado. Talvez rezasse pela alma de seu Thirso também... O homem foi supliciado pelos revoltosos, dizem que da maneira mais pavorosa, e isso também mexeu com o Pai. Alguns pedaços do corpo dele nunca encontraram, e os que encontraram tinham marcas de tudo o que queima e fura e corta e espeta e quebra... Foi sempre assim em Floral, há por aqui pessoas capazes das maiores atrocidades. Fico pensando se o Senhor assistiu a tudo, se aplaudiu, se Se arrependeu de Sua obra. Porque o Pai viveu sua culpa até nascer Idomeneia, nome que juntou os das sobrinhas mortas e apaziguou um pouco seu pesar. E o do Senhor?

Era em gente como seu Thirso que Abel pensava quando trepou na cadeira para improperar contra os "poderes imperiais" dos fazendeiros daqui. Mas para nós aquele rompante soou como um daqueles turbilhões que o uísque às vezes insuflava. E como o destempero teria cabido em uma assembleia de mendigos, ou num acampamento de retirantes ou na Vila dos Leprosos, ao final Osimande aplaudiu, gritando: "Temos um novo profeta na cidade! Os que querem a salvação, por favor se perfilem, vamos recolher o dízimo!" Abel ficou desconjuntado com a gargalhada da turma. Indignado, berrava "mas vocês são uns ignorantes, uns alienados, uns idiotas!", e quanto mais ele berrava mais morríamos de rir.

O discurso vez por outra me assalta. Talvez eu não estivesse bebendo, ou pode ser que a cachaça ainda não tivesse empastelado meus neurônios, isso só acontecia depois de três ou quatro semanas de invernada. Posso vê-lo todo inflamado e um pouco desequilibrado, trepado na cadeira formosa que seu Amoroso encomendara ao Pai. Abel, que tem a veia do pescoço aflorada como a de Florenciana quando canta, berra em meio à balbúrdia do bar: "Será que vocês não veem? Há nestas serras uma matilha de cães levantados do inferno, de olhos vermelhos e dentes afiados escorrendo sangue da gente humilde de nossa cidade! Cães que se fazem passar por gente como nós! Cães que se deitam com nossas irmãs, nossas tias, nossas primas e nossas meninas nos lençóis de seda de Cacau. Cães imperiais!", ele sublinha, com olhos injetados, "cães que se imaginam nos tempos da colônia, com poder de vida e morte sobre a gente pobre daqui! Cães! Na maneira como urinam pelos cantos, ladram uns com os outros em conluio quando sentem o invasor! Cães! Não resistem a uma carne fresca e sangrenta como a de seus servos nos cafezais, nos pastos, nos engenhos..."

Abel se cala, lábios vermelhos e úmidos, braços estendidos para frente, mãos espalmadas, olhos a brilhar. A pausa é angustiante.

Ele procura os olhos dos bêbados e das meninas, talvez encontre os de seu Herculano, que nunca lhe perdoou os excessos e acabaria achando um meio de se vingar. Mas a pausa de Abel não surte efeito algum. Boteco é parteiro do caos, cada qual está preocupado consigo mesmo, seu copo, sua comida, sua garota, seus fantasmas, seus amigos em volta falando alto, contando mentiras mais ou menos falsas, coisa que não importa nada, porque a maioria não vai mesmo se lembrar de muito do que foi dito... No bar as palavras vêm até a gente como nessas sopas de letrinhas, fazem-se, desfazem-se, volteiam ao ritmo do movimento do líquido quente. Não têm substância, permanência, nada. Não é fácil cativar a atenção das pessoas nessa bagunça... A não ser chamando alguém para a briga ou tirando a roupa ou esbofeteando uma menina mais histérica. Pois Abel também não consegue.

Ele espuma de indignação. "Até quando Floral vai fazer de conta que eles não existem, esses vampiros de almas?", ele pergunta, e cada palavra é dita como se fosse a última que jamais dirá. "Até quando engoliremos sua petulância, sua ousadia, sua crueldade? Quando seremos homens o bastante para encarar esses cães e expulsá-los de nossa cidade?". Coitado do Abel. "Ele pensa que tem o coração do mundo nas mãos", Marivalda depois me diria, puxando os lençóis sobre nós. Ninguém lhe tinha atenção, eis a verdade. Ninguém, exceto eu e Osimande, mas aquele... Bem, aquele esperava o melhor momento para a piada.

"E então?", Abel tentou continuar, agora em tom provocador, "ninguém diz nada? Não tem macho neste salão?" Foi a deixa para Osimande entrar com a coisa de profeta, talvez algum engraçadinho se injuriasse com a provocação e partisse para cima de Abel. Porque, o Senhor convirá, aquele palavrório não tinha pés nem cabelos. Para ninguém, nem mesmo para os poderosos presentes. Mas chamar a turma de covarde... Mesmo sem entender palavra do discurso de Abel alguém podia abrir seu bucho a faca só pelo que ouvira por último.

O apelido grudou nele, e por anos o descreveu sem volteios. Hoje já não faz muito sentido, Abel Constante perdeu a verve, ficou apenas rancoroso. Mas por muito tempo ele foi nosso profeta, nosso orador, nosso palhaço. Tenho cá minhas convicções quanto a isso, embora delas não fale a ninguém que não o Senhor. Aquele Abel incendiário, apaixonado, indignado, às vezes ridículo, começou a morrer muito cedo, o povo é que não teve olhos para ver. Essas coisas não acontecem do dia para a noite. O rancor e o cinismo são como o hábito, essas nódoas do tempo. Corroem aos poucos nossas melhores intenções, e quando damos pela coisa, já estamos condenados. No caso de Abel tudo talvez tenha começado com as coças que levou dos militares. Foram coças feias!

Não entendo nada de política, mas sempre detestei milico, o Senhor é testemunha. Quer dizer, sempre não. Em criança eu bem que fiquei amigo de Elonofre, operador do projetor do cinema que existia na praça principal, só para ver as notícias da guerra na Europa pelo buraco da salinha de projeção, que eu não tinha dinheiro para pagar a sessão. O calor era insuportável, mas eu achava bonita a voz do locutor narrando as façanhas dos americanos, me imaginava naqueles campos de batalha matando nazistas. Mas isso não durou. Acabada a guerra, apareceu por aqui seu Adônis, herói da campanha da Itália. Acho que trazido por doutor Coriolano, que na época não bebia e cuidava da saúde de minhas irmãs. O doutor dizia que seu Adônis tinha tuberculose e que o ar destas serras era benfazejo. Nunca confiei muito nele, minha irmã Antuérpia vivia com um corrimento na orelha que ele dizia ser líquido cerebral em excesso. Fiz até o sétimo ano do Seminário e gosto de ler a Seleções, o Senhor sabe, achava aquilo estranho. E o pobre do seu Adônis não durou muito por aqui, morreu antes do fim daquele ano. Lembro-me dele levando sua perna de saci e seu olho de vidro para cima e para baixo na ladeira de Sua Igreja, que doutor Coriolano dizia que era o que o curaria. Nunca tirava a farda, e como ficasse cada vez mais magro, cada vez mais lento, cada vez mais encurvado, as crianças ganharam gosto em jogar coisas nele. Tomate podre, bosta de vaca, saco de mijo... Aquilo matou o glamour da farda militar, eu mesmo gostava de cuspir no pobre do seu Adônis quando ele se sentava para descansar da subida.

Quando chegou minha vez de me alistar, doutor Coriolano arranjou um atestado médico dizendo que eu era doido. Esquizo... Esquizo alguma coisa, já não me lembro do que tinha naquele pedaço de papel abençoado. Nem precisei implorar. Doutor Coriolano tinha sido perseguido pelos cães do presidente Vargas no Estado Novo, e agora que Getúlio estava fraco ele queria se vingar. "Vou limpar o exército dele de quantos homens eu puder, meus filhos", ele disse, a mim e aos outros garotos na fila do alistamento. Nos atestados lavrados na frente do alistador do Exército, um garoto virou tísico, outro chagásico, outro sifilítico, outro tinha hanseníase, outro malária, outro cancro, um era cego, outro manco. Aquilo era um manual completo de pestilências. E eu era doido. Escapei ileso do Exército, que para mim era cheio de sacis com olhos de vidro. E isso de matar os outros em guerras, O Senhor há de convir... Quem mata pode morrer, então o melhor é não se arriscar. Não, Senhor, isso não contradiz meu gosto pelas histórias do general Heinz. Eu as leio porque conheço o final, que já reli não sei quantas vezes. Sei que ele será condenado em Nuremberg, então leio cada desumanidade dele como outro passo em direção ao cadafalso. Isso me dá esse prazer íntimo, essa sensação que deve ser a Sua diante de nós, vendo-nos enredados no destino que o Senhor traçou e de que só o Senhor conhece o final. Sei que o Senhor deve acompanhar meus passos com prazer íntimo, talvez sádico. Como eu, relendo as histórias do general.

Foi depois de apanhar dos milicos que Abel começou a mudar. Ele mesmo nunca tocou no assunto... Quer dizer, uma única vez, tempos depois... Os fatos foi seu Hercílio quem cuspiu, e isso meio sem querer, numa conversa à toa num dos churrascos dos Ramos Constante. Eu estava sozinho na churrasqueira esperando a costela de boi que Praxedes fatiava, seu Hercílio aproximou-se sorridente, pensei que vinha para a carne. Mas não, ele queria que eu cantasse para sua Alcina, moça linda que já lhe dera Beno e Brício e estava grávida de Bernardo, gravidez que eles tentavam há muito. Vejo os garotos correndo atrás do leitão que Marjorana encherá de farofa e maçãs carameladas para o jantar, se o Senhor me desse atenção veria também. A carne dos bois mortos na madrugada ainda nem assou e o leitão já corre contra seu destino. Os churrascos dos Constante eram assim, duravam o dia todo e a noite também. Beno deve ter treze anos, sou oito anos mais velho do que ele. Ouço sua gritaria, sua risada desabrida, "segura, pega ele pelo rabo!" Era um menino sapeca, o Beno, gostava de colocar cigarro na boca de sapo para ver o bicho explodir, a fumaça subindo para o céu num cogumelo atômico.

"Osimande trouxe o bandolim, Teteco", seu Hercílio diz, se achegando e cobrindo a algazarra dos meninos, "vamos encantar minha Alcina?" Nunca recusei um pedido desses, o Senhor sabe, muito menos de seu Hercílio, que não vinha conosco nas serestas, por isso tinha crédito. Eu só precisava comer alguma coisa, que já tinha tomado umas tantas e estava vendo a hora de o mundo entortar. "Não, claro, coma", seu Hercílio diz, "acho que também quero um pedaço de costela, Praxedes".

Houve um silêncio, o Senhor pode ouvir? O vento para, acho que até os pássaros se calaram para escutar o pensamento de seu Hercílio. Ele pensa alto, "costela é bom de comer com a mão, não é?", seu pensamento enche o ar. "Tenho dó do Abel, depois que lhe arrancaram os dentes, costela ele só pode com faca".

Eu ouço suas palavras, mas aquilo demora um pouco a soar em meus ouvidos como o que realmente é, uma espécie de ruído, uma nota dissonante na melodia de meus medos. "Ué", eu reajo por instinto, "ele não perdeu os dentes no trampolim da piscina da casa da capital?" Era essa a história que Abel nos contara ao retornar de seu "retiro espiritual", como ele chamava seu sumiço na época.

O Senhor sabe mais do que ninguém, seu Herculano reinava numa casa enorme no bairro nobre da capital, aquela piscina com raias de 25 metros para receber a grã-finagem nos dias de verão. O velho dava festas de arromba, tinha jogatina e boa comida e música e champanhe e tudo o mais, eu mesmo já tinha me esbaldado numa, tomei um Royal Salute inteirinho, essas coisas que o Senhor deveria me impedir de fazer, se fosse pai. A garrafa estava lá, na prateleira do bar da sala de estar junto com tudo o mais, como eu ia saber? Quem deixa um Royal Salute de parzinho com vermute e vodca e cachaça e licor de menta? Como eu podia saber que aquilo tinha sido presente de casamento e que seu Herculano estava guardando a garrafa para suas bodas de ouro? Quarenta e dois anos. Era a idade da preciosidade. Somado com o líquido nela, sessenta e três. E eu bebi tudo. Inteirinha. Claro que nunca mais fui convidado, e o Senhor há de convir, com razão.

Teria sido numa dessas festas, Abel nos disse ao retornar dos mais de seis meses de retiro, que ele teria perdido os dentes da frente. "Meu pai tem uma piscina em casa, sabe?", ele contou no bar, "com um trampolim alto na parte mais funda. Cresci saltando daquele trampolim, não sei o que aconteceu naquele dia. Subi as escadas como sempre fiz, caminhei pela prancha como sempre, quer dizer, me exibindo para Anabela — vocês não conhecem, é filha de um político da capital —, parei bem na extremidade do trampolim e me virei de costas para a piscina, equilibrado na ponta dos dedos. Faço isso sempre, é meu salto preferido, um duplo mortal para trás depois de tomar impulso com o corpo. Foi nisso que perdi o equilíbrio, não sei explicar. Quando dei por mim, estava na água com a boca arrebentada, Anabela berrando como uma cabra e os convidados em polvorosa caindo na água para me salvar. E foram-se os dentes".

Tudo fazia sentido. A história, os detalhes, o humor, Abel narrando sua tragédia com a resignação que o tempo transmite às coisas acontecidas. Quem poderia imaginar que não era verdade, que ele nos escondia um calvário? O Senhor compreende minha surpresa com a revelação de seu Hercílio? Pois ele também se assusta com as próprias palavras, mas agora é tarde. Ele olha em volta, agora para Praxedes entretido com a carne, então me puxa pelo braço, ciciando como se no confessionário: "Olhe, Teteco, foi um ato falho, ouviu? Saiu, mas não deveria ter saído. Você é o melhor amigo de Abel, posso contar com sua discrição, não posso? Sei que posso! Se existe um homem capaz de guardar um segredo mesmo quando está tonto, esse homem é você".

Seu Hercílio não falava por falar. Ouvi muitas histórias na boemia, mas ninguém nunca as ouviu de novo, ao menos não por minha boca. Em mesa de bar só falo das coisas que vivo, não faço fuxico, não conto as vivências dos outros. "Abel foi preso depois daquele discurso no Parque de Exposições, você se lembra? Aquele criticando os militares?". Eu não me recordava do discurso, estava no bar quando houve o tumulto, mas soube depois que um general tinha se vexado com as palavras de Abel e lhe dera voz de prisão imediatamente, revogada por nossos amigos, na verdade por boa parte dos presentes, todos indignados com a ousadia do milico. O homem e seu ordenança foram cercados e escorraçados da Panela de Pressão, o Senhor obviamente não se lembra, e é claro que no dia seguinte havia um destacamento do exército para levar Abel.

"Na prisão", seu Hercílio continuou, "meu irmão foi muito maltratado. Deram choque nos bagos, enfiaram coisas nele, arrancaram as unhas dos pés com alicate, os dentes da frente tiraram um a um sem anestesia, não gosto nem de pensar na crueldade desses... O Getúlio acha que controla essa gente, mas eles fazem o que querem... E por que razão? Nenhuma! Razão nenhuma! Abel não tem nada a dizer, não é de movimento nenhum, não é comunista nem coisa que o valha! Pura vingança daquele general dos infernos, que é de onde ele saiu e para onde voltará quando eu o encontrar outra vez!" Abel não era subversivo, todo mundo nestas serras sabia, e também o governador e talvez até o presidente Vargas. Era um falastrão provocador, vá lá... E tinha ideias estranhas também, como isso de cuspir impropérios contra os militares e os "cães imperiais" daqui. Certo. Mas era tudo fanfarronice. Tudo inofensivo.

O Senhor não se lembrará, mas o homem me bateu na cara quando pisei numa fieira de formigas cabeçudas que despelavam um limoeiro numa das fazendas de seu Herculano. Alguém que se apieda de formigas não pode liderar uma guerrilha revolucionária, pode? Não posso imaginar. "Meu irmão foi brutalmente maltratado, Teteco", seu Hercílio concluiria aquela revelação inesperada. "Três meses de maus tratos... Quando nos devolveram o... Não gosto nem de pensar, parecia... Morto, um graveto de gente todo inchado e quebrado e exangue... Quando nos devolveram o coitado, pensei que nosso Abel estava perdido para o mundo, aleijado ou coisa pior... Abel é um homem de fibra... E isso fica entre nós, hein, Teteco!"

Abel soube da inconfidência do irmão, uma vez quis até conversar, eu é que não me aguentei, não fiquei para ouvir... Foi homem de fibra, o Abel. E ainda tinha gente que dizia que era de inveja que ele falava aquelas coisas contra os poderosos da cidade. Inveja de quê? De quem? Eu, sim, tinha mil motivos para invejar meio mundo, que para frequentar a Cacau e suas meninas eu precisava trabalhar muito, jogar muito, trapacear muito. Abel, não. Era herdeiro, seu Herculano não media a bolsa para os filhos. Não era inveja. Ele acreditava mesmo no que dizia. Tinha que dar no que deu. Abel tem a alma esburacada. Perdeu os dentes e um pouco da vontade de viver, doença que foi crescendo, o Senhor sabe melhor do que eu. Triste de se ver. Eu estou em paz com minha dentadura, mas Abel nunca se refez, e não sei se debito isso em Sua conta. Oponho o Abel de hoje àquele moço com panca de herói e olhos gulosos que as meninas disputavam, e vejo duas pessoas diferentes. Vejo os caminhos que as apartaram. É Sua mão ali, naquela curva? É Seu sopro, esse vento que desgrenha os cabelos de Abel na cadeia? Foi por obra Sua que um pai como seu Herculano fez o que fez a Abel, seu próprio filho? Essa dúvida me tira o sono, mas o Senhor também atirou Seu Filho aos coiotes, afinal. Mistério para mim insondável...

O Pai tosse na cozinha, tirando minha atenção do livro que tento ler. Uma cruz, a tosse do Pai. Está ali, no peito dele, esperando não sei o quê. Como uma bomba-relógio. E isso não é uma coisa natural. Não devia estar ali. A respiração da gente deveria ser como as águas dos açudes ou dos lagos, o remanso de um rio extenso em dias como hoje. As cachoeiras são belas, mas abruptas demais, perigosas. As tempestades também são belas, seus raios coriscantes, seus ventos inesperados, bêbados a rodopiar e a descer e a subir para o céu e baixar mais adiante, a tudo entortando, a tudo revirando, uma beleza a bulir com a sujeira acumulada no fundo dos quintais, nas bocas de lobo dos bueiros ou nos terrenos baldios da cidade, mas também a semear a tragédia entre os homens. A tosse do Pai é como as tempestades, inevitável e devastadora remexendo a poeira acumulada em seu peito, sacudindo seus pensamentos, talvez a ponto de fazê-lo duvidar do Senhor, que lhe terá reservado essa cruz como penitência por algum mal que ele não sabe ter feito... Então eu duvido de novo... Perdoe-me, mas o Senhor sabe que não gosto quando a tosse do Pai recomeça...

Isso não é todo dia, no mais das vezes o Pai está bem. Tudo somado, até acho que somos abençoados. Comparando com a tragédia que se abateu sobre os Ramos Constante, quero dizer. Nosso barco resistiu bem aos ventos tortos que trouxeram Floral da Serra a esta encruzilhada de onde não se vê saída. A coça dos milicos em Abel foi só o começo. O Senhor tinha coisas piores reservadas para eles, uma fieira de eventos dos mais surpreendentes, inexplicáveis, mesmo.

Sim, teve aquela história de dona Semires, então tudo pode mesmo ter estado escrito em algum alfarrábio Seu... Estou rindo porque o povo pensa que ouvido de boêmio não escuta direito. Pensa que pode dizer o que quiser, revelar os segredos mais íntimos, as loucuras mais loucas, as juras mais juradas de amor ou de morte, que tudo acaba vomitado nos bueiros ou nas sarjetas ou nas privadas fedorentas dos botecos. Ingenuidade. Bêbado não tem memória, mas boêmio é animal diferente e disso o Senhor talvez nada saiba.

Meu crédito é minha memória vadia. Bebo sem dinheiro por meses seguidos porque não sou como os outros, que não se lembram do que se disse a eles na noite anterior. A pessoa não se prova um túmulo digno de confiança e de amizade porque esquece das conversas importantes. Só se é um túmulo se não se esquece de nada, e mesmo assim não se diz palavra a quem não se deve, o Senhor incluído. Isso é uma ciência, e sua chave dorme comigo. De modo que, sim, eu me lembrava muito bem do que Abel certa feita me contara sobre seu encontro com dona Semires, de quem ele ouvira que a casa da família estava para desmoronar. "Do nada, Teteco", posso ouvir Abel dizer entre um gole e outro, os dentes novinhos na boca. "Achei de voltar a pé da fazenda sul e cruzei com a bruxa lá perto dos açudes. Ela abriu os braços na minha frente, pensei que ia sair voando, aquele xale preto que ela usa parecendo capa de vampiro, aqueles olhos de urubu... Então falou, com a voz que ela usa quando está possuída pelo coisa-ruim: 'Vai desabar...'" — e Abel imitou a voz da bruxa, esbugalhando os olhos vermelhos de álcool. "'Sua casa, menino, não vai ficar pedra sobre pedra!'" Abel esconjurou a bruxa, "nem terremoto nem furacão derruba nosso solar, sua velha desdentada!" Ele tinha razão, obviamente. O solar onde morava seu Herculano é como se fosse entalhado num único e monstruoso maciço de pedra, aquela construção impermeável a mau-olhado e reza brava. Como é que iria desabar? Não desabou, continua lá, à vista de todos. Mas já não pertence à família. Era o que dona Semires queria dizer, dito que furou um buraco fundo em meu cérebro boêmio e se pôs em arcos à espera de dias piores. A inconfidência de seu Hercílio junto à churrasqueira de Praxedes acendeu uma vela nesse ambiente adormecido.

Nunca fui bom nisso, afeiçoar-me a uma pessoa. A boemia

é um imã demoníaco, mais dia menos dia chega a hora de escolher entre ficar com a mulher ou o amigo ou ir para o bar ou o puteiro, e então não tem para mulher nem para amigo nenhum. Florenciana diz que sou incapaz de amar. Que tenho o coração oco. Pode ser que tenha razão. Ou pode ser que goste de descascar mágoas com minha sina. Na verdade, não gosto de pensar nisso. Não acho que Flor me inveje ou coisa assim, o Senhor não me compreenda mal. Mas como se explica que eu tenha me decidido a prestar mais atenção nos movimentos de Abel? Para uma pessoa incapaz de amar, quero dizer. Isso também é um mistério.

Não planejei, não desejei, não previ o que estava por vir, ou teria pulado fora antes de ser tragado pelo terror que o consumia e aparecer para mim mesmo como o que sou. Lembro de comentar com Osimande que Abel andava arisco, sensível a ruídos, rabos de olho, cochichos do vento. Osimande riu, "isso é assim mesmo, Teteco, mais dia menos dia a cachaça afeta o discernimento do cidadão. Você ainda vai ser perseguido por aranhas gigantes, pode escrever". Minha alma disse não, minha cabeça acompanhou. Abel já ia pelos trinta, o uísque lhe dera barriga e bochechas, mas uísque não faz ninguém delirar. Não que eu saiba. Não era do álcool. Nem ele estava apaixonado ou carente de paixão. Uma coisa ou outra tem o mesmo efeito em almas sensíveis como a dele, pelo menos é o que dizem, que excesso ou falta de paixão provocam fissura igual no peito, ansiedade igual, fragilidade igual, vazio igual. Medo de perder a pessoa amada ou de se imaginar abandonado no mundo, sem dó nem piedade... Nunca sofri disso, só estou repetindo palavras de Margareth Molson, a heroína dos bangue-bangues que gosto de ler. É da boca dela isso de que buraco de paixão precisa ser preenchido por mulher, de preferência mais de uma. Pela dúvida, convidei Abel para umas noitadas na Emerenciana. Queria comprovar minha tese de que suas esquisitices não eram de paixão. Acertei. Ele continuou se afundando em si mesmo, como se um halo negro o engolisse aos poucos, halo que era ele mesmo do avesso, sua negação. Até aquela noite.

Tudo está acontecendo agora... Esse brilho em meus medos... É noite sem lua, o Senhor nos vê? Abel e eu sentados de par na escadaria lateral de Sua Morada sob a proteção de Nossa Senhora dos

Mortos, enroscados no pescoço um do outro a contar estrelas, a Via Láctea inteira esparramada num negrume ensurdecedor? Estamos cansados de caçar almas penadas em volta da Igreja, como Osimande e eu costumávamos fazer quando a cachaça tomava as rédeas da noite. Achei que era hora de apresentar a gesta a Abel, ver se com isso eu o arrancava dele mesmo. Está feliz, o meu amigo. Cantamos o "Romance da Caveira" — "Eram duas caveiras que se amavam/ e à meia-noite se encontravam/ pelo cemitério passeavam/ e juras de amor então trocavam..." —, Abel conta de novo a piada do ceguinho que não distinguiu jegue de cabra e tomou um coice nas partes, que ele sabe que eu gosto, eu rio daquilo como um menino vendo briga de gato na madrugada. Tudo parece bem.

É do nada que ele diz, depois de umas pausas: "Sabe o que não perdoo, Anacleto Vianna?" Sua fala é pastosa, dois terços de uma garrafa de uísque nos cornos, pelo tom solene penso que vem outra piada. "Não perdoo seu Herculano Constante, que o Demo o tenha! Não perdoo seu Hercílio Ramos Constante. Não perdoo nenhum Constante filho de puta. Esconjuro a alma de todas as gerações de Constante, vivas ou mortas". Palavras estranhas. Entorpecido, continuo a mirar Abel de viés, meu braço trançado em seu pescoço. Faço tudo para parecer atento, mas o mundo não está no prumo. Ele repete "não perdoo, não perdoo, não perdoo", balançando a cabeça de um lado para outro como se quisesse expulsar a negação que teima em pulular em sua boca como um sapo apimentado.

"Meu pai esteve com o governador, sabe, Teteco?", ele continua, manquitando as palavras. "Depois que aquele general filho de uma puta me levou... Meu pai esteve com o governador... Sabe para quê? Não perdoo, não perdoo, não perdoo!" Abel quer e não quer dizer o que está prestes dizer. Ligo meus sentidos, separo-me dele, olho para trás, encontro os olhos da Virgem, sua imagem a velar o cemitério. Peço misericórdia, não encontro alento em sua imagem, fria como meu estômago. Onde a cera para meus ouvidos? Torno a olhar para Abel, ele chora com a cabeça enfiada nos joelhos, as palavras saem molhadas. "O governador se ofereceu para interceder... A porra do general... Aquele filho de uma égua era primo da esposa dele, Teteco... Primo da esposa do governador... Ele podia ter me tirado de lá! Podia ter impedido que arrancassem meus dentes! E meu pai... Meu grandioso pai não deixou!... Meu irmão não deixou... Seu Hercílio... Queriam... Que eu aprendesse a ser homem..."

Abel chora como se chovesse, suas costas corcoveando. Estou paralisado. Vejo seu Hercílio e seu olhar contrito a contemplar Florenciana... Os muitos Herculanos que conheci desfilam ante Nossa Senhora dos Mortos... Nenhum deles me parece capaz de fazer o que agora sei que fizeram. Decifro o terror de seu Hercílio ao me puxar para longe de Praxedes. "Não comente nada com Abel, hein, Teteco! Pelo amor de Deus, ele me odiará para sempre se souber que abri o bico..." Ouço a gargalhada de seu Herculano no jantar de despedida de seu Berilo, "você viu os dentes novos do Abel, Teteco? São de porcelana italiana! Foi um dentista de Milão!" Vejo Abel deixar a sala com passos de general, o Chivas debaixo do braço, Alma em seu encalço. O mundo dos Constante se abre para mim, vejo tudo limpo, cristalino. Tudo mentira. Uma família de mentira. Eles não são como nós, ninguém é como o Pai, a Mãe, Florenciana, Idomeneia, Florêncio...

Alguma coisa em mim pede para afagar os cabelos de Abel, outra quer sair correndo dali, esses dois eus disputam com unhas afiadas minha vontade bêbada. Uma angústia, um aperto no estômago, um torniquete na cabeça... Não compreendo o que sinto, coisas de que sempre fugi, não por covardia, que não sou covarde, mas o Senhor sabe que não gosto de senti-las, para mim aquilo era coisa de maricas, de gente fraca, e na boemia você não pode ser fraco nunca, se deixar dobrar pelas meninas ou os bêbados ou os que estão perdendo para você no carteado... Por isso, vomito. E de novo. Não bebi para tanto, mas vomito tudo o que tenho no estômago. Com violência, sem controle. Cuspindo, livre de um dos eus que me paralisavam, ponho-me sobre os pés e corro, corro, corro... Para longe dali, para longe de Abel, que não se mexe, talvez não compreenda, isso nunca saberei. Pelo resto de nossas vidas ele não tocará mais no assunto. Eu, menos ainda. Vi-me em seu espelho monumental, nele havia as escolhas de seu Herculano, para mim tão impenetráveis quanto as Suas. Nele havia eu em desabalada carreira ladeira abaixo. A fugir. Pequeno e rastejante, como me descobri ali.

Depois disso, os Ramos Constante começaram a perder suas terras, e por muito tempo pensei que o Senhor enfim decidira restaurar o equilíbrio das coisas, punindo-os por suas faltas. De modo torto, como sempre, porque viu de punir também Abel, poupando, por exemplo, seu Hercílio. Ah, ele dentre todos... Essa Sua estranha justiça. Mas eu estive enganado por todos os anos de minha vida. O Senhor não queria restaurar equilíbrio nenhum. A morte de seu Herculano foi a deixa, não foi? Para o Senhor levar adiante Sua obra? Esta, que se completa a cada novo dia que nasce, cada um deles uma condenação para todos nós? Assisti consternado à ruína de nosso tronco mais sólido, os Constante se revelando incompetentes para os negócios... Os fundadores da cidade! Seus Homens! Tudo um castelo de cartas.

Vejo o cafezal principal perdido para o fogo, e dizem que até uma criança o teria apagado com seu choro. É de Antão dos Montes esse fazendeiro que ronda a cidade, mostra suas cartas, assume as dívidas de jogo de seu Berilo, com elas suas terras... Isaura perde as suas para Abel, Abel as repassa a seu Humberto por uma ninharia por causa das dívidas, seu Humberto perde tudo para o Banco do Brasil, que leiloa as terras para o criador de gado de Mato Fora, e eis que os cafezais viram pasto de gado nelore. O império erguido ao longo de três gerações de barões do café consumido num par de anos pelos irmãos Ramos Constante... Ironia, isso de seu nome se ter revelado a antítese do que eles de fato são, pessoas de apetite incontinente e alma inconstante, que a sorte por fim abandonou. Ou o Senhor, o que dá no mesmo.

Seu Herculano não era assim, e apesar do mal feito a Abel, eu não soube como odiá-lo. Tinha orgulho de ser Constante, "que rima com perseverante", ele me disse certa vez nos braços de Cacau. "E com alguma licença poética se você me permite, Teteco, rima mesmo é com valentia, ousadia e também destemor, que o risco é da vida". Cacau riu daquilo, selou um beijo na orelha de seu benfeitor, disse que rimava era com safadeza. Não era verdade, o Senhor sabe... Gosto de pensar que seu Herculano gostava de mim, apesar do que sou. "*Caminito*" ele me ouvia cantar de olhos fechados, um sorriso insondável nos lábios, como se aquilo evocasse memórias de andanças longínquas, de sonho ou reais, sobre as quais ele nunca dizia palavra, acho que nem mesmo a dona Diná, que sabia de suas puladas de cerca, ou ao menos é o que ele contava.

"Fiz um pacto com ela", seu Herculano me disse naquela mesma noite, ou talvez em outra ocasião, para o Senhor o que importa? Lembro-me de estar sem dinheiro e sem crédito por causa daquele tipo de São Paulo que me roubara nas cartas, eu devia mundos à cidade inteira. Precisava de seu Herculano e ele sabia de minhas razões, mas fazia que não se importava. Não sei… Talvez ele ficasse feliz por exercer algum poder sobre um errante como eu. Ou talvez gostasse mesmo de mim, de me ouvir cantar. "Um pacto?", perguntei, fingindo sabedoria. O assunto me interessava, dona Diná era uma esfinge para mim. Ela e dona Mariana, do doutor Justo. Nunca compreendi as duas. E o Senhor?

"Sim, meu amigo, um pacto", seu Herculano continuou aquela conversa. "Minha Diná não se importa que eu venha para o bordel, só não posso levar menina nenhuma pro quarto. 'Acaricie as moças, meu velho, já não tenho a pele sedosa. Mas se levar alguma pro quarto, você sabe…' Minha Diná tem uma navalha na mesa de cabeceira, sabe? Meto-me numa menina dessas e minha coisa vira comida de porco". Aquilo me soou estranho. Como ela ficaria sabendo, se nenhum de nós jamais dizia qualquer coisa sobre o que se passava das portas dos puteiros para dentro? "Ih, rapaz", seu Herculano torceu os bigodes ao dizer, como se aquilo mexesse com suas fantasias e ele ficasse imaginando maneiras de fazer o que queria fazer com Germana ou outra menina de Cacau sem deixar vestígios legíveis por dona Diná. "Você não imagina o nariz que aquela tem. Ela não conhece as moças daqui, não de nome, quero dizer, mas sabe direitinho com qual me enrosquei. 'Dona Naftalina estava afoita hoje, meu velho', ela diz, falando de Jirilande, 'seu pescoço está todo roxo. O cheiro dela está em suas unhas sujas, a fedentina entrou em casa antes de você'. Diz isso sorrindo, minha Diná, então me aponta a porta do banheiro. Ela deixa a banheira pronta, água morninha com sais e florais suficientes para lavar a alma desse pecador".

Gostava da esposa, o barão. E de mim, mas de outro jeito, claro. O Senhor me perdoe se insisto, mas é o que gosto de pensar.

Daquela vez, por exemplo, ele pagou metade de minhas dívidas. Em retribuição, fiz uma serenata para sua Diná que ela nunca mais esqueceu. Não estou me gabando, soube por ela mesma, não foi de ouvir contar. Posso vê-la no leito de morte, o padre tardando para a extrema-unção. Estou num canto do quarto onde ela viveu os últimos meses de vida, presa da mesma doença que está matando a Mãe. Ela faz um sinal em minha direção. Demoro um pouco para compreender que é comigo, como sempre acontece. O Senhor sabe como é. Alguém que respeito ou temo me dirige um gesto ou palavra, perguntando alguma coisa ou pedindo ajuda, e minha reação instintiva é sempre a mesma, olhar para trás pensando que deve haver mais alguém ali, que o destinatário do gesto é esse outro, mesmo que eu esteja emparedado no canto mais recôndito de um quarto escuro e triste de um moribundo, como nesta tarde da morte de dona Diná. Quem mais estaria atrás de mim, senão um encosto ruim? Ainda assim me viro, atarantado como se tivesse bebido, e encontro os olhos da parede escura assestados em mim. Volto-me para seu Hercílio, que anui com um gesto dolorido, e novamente para dona Diná, que suplica com os olhos. Claudico até a cama, seus lençóis brancos de renda de bilro nas bordas. Dona Diná tem os olhos e o nariz vermelhos, o rosto muito pálido, a pele muito enrugada lembrando as bonecas de papel amassado que Florenciana fazia quando criança. "Obrigada por ter vindo, Anacleto", ela sussurra, o que me obriga a chegar mais perto de seus lábios ressecados. É a primeira vez que sinto de tão perto o cheiro da morte, e ele está no hálito de dona Diná, um cheiro adocicado, ao mesmo tempo sedutor e repulsivo, quente e glacial, essas duas faces contraditórias competindo pelo último suspiro dessa mulher de alma pura e coração agrandado pelos anos de dedicação a seu Herculano e aos meninos. "Nunca me esqueci, viu, Teteco?", ela continua. O esforço que faz me parece sobre-humano, como se fosse a última coisa que ela jamais dirá. "Vou com isso para o céu, a memória de sua imensa generosidade. Porque Herculano estava se distanciando de mim, sabe? Uma mulher sente quando algo assim está para acontecer. Até o cheiro muda. Não o cheiro da pessoa, do meu Herculano, que esse eu conhecia, quer dizer, conheço, porque ele ainda está em mim. Deus o levou, mas ainda o trago gravado em minha alma. Não é disso que estou falando. Estou falando do cheiro das coisas. Do ar. É como se mudasse de estação, como se entrasse o inverno em plena primavera, matando o perfume das hortênsias, dos lírios, dos gerânios. Tudo fica sabendo a mofo, se acinzenta. O cheiro da cinza... Estava assim a minha vida até aquela noite. A noite das gardênias. Você se lembra?" Sim, eu me lembro, faço que sim com a cabeça porque Osimande e a turma toda estão diante de mim e acho que dela também, pois dona Diná cantarola baixinho, sua voz rouca e afinada inundando meus ouvidos e narinas. *Dos gardenias para ti, con ellas quiero decir, te quiero, te adoro, mi vida...* Você me trouxe gardênias, Teteco", dona Diná diz, e uma lágrima se avoluma em seu olho vermelho, escorre pela têmpora enrugada. "Você e Osimande, que Deus o tenha... E com elas o meu Herculano. Nunca me esquecerei dos sonhos mais lindos que você sonhou, do castelo de quimeras que você ergueu para mim naquela noite. Meu Herculano já não cantava para mim... Quase uma década. E ele tinha aquela voz aveludada... Era afinado, não era? Como um sino de catedral... Duas gardênias para mim... Nunca me esqueci... Nunca me esquecerei".

Não foram as últimas palavras de dona Diná, mas foram as últimas que meus ouvidos escutaram. Isso foi muito depois das coisas acontecidas, mas confesso: ali, diante de dona Diná, seus olhos marejados, seu sorriso confidente, senti remorso por ter servido de espanta-cheiro a seu Herculano. Porque na noite das gardênias ele não resistira à menina que Cacau lhe apresentara, novinha em folha, vinda do Norte e ainda imberbe, por assim dizer. Tão virgem que nem deve ter deixado nele os cheiros que as outras deixavam. Mas morrendo de medo e pensando que perderia o penduricalho, seu Herculano pediu-me que convocasse Osimande para uma serenata inesquecível. "Até eu vou cantar", seu Herculano riu ao dizer, "que assim minha velha não pensará em cheiros nem perfumes". Se pensou ou não, só o Senhor pode dizer. Só sei que em seus olhos, na tarde de sua morte, havia apenas uma memória doce, que ela levou consigo. Gosto de pensar que eu estava nela.

Do império que seu Herculano ergueu, resta o cafezal de seu Hercílio, que foi esperto de não se endividar com o banco como os outros. Fico dividido na compreensão desses passamentos, se foi vingança Sua ou simplesmente o vir-a-ser do mundo. Alemãozinho sempre diz que a decadência é uma lei da natureza, "está inscrita na genética do tempo, tio". Pensamento dele, não reivindico seus proventos. Mas que isso de estar cada vez melhor, cada vez mais rico, com propriedades cada vez maiores, não é para durar eternamente, disso, quem duvidaria? Mais dia menos dia o Senhor cobra Seu quinhão, quase sempre da maneira mais descabelada. É Seu modo de restaurar o equilíbrio, não é? Mostrar que a abastança é dádiva Sua, efêmera como a chuva e seu arco-íris.

Quando assombrou Abel nos açudes do sul, dona Semires talvez tenha visto isso. Talvez soubesse que aqueles cafezais e aquela riqueza, distantes do rés-do-chão, e que, de tão inacessíveis, pareciam fazer parte do cenário, simplesmente não podiam durar para sempre. Sim, eu sei, o povo se diverte com pouco. Mas quem não gostava de ver seu Hercílio e seu Humberto e Isaura e seu Berilo e Abel em suas caminhonetes corcoveantes, suas roupas da capital, suas botas importadas? Essas coisas eram parte da certeza da vida. E as festas de aniversário dos irmãos e depois de suas esposas e então de seus filhos, 14 festas de arromba por ano, dois bois mortos para o assado, cerveja e pinga à vontade... É a primeira vez que faço essas contas. Faço-as para chamar Sua atenção. Eram 300 convidados por festa, não é? Pois então. Um pouco de cada vez, praticamente a cidade inteira ia a pelo menos uma delas todo ano. Eram altivos, os Ramos Constante.

Fico imaginando como deve ser isso, experimentar o fausto e ver tudo se escoar, virar pó... De forma irremediável. Sim, eu sei, comigo foi sempre assim, vivi de abundância em abundância, portanto, de queda em queda. Mas minhas abundâncias foram um piscar de vaga-lume nas noites de primavera, alumiou, apagou, alumiou, sumiu... Sempre houve mais escuridão do que luz. O Pai conta que as coisas eram assim no tempo de meu bisavô Clarindo. As fortunas em Floral iam e vinham como a água do rio Formoso, que quando enchia parece que trazia os peixes que um dia ele mesmo levara, como se corresse ao contrário, sorvendo sua própria foz em direção à nascente. "Um coronel matava o outro", o Pai conta, "roubava as coisas dele, até a mulher e as filhas, e ficava tudo por isso mesmo. Às vezes o governador vinha para a festa". Menos com os Constante. Com eles era sempre aquele esplendor, aquele poder. Foi com pesar que vi as coisas desandarem. Gosto de Abel, de seu Berilo... Posso dizer, para o Senhor posso dizer, que aprendi alguma coisa com isso. Aprendi a apreciar meu lugar neste mundinho, o lugar miúdo que o Senhor me destinou. Acho até que é melhor se habituar à miséria do que à riqueza, porque, se a pessoa é pobre, não tem para onde cair. Se fica no mesmo lugar, não há problema, tudo segue como dantes. Se melhora um pouquinho, então o mundo se abre, a pessoa se sente recompensada por alguma coisa que talvez nem compreenda muito bem, porque talvez imagine que não a mereça. E então fica aquela sensação de dívida para com o Senhor. E a pessoa não vê felicidade maior do que essa, melhorar um pouquinho. Se cair de novo, nem sente direito, porque não tinha subido muito, e se ficar onde está, é porque foi abençoada, graças a Deus, amém.

O livro cai de minhas mãos, deixo a cabeça pender, a baba se acumula no canto da boca. Gosto dessa sensação de perda, esse vazio azul. Nunca luto contra o sono. É quando chego perto de... De não sei bem de onde... Sonho com um mapa da cidade que rabisquei para uma moça na capital, anos atrás. Acorda-me um anjo mau e a respiração abafada de Idomeneia misturada ao raque-raque do esfregão. De novo babei no pijama e no cimento do alpendre. Raque-raque, raque--raque, maldito esfregão. E de novo o mapa. A moça não se interessou por ele, achou tudo muito tosco e confuso. Está aqui, o Senhor vê? Entre as folhas do livro? Vou abri-lo para o Senhor. Esqueci muita coisa, mas quase tudo que importa está aqui. A Igreja, o cemitério, a praça, o bar do Ananias, a Rua das Flores, as casas onde moramos... O Senhor vê? Aí de cima o panorama deve ser mais detalhado e colorido, mas até que não está mal... Quer dizer, considerando os litros que eu tinha bebido... Foi boa ideia guardá-lo no livro, para ele o tempo não passou. E agora perdoe-me se o suprimo à sua vista, o devolvo à sua morada. Gosto desse mapa. Conto com ele para o caso de um dia ficar como dona Semires. Nos últimos meses de vida ela não lembrava nem do próprio nome. Ficava rindo o dia inteiro no sofá, depois no quarto, então parou de rir, depois parou de comer. Parecia que um rato comia aos poucos os miolos dela. Se a marvada consumir os meus, pelo mapa posso encontrar meus caminhos.

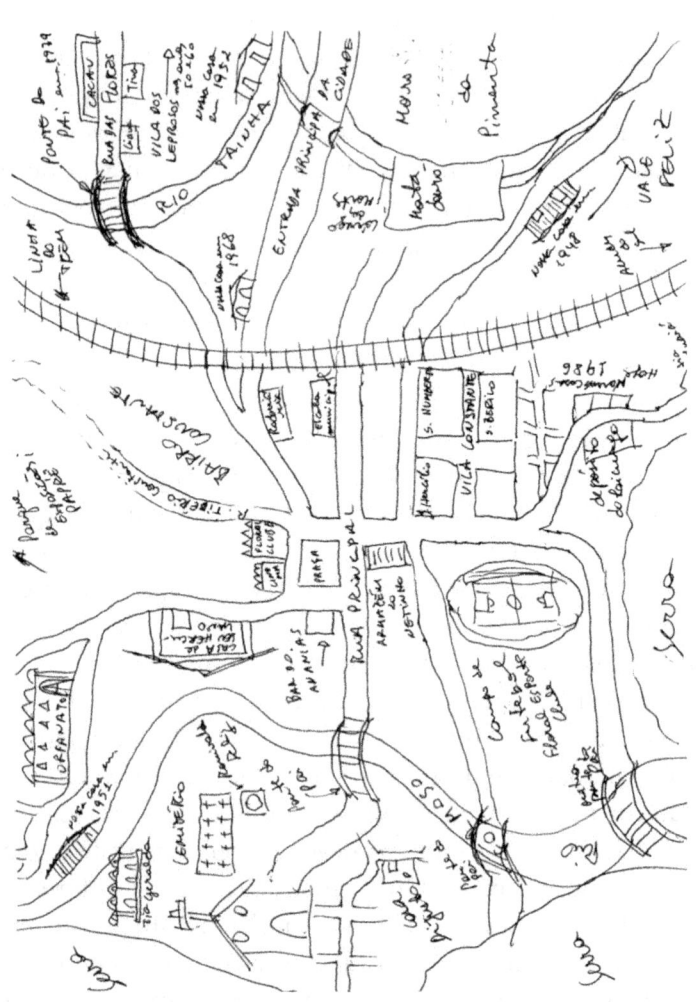

Raque-raque, raque-raque. Minha irmã é impiedosa. A poeira está muita, o vento maltrata, mas ela exagera. Vê uma sujeira que não está nas coisas. Deve estar nela, como a ferrugem em Licurgo, o Senhor me perdoe o pensamento indigno de um irmão mais velho. Mas é estranho. Todo dia é isso, essa estridência do balde de ferro arrastado para lá e para cá, Idomeneia de quatro a esfregar o chão da cozinha e da sala e do alpendre com o escovão de mão. E começa às seis da manhã! Tira todo mundo da cama, raque-raque, raque-raque. Quando começou com essa mania era porque estava treinando para se casar, o Senhor se lembrará. A gente ganhava os escovões do armazém, que Netinho arrastava uma asa para ela. Mas a coisa foi piorando e ele deixou de doar, além de perder o interesse. O resultado está aí, a Mãe gasta uma fortuna com isso, dois escovões por semana comidos pelo chão de cimento da casa. Ainda bem que Florenciana prometeu forrar os cômodos com linóleo, vai facilitar a vida de Idomeneia. Pelo menos não gastará tanto escovão.

Minha irmãzinha diz que casa suja é o espelho da alma dos donos. Não sei se compreendo. Meu quarto não é um primor de asseio, mas não me acho um homem de alma suja. Minha alma é como a de todos, manchada das coisas que fui obrigado a fazer para seguir vivendo. Está cheia de... imperativos nodosos — que Osimande me perdoe —, coisas de que não me pude esquivar, desígnios Seus que talvez fossem. Ouço a risada de Osimande... Ele não era como Alemãozinho, odiava minha filosofia de boteco. Mas fazer o quê? Naquele tempo eu acreditava que era assim que o Senhor mostrava o rosto, como um dever ser que obrigava a gente a tomar decisões contra Sua vontade, só para mostrar que Ela era maior. Era como eu pensava. Vivi minha vida contra Sua vontade, sei o peso Dela. Mas não fui só eu. Viver é negá-Lo. Cada novo dia de vida é uma vitória contra a Sua vontade, uma vitória de nosso egoísmo. Autopreservação, eis a lei da vida. O Senhor não conhece isso, a eternidade é seu ser. O Senhor não precisa se bater com ninguém que também seja eterno, que tudo veja, que tudo saiba. O Senhor não vive. O Senhor apenas é. E está se lixando para o que faço ou deixo de fazer, já me condenou há muito. Seus olhos são para outros. Mas, não sei... A mania de minha irmã é dessas manchas de alma que só fazem aumentar quanto mais ela esfrega o cimento, é o que sempre digo para os botões de meu pijama. Ela faz isso por medo, e o seu é um medo egoísta. Conheço Idomeneia melhor do que o Senhor, sei o que ela pensa. Se um dia algum pretendente aparecer e encontrar um fio de cabelo no sofá ou um grão de poeira no canto da parede, ela se verá nua perante sabe-se lá que entidade maligna e talvez supliciadora, que a torturará pelos séculos afora, sem clemência. Coberta de vergonha, já não conseguirá encarar a si mesma, quanto mais o pretendente. Tenho pena dela. Depois de todos esses anos de obstinação, o que ela ganhou? Mãos grandes, inchadas, joelhos que parecem a sola de meu pé, esse cascorão descorado que ela talvez já não enxergue quando se olha no espelho. Ainda é bonita, minha irmã, se a gente não reparar nesses detalhes. Ainda arruma um cobertor de orelha. Aquele fotógrafo que apareceu por aqui andou enviando flores... É mais jovem do que Idomeneia, bem apessoado e de família reta, ou ao menos assim ele me disse. Acho que dará um bom marido para minha irmã, se não se importar com suas chagas. Ela tem um atrativo importante, ainda é virgem aos quarenta e poucos.

"Anda, Anacleto, desinfeta!", o Senhor também a ouve comandar. A mesma ladainha de todas as manhãs. O Senhor a pode ver? Está de joelhos, esparramando a água de sabão pelo cimento do alpendre. O sabão é ela mesma quem faz, com o sebo e a soda cáustica que Zequinha das Mortes nos dá todo mês. O Senhor sabe que dá trabalho, o sabão. Precisa bater, bater e bater o sebo, então juntar óleo e glicerina e soda, coisas que ganhamos de Chico Boticário, compadre do Pai. Já não usamos esse sabão para o banho ou as roupas, Florenciana nos traz sabonetes e sabão em pó. Mas o Senhor se lembra do tempo em que o asseio da casa dependia dele e apenas dele... Foi o que destruiu meus cabelos, acho eu. Minha cabeleira... Era farta, ondulada, obediente, causava inveja aos invejosos daqui. Não era essa coisa rala, rebelde à brilhantina. Minha pele também ficava irritada, o rosto eu só lavava com água. Não admira que eu deteste banho. Não é só a água que gasta... O sabão em pedra também. Formei o hábito, fazer o quê? Mesmo com esses sabonetes perfumados e cheios de frescura que Flor nos traz, prefiro manter distância do chuveiro. Meus perfumes são ótimos, meu sobrinho Cláudio traz sempre um novo para mim quando vem de Paris. Ele diz que os franceses não são chegados a banho, por isso os perfumes. Se eles podem, porque não eu, que já fui mais bonito?

Deixo Idomeneia com seu esfregão, convido o Senhor a um passeio. Venha comigo pelo corredor lateral de terra batida até o quintal. Deixo para trás o tanque de cimento, a máquina de moer cana, duas gamelas com roupa branca de molho em água quente. O sol ainda nem subiu e a Mãe já ferveu a roupa... Não é belo, nosso quintal? Estico os braços sobre a cabeça, a brisa fria fustiga meu umbigo despelado. Volto os olhos para nossa casa. Tem paredes caiadas, o reboco está todo lisinho, a porta da cozinha, os batentes, a janela do quarto grande, tudo pintado de novo, Florenciana parece que se convenceu de que a casa nova vai tardar e resolveu mandar pintar. Também mandou construir um pequeno telhado sobre a porta da cozinha e a janela do quarto de hóspedes, armou-se essa espécie de varanda... Nela o Pai plantou uma mesinha, cinco tamboretes e uma cadeira, tudo feito por ele. O Senhor pode ver a Mãe sentada junto ao fogão? Vê como ela está ofegante? Tem a face macilenta, o corpo exangue. Receber Florenciana está ficando pesado para a Mãe. Idomeneia bem que podia ajudar, deixar o escovão por um minuto que fosse.

Faz frio. O sol está amarrado atrás do Morro da Pimenta. Puxo a cadeira para fora da cobertura de telhas de barro. Gosto de ficar assim, reinando no centro de nosso quintal. Aqui não tem Idomeneia para chatear, posso desencravar as unhas do pé, limpar as das mãos com o canivete suíço que ganhei de Abel no ano passado, tirar sujeira das orelhas, ouvir a passarada, o som do vento nas folhas da bananeira à direita, da mangueira mais velha do que eu mais ao centro. O Senhor vê a pequena horta com temperos que a Mãe cultiva? As duas dúzias de pés de cana? O Pai não vive sem o suco de sua caiana no meio da tarde. O moedor ele mesmo construiu, depois de perder os dentes todos. Moedor de madeira, sim, Senhor, aquelas engrenagens, complexas que nem a alma de Florenciana. E a cerca de bambus trançados em arame farpado, o Senhor vê? Ela vela e revela partes do que não ocorre no quintal de Justiniano... Eu poderia ficar aqui para sempre, contemplando as cabras do Pai a pastar, as galinhas ciscando... Dou graças ao Senhor por isso. Como não reconhecer que somos uma família abençoada?

É por isso que o Senhor planta a voz de Isaura Constante em meus miolos? Porque estou feliz com meus fantasmas? Pois lá vem ela de novo, aquela ladainha, "Vianna e bosta para mim são a mesma coisa, abençoada é a Virgem!" Tento espantar essa música dos infernos que é a voz de Isaura, mas nem assoviando um bolero mexicano eu consigo. Está aumentando a frequência, Isaura aparece cada vez mais em meus sonhos, meus pensamentos. Do nada, como agora. Como se fosse um carrapato falante grudado em meu tímpano, uma remela de olho, um encosto. Não é coisa Sua, é? Não pode ser. É do Demo, isso de ficar soprando essa voz o tempo todo, "você é bosta boiando no rio Formoso. Uma titica, uma ti-ti-ca". A voz de Isaura Constante. Anda, sai de mim, bicho danado!

Isaura desencoraja os pensamentos. Tinha uma lindeza de cegar bode velho, mas, oh, que mulher difícil! Meteorito impenetrável, pilha de cinza e gelo! Bonita só de se ver. Não servia para conversar, não servia para safadezas, para nada. Sim, já tive meus devaneios com ela, como todo mundo em Floral. Mas nunca empreendi o que devaneei, meu projeto amalucado de amolecer Isaura Constante, ver como ela reagiria a meus dedos lá onde ela escondia seu pudor fingido. Gosto de imaginar que por trás de um poste como ela há um fogo reprimido, à espera de um combustível como o meu. Sempre encontro um jeito de surpreender as putas mais encardidas, por que não Isaura Constante? Mas nunca tentei nada. Ela me dá... Medo. Sempre deu. Pensar nisso me torce as tripas, sinto esse desejo de morte, a boca seca, acho o mundo injusto, ou talvez o Senhor.

Sim, porque o Senhor e Abel são os únicos que sabem que ouvi Isaura cantar. São os únicos que sabem que o canto de Isaura abriu tamanha fissura em meus sentidos que pensei que nunca mais conseguiria viver sem escutar o que ouvi, já sabendo desde o início que nunca mais o ouviria. Se eu falar disso em Floral me mandam para o hospício na mesma hora. Mas não sou louco. Ouvi Isaura Constante cantar. Nunca me esqueci, porque aquilo foi de não se esquecer, e talvez endoidecesse outro que não eu. Se eu, naquela época, acreditasse no Senhor... Quer dizer, se O frequentasse, talvez concluísse que o Senhor colocara Isaura em meu caminho visando desígnio próprio, uma mudança de rumo, um recomeço, não sei. E eu talvez tivesse agido de outra maneira. Teria sido menos… Covarde? Só saberei às Suas portas. Pois foram tantos os sinais! Primeiro, o frio. Aquele foi um inverno dos mais rigorosos. O ar ressecava de um jeito a pele da gente que chegava a porejar sangue.

Eu tinha o quê? Dezoito anos, talvez. Não, vinte e cinco. Não, muito mais. Era agosto, eu vinha de comemorar meu aniversário na Cacau, disso não tenho dúvida… Mas fiz isso outras vezes, minha memória as mistura. A boemia é um suceder por igual, o tempo fica em suspenso, parecido com o Seu. Não fosse a marcação do café torrado pela Mãe todas as manhãs, eu não… Ah, acho que estou me contradizendo. Mas me lembro de ganhar uns trocados na sinuca e achar que merecia me acoitar com duas moças novas e limpas. Na Cacau, tudo se podia, o Senhor era deixado no capacho com os sapatos que a gente era obrigado a descalçar. "Em minha casa não entra merda de cachorro nem cusparada de gente porca, Teteco. Deixe aqui seus sapatos que Glorinha cuida deles pra você". Cacau era muito asseada, ciosa de seu puteiro e da saúde das meninas. Deitava-me com duas, três, quantas fossem, e eram sempre perfumadas, de banho tomado, as partes depiladas para não dar parasita, todas com os dentes na boca, brincos nas orelhas… Nunca peguei doença lá, os cancros que tive foram da Emerenciana. Cacau, não. Era incomparável, era justo que cobrasse o que cobrava dos magnatas daqueles tempos. Sim, nos meus aniversários eu também dava uma de magnata, o que é que o Senhor tem com isso?

Foi assim daquela vez. Passei a noite lá, saí como de costume, o dia clareando, os pensamentos arejados de tanta mordida que tinha levado das meninas. Descia pela avenida principal quando ouvi aquele canto de sereia brotando do nada, como se transpirasse do chão e subisse com a poeira que meus pés levantavam. Naquele tempo a avenida principal ainda não era calçada, prefeito Sabino só colocaria pedras nas ruas muito mais tarde. Meu caminhar deixava rastro na manhã gelada, a brisa soprando como agora e arrepiando meus cabelos. Mas o frio que senti foi na espinha. De onde vinha aquela voz?

O sol ainda não tinha saído das montanhas, embora já tivesse apagado as estrelas e o céu estivesse arroxeado ao fundo. Um céu sem nuvens, o inverno inclemente de seco, a manhã pintando uns azuis distintos, estranhos, irreais, muito diferentes daqueles que eu gostava de surpreender voltando da boemia. Eram mais... Transparentes... Mais aerados. Eu não estava mais bêbado do que de costume, não era isso. Na verdade bebera pouco, agora posso ver tudo claro... Para não frustrar as meninas, tomara umas cervejas... A garrafa de uísque deixei lá, sobre o criado-mudo, um terço por beber. Não tinha a marvada nos cornos. A manhã estava mesmo era entretida com outras coisas, deixando o céu ao sol, que brincava de colori-lo com milhares de matizes de azul. Ou era a voz que era azul? Uma sereia cantando. Uma sereia! Na serra!

Apurei os ouvidos, caminhei na cadência do que ouvia, que vinha... Da casa de um Constante! Abel não me dissera que tinham convidados, inda mais uma sereia! Aquilo era um presente dos céus. Odília estava em lua de mel, Florenciana não estava na cidade, Osimande e eu tínhamos um abacaxi de todo tamanho para descascar... Era... Sim, Abel, agora me lembro de tudo. Abel queria uma serenata para Helga de seu Catalão. Morena difícil, a Helga. Seu Catalão vivia de plantar temperos e verduras, profissão das mais ingratas. Era um homem encurvado, mãos muito grossas dos calos, de movimentos minguados. Tinha um olhar manso, acho que resignado. O dinheiro que ele ganhava mal dava para pagar a escola da filha na capital. Helga amava o pai, vinha nas férias de julho e dezembro e nos feriados prolongados. Talvez gostasse de Abel, vez por outra aceitava o convide dele para um cinema ou um passeio na praça. O Senhor se lembrará, era uma tradição em Floral isso de dar voltas ao redor da praça, os homens girando contra o relógio, as mulheres em sentido oposto, sempre aos pares ou bandos, primeiro mãe e filha, depois irmãs, quando mais velhas, e as amigas, quando adultas. Elas caminhavam devagar, escondendo a boca ao comentar o jeito manquitola de um garoto, a pinta de galã de outro, o cabelo de gumex do almofadinha, os sapados lustrados do rapaz da capital... A gente também andava em bandos para compensar o ajuntamento delas, ou para não ficarmos intimidados, ou, quem sabe, para intimidar. Porque muita briga precisou ser apartada nessas paradas de fim de semana. Helga mesma, acabou sendo pivô do entrevero que opôs Abel e Nerso Panamá.

Abel e Helga já não circulavam, conversavam no banco ao

lado do coreto, já não estavam disponíveis para a paquera. Era uma regra não escrita, como tudo por aqui: se um par se juntava, se sentava para conversar, era assunto encerrado, o povo respeitava as escolhas. Pois Nerso deixou a ola dos homens e foi tirar satisfações com Helga, que ele paquerava há meses. Talvez se julgasse correspondido, aquele era uma gosma, de tanta soberba. Helga fez-se de vexada, Abel arrancou o panamá das mãos de Nerso, e de seus lábios e nariz o sangue que sujou o vestido branco da moça, que desmaiou com a cotovelada destinada por Abel ao rosto de Nerso. Quando a roda se fechou em volta deles e eles foram separados, Helga estava de quatro, tentando se reanimar. Ouviu-se um ohhh na turba quando ela ergueu a cabeça, o supercílio aberto borbotando sangue. Alguém a ajudou a ficar de pé, Abel livrou-se de quem o segurava, tomou-a no colo, carregou-a até o bar, seu Amoroso prestou os primeiros socorros como fazia com os brigões nas madrugadas.

Helga aceitou as desculpas de Abel, "não, claro, foi um acidente, tudo bem", mas depois ficou mais arredia, acho que por causa da cicatriz. Sua sobrancelha nunca mais se endireitou. E ela nunca mais aceitou um convite para um cinema, um sorvete, um passeio a cavalo, nada. Talvez seu Catalão a tivesse proibido, não sei. Ele não gostava dos Constante. Não por eles, em si. Era o dinheiro deles que o desconfortava. Já me confidenciara uma vez no salão de Emerenciana, onde raramente punha os pés: "Dinheiro é a erva do diabo, Teteco. Tem vontade própria, e a alma da gente é muito fraca. Não pode com ele. É bobear para ver! Ele logo escraviza a gente, você passa a viver pra ele, pra fazê-lo crescer e crescer e crescer... Quer sempre mais de sua alma, de sua disposição, de suas energias... Não tenho nada contra os Constante, você me entende? Não é pessoal. Não é culpa deles, coitados." Estranhas, essas filosofias, num homem que nunca provara a abastança. Seu Catalão construíra suas ideias só de ver os Constante. Talvez tenha vaticinado sua ruína, pois é certo que fazia força para separar sua Helga de Abel, que contava comigo e Osimande para fazer a serenata dos sonhos dela.

E então, aquela voz! Com ela, Helga acompanharia Abel ao último dos infernos. A voz saudava a manhã com uma ave-maria... Arrancava do fundo da garganta um timbre abafado, sofrido, rouco, chorava sua ave-maria, como se num claustro. Desci a rua devagar, cheguei mais perto e mais perto daquele objeto estranho, intangível, magnífico: a voz de... Isaura Constante! Ela cantava no jardim da casa de seu Hermenildo enquanto podava a quaresmeira ressequida onde eu tinha urinado meses antes. Não, não sou o Senhor ou o Super-Homem, não tenho visão de raios-X. Naquele tempo a casa não tinha os muros altos que mandaram construir depois que seu Gotardo morreu sua morte misteriosa, dizem que envenenado pela filha Adalgisa que se enforcou no abacateiro que tinham nos fundos do quintal. Há anos ninguém sabe o que se passa do lado de lá do muro, que faz tempo que Sérvulo não aparece em Floral. Mas naquele tempo era diferente. Seu Hermenildo tinha orgulho de seu solar. Lembro-me das entradas da casa, uma pela frente e outra pelo quintal, ambas com escadarias em meia-lua em pedra de cantaria e corrimões de mármore encimando os mourões franceses. Levavam a portais de granito e imensas portas de jacarandá entalhado, que davam para halls de vitrais e chão de ladrilho hidráulico português. Não frequentei muito aquela casa, era mais próximo de seu Herculano do que de seu irmão. Mas lembro-me de ser convocado por seu Hermenildo para animar festas regadas a uísque escocês, o quintal da casa fervilhando de gente em meio às buganvílias e quaresmeiras e primaveras e heras e roseiras e não sei mais que outras árvores floridas, que vez por outra eram assaltadas por Frutuoso em nossas serenatas. Esse paraíso seu Hermenildo cercara com uma fileira de ciprestes, sempre cortados num desenho compacto, simétrico e de aparência inexpugnável.

Mas eram apenas ciprestes, e uma parte começara a apodrecer, que a natureza às vezes vê de se rebelar contra quem a tortura ou tenta conter. Foi ali que enfiei minha cabeça, atordoada pela voz que ouvia. E dei com Isaura Constante... A mulher de gelo... Aquilo era mais improvável do que o Demo se acoitar com um arcanjo. Aquele poste não podia estar cantando daquela maneira, naquele tom, com aquela... entrega! O mundo ficou estranho, os azuis esverdearam, perderam a leveza, esfriaram. Fiquei ali, catatônico, um tanto desequilibrado, incapaz de fazer o que deveria ter feito, arrebentar a cerca, pular sobre Isaura, deitá-la na grama seca, derreter seu gelo. Ou talvez sair correndo sem olhar para trás, que o Senhor devia estar caçoando de mim outra vez. Porque para Isaura eu era um nada, o Senhor sabe. Não que ela me desprezasse, não era isso. Ela simplesmente não me via! Para ela eu era uma espécie de... lesma... dessas transparentes, que a gente só vê se estiver caçando isca para pescar. Nutre um desprezo doentio pelos Vianna todos, a Isaura. Por ela, seu Hercílio não doaria um grão de café à Mãe. Fez de tudo para impedir que Beno se casasse com Florenciana, inventou histórias, no confessionário disse a padre Hermógenes que vira minha irmã zanzando pela Rua das Flores... Coisa de gente baixa, isso de caluniar uma pessoa como Flor! Ainda mais para padre Hermógenes, fuxiqueiro como ele era! O padre convocou o Pai, aumentou um ponto na conversa, disse que Florenciana era amiga de Celestina das Flores, que precisava de um corretivo... Sorte que o Pai é inteligente, juntou dois mais dois quando o padre pediu que ele "desse ouvidos a dona Isaura, mulher de alma pia". Isaura já havia tentado outras artimanhas, como inventar que a carne das marmitas que Florenciana vendia, e na época sustentavam nossa casa, era de cachorro, ou dizer a Beno que Flor era chagásica, ou a seu Hercílio que sua futura nora não era virgem. E agora envolvia o padre em seu rancor. Padre Hermógenes já estava velhinho, talvez frustrado por nunca ter ido a Roma, nunca ter visto o Papa, por ter perdido a vida em Floral; então, falava demais. A Mãe mesmo era uma que já não se confessava com ele, o pessoal do Rotary chegou a escrever ao bispo pedindo a aposentadoria do vigário. "Olhe, padre Hermógenes", o Pai respondeu a ele, deixando a Igreja, "Deus tem bons ouvidos e melhores olhos. Dona Isaura tem é inveja de minha Flor". O Senhor sabe que não estou inventando isso. O Pai contou tudo à Mãe naquela noite, a conversa deles chegando a mim por cima das paredes da casa nova que Florenciana alugara. Uma casa um pouco menor do que esta, lá para os lados da rodoviária, com paredes de tijolos e telhado sem forro que deixavam a nu nossos pensamentos. "Acho melhor nossa filha se casar logo", o Pai bocejou ao dizer, palavras que devem ter pousado como plumas nos ouvidos de minha irmã. Mas ela não precisava de conselhos... Semanas antes, como Beno não se decidisse, pedira ela mesma a mão dele a seu Hercílio! De susto, seu Hercílio acedeu, só eu sei a que preço. Isaura já nada podia contra ela.

Pode ser que o Pai tivesse razão. Sobre a inveja, quero dizer.

Isaura também fora um portento de beleza, como Florenciana era, e teria reinado nesta cidade se tivesse... Ficado por aqui, entre os pecadores. Se não tivesse se trancado em copas depois da tragédia que sobre ela se abateu. Pode ser que invejasse minha irmã, bem mais nova, talvez não tão linda quanto ela fora, mas com uma voz de calar um fagote, tal como a de Isaura. Não sei. Acho que a cisma de Isaura era comigo. Ela não queria o casamento de Beno porque isso ligaria nossas famílias, nos faria parentes, de um modo ou de outro.

Contei a Abel no cabaré: "Vou morrer disso, meu amigo, da doença que sua irmã me inoculou hoje cedo. Isaura tem o olhar da medusa... Meu coração congelou por um instante, parou por um instante, voltou a bater de outro jeito depois, às marteladas, como se estivesse bêbado ou desvairado. Ela parou de cantar imediatamente, disse que se eu contasse a alguém ela viria pessoalmente me surrar de vara!" Abel riu, fazendo que não com a cabeça. "Isaura enfeitiçou você também", disse depois. "Melhor você fazer o que ela disse. A bruxa já me bateu muitas vezes, por coisa muito menos grave. E ouvi-la cantar foi grave". Meu rosto deve ter assumido alguma expressão de súplica, porque Abel riu de novo, balançou a cabeça de novo, e disse "está bem... Está bem, vou contar... Mas se você repetir isso a alguém, perde o amigo. Ela fez uma promessa uma vez... Isaura cantava no coral da Igreja, era a contralto solista, uma sensação aos domingos. Sei de gente que ia à missa só para ouvi-la. Quem mandou você nunca ir à Igreja? Já a teria ouvido antes... Mas o garoto que fazia par com ela adoeceu, isso já faz dez, doze anos... Deus, o tempo... O garoto era o Caco Pimenta, você se lembra dele? Ninguém sabia que eles estavam namorando, Isaura sempre faz tudo às escondidas. O moleque ficou ruim, ruim, os médicos desenganaram. Foi hepatite, não foi? Pois então, Isaura fez uma promessa. Nunca mais cantaria senão para Nossa Senhora, enquanto ele não sarasse. Só para Nossa Senhora e ninguém mais. Acordava todos os dias às cinco da manhã e cantava nove ave-marias trancada em seu quarto. Contíguo ao meu, eu podia ouvi-la muito bem, mas irmão mais novo não conta, não é? Não é gente. Eu, pelo menos... Não adiantou nada, porque o moleque morreu. Demorou, mas morreu. Isaura quase morre também. Perdeu a fala, ficou mais de ano sem conseguir conversar. Aquele período em que ela sumiu daqui foi por isso, estava na capital em tratamento. Fonoaudiólogo, psiquiatra, macumbeiro, meu pai tentou tudo. Acho que ela abriu as pernas para o garoto, sei lá. Quem fica doente assim se não for de amor, não é? Enfim, num belo dia ela amanheceu falando. Mas nunca mais cantou. Quer dizer, ninguém nunca mais a tinha ouvido cantar... Não até esta manhã". E eu estava lá para escutar. Eu, Anacleto Sereno Vianna, a lesma transparente. E dizem que o Senhor é justo.

Pensei muito naquilo. Tenho para mim que Isaura Constante vinha enganando a família aqueles anos todos. Sua voz era estudada, limpa, o gume de um punhal de cristal. Era óbvio que ela continuava cantando. A casa de seu Herculano na capital era um palácio, Isaura tinha uma ala toda para si, filha única entre quatro homens. Entocada em seu quarto, podia cantar que ninguém ouviria, talvez nem os empregados. Dona Diná nunca ficava muito por lá, mesmo com Isaura doente ela jamais se afastou por muito tempo de Floral, que aquela morria de medo de perder seu Herculano para alguma menina mais moça ou para a boemia. Quando Isaura decidiu viver de vez na capital, apenas seu Humberto estava lá, estudando para ser médico. Isaura tinha toda liberdade para cantar em casa, se quisesse. Pode ser que estivesse de novo em algum coral de igreja, ou quem sabe cantasse escondido nas noites, que a capital é cidade grande, é fácil se esconder no bar de um bairro mais distante, cantar para os bêbados sem que ninguém saiba. Gostei de pensar que Isaura talvez levasse uma vida paralela, que aquela pedra de gelo era só para despistar, que lá no fundo de sua alma, talvez em seus intestinos, queimava um fogo que ela reprimia, por culpa ou terror por me amar sem peias, eu, uma lesma rastejante e tudo o mais. Nunca falei desses devaneios a ninguém, Abel me pedia segredo à toa. Sou mesmo um túmulo, só converso com o Senhor e com meus fantasmas. Mas que Isaura cantava escondido, não tenho dúvidas. Isso continua comigo, essa contradição. O Senhor há de convir, para produzir aquela voz, a alma de Isaura não podia ser apenas gelo e pó de tempos ancestrais, acumulado em montanhas intransponíveis por gente como eu. Devia estar em reboliço, consumida por paixões arrebatadas, ou, pelo menos, uma paixão arrebatada, umazinha que fosse.

Se o Senhor quis alguma coisa com aquilo, se me quis desviar da rota em que eu me perdia, se aquilo era um vento torto, um sinal de que talvez pudesse salvar Isaura ou a mim mesmo, isso nem ela nem eu saberemos. Fiquei intimidado com aquele olhar asilado, seus azuis como a manhã, sua fúria isenta de susto, surpresa ou pesar, apenas fúria, a expor minha insignificância. Parecia incapaz até mesmo de me odiar, suas palavras eram um bloco de granito, "você não ouviu nada aqui, entendeu, seu enxerido? Não viu nem ouviu, nada, nada, nada! Você não é nada, nada, nada! E nada não sente nada, não vê nada, não ouve nada! Você entendeu? Desapareça, não quero mais ver sua fuça por aqui. Nunca mais!" Nem meu nome ela disse. A mulher não é de carne e osso, não mesmo.

De que serve uma beleza assim? De que serve uma voz assim? O Senhor às vezes me tonteia, mais do que a marvada. E é engraçado, porque Adriano, filho da infeliz, não é como ela. É mesmo uma joia preciosa. Não puxou o pai, de jeito nenhum. Alceste durou pouco nas mãos dela, em cinco anos estava morto, uns dizem que foi de desgosto, outros falam em suicídio, mas o povo é muito maledicente. Vi pouco, o dito, Isaura o mantinha na capital, recluso como ela mesma. Mas lembro-me bem dele, seus modos ressabiados, seu olhar oblíquo. Andava meio encurvado, como se a esposa o vigiasse de algum lugar nas alturas. Falava manso, mas com voz escorregadia, a sua não era uma mansidão de berço, e sim adquirida com a vida, fugindo sabe-se lá de que fantasma. Não era do tipo que se mata. É preciso coragem para dar cabo de si, condenar-se de moto próprio aos suplícios do inferno. Ninguém com o sangue de Alceste é capaz de se mirar no espelho e dizer a si mesmo "agora eu vou encarar o Demo, ver o que ele tem para mim!" Adriano tem essa fibra, mas seu pai? Não mesmo... Detesto admitir isso, mas ele é Isaura Constante por completo, se bem que do avesso. A alma que ouvi na voz de sua mãe passou inteirinha para o peito dele. Tem paixão pela vida, coragem para desbravar, experimentar. Fala apressado, sempre se mexeu com o açodamento de quem tem algo a dizer ou fazer, um destino a cumprir. E gostava de ouvir as histórias que contávamos, Abel e eu. Então só podia dar nisso, esse arquiteto afamado e conhecido no mundo todo. Pena que nunca se casou. Acho que não gosta muito de mulher, o Adriano. Dizem que tem um namorado em São Paulo. Se for isso mesmo, é bem feito para Isaura, sua semente morrerá com ela, que o Senhor me perdoe.

Isaura Constante está no passado, é um fantasma. Já não me tira o sono. Com a família abençoada que tenho, por que perderia meu tempo pensando nela, falando dela para o Senhor? Aquilo é mulher infeliz, solitária, prisioneira de sua beleza decaída... De sua voz mofada. Não é como nós. Aqui ninguém é prisioneiro de nada, ninguém tem voz embolorada. A tosse do Pai vem consumindo suas cordas vocais, é verdade, mas doença não é escolha, é castigo Seu. Isaura buscou as sombras, escolheu o mofo. Cruzei com os cornos dela no outro dia, e ao me ver a bruxa atravessou a rua. O sol das quatro da tarde alongava sua sombra, parecia um monstro duplicado no calçamento. Ainda caminha sem hesitação, como se a rua fosse sua sala, a cidade sua morada. Mantém o porte e o olhar que traz as marés e o gelo dos polos. Vestia uma jaqueta de couro e calças de montaria, as botas com esporas a quicar no chão marcando um compasso fúnebre. Como se ainda tivesse cavalos... Talvez estivesse hospedada na fazenda de seu Hercílio, não sei. Coriscou por aqui e desapareceu nas sombras outra vez. Como um fantasma. Que fique nas sombras. Que cante para os mortos.

Nós, não. Usamos bem o dom que nos foi concedido. Não guardamos nada para nós. Gosto de pensar que somos uma família de artistas. Falo isso de mim para mim, ou pareceria soberba. Mas o Senhor negaria, se perguntado? Nossas serenatas são comentadas até hoje, não são? Era correr a notícia de que os Sereno Vianna iam cantar e a cidade tremia. Floral ficava tensa, aquela eletricidade no ar. A seresta é uma instituição por aqui, eu sei. O Pai é um que encantava os sonhos das moças quando jovem. Imitava Noel, Mário Reis, Ary Barroso, esses cantores de voz de taquara rachada... Como o Pai houve outros, a cidade era cheia de boêmios metidos a artista. Mas desafio o Senhor a apontar uma formação, um grupo, um ajuntamento de seresta que chegasse aos pés do que éramos. Desafio bobo, não há controvérsia. Não aqui. Osimande e seu bandolim, Tonico do violão, Bebeto da flauta, Frutuoso, Adílio, Florenciana, eu... Turma abençoada.

Para alguns, éramos um bando de bêbados a perturbar o sono

de gente trabalhadora. Fazendeiro dorme e acorda com as galinhas, e às vezes um ou outro mandava chumbo de verdade. Mas era raro. Mesmo os magnatas — como seu Hermenildo e seus jardins de onde roubávamos rosas, para com suas pétalas escrever os poemas para as moças —, mesmo eles achavam aquilo divertido. Seu Gabriel Ferrante, por exemplo, dono do antigo moinho de milho. Vinha de pijama ajudar Frutuoso a roubar as rosas de seu jardim! Frutuoso era um moleque, ainda não bebia, era o responsável por esse detalhe mágico das serestas. Seu Gabriel oferecia café a ele — "você vai precisar, garoto, a noite apenas começa" —, mostrava as melhores rosas, sugeria misturas de cores, lamentava não poder vir conosco e sempre se despedia com um abraço choroso em meu irmão caçula. Dona Cleiva, o Senhor talvez se recorde, porque a fez sofrer por décadas antes de levá-la, precisava dele para tudo, até para se limpar no sanitário. Quando ela morreu, Osimande já tocava bandolim no inferno, era tarde para seu Gabriel.

Frutuoso virou delegado das rosas depois do acidente de Osimande no jardim de seu Versilo do trator, homem de triste memória. Trouxe as colheitadeiras de milho para cá, desempregou meio mundo com as máquinas. Depois mandou cercar sua casa com grades altas, de extremidades pontiagudas, afiadas como o tridente do pé-de-cabra. Osimande gostava de roubar as rosas dele justo por isso, por ele se ter enjaulado contra a cidade inteira. Nunca compreendi aquilo. Não havia ladrões em Floral. Não havia vândalos em Floral. A casa das pessoas era lugar sagrado, as portas viviam abertas. Os mais chegados entravam sem bater, os outros tocavam as sinetas, batiam palmas, "ô de dentro! Tem alguém em casa?", aqui todo mundo se conhecia. A Mãe ainda mantém o costume, que no mais se perdeu. Semana passada mesmo passou por aqui aquele rapaz de Pau dos Montes, como era mesmo o nome dele? O Senhor me perdoe, ando esquecido das coisas novas. Mas era sábado, lembro porque estava no banho, ou ele não teria entrado como entrou. Bateu palmas, a Mãe veio atender, sem perguntar nada deu espaço a ele, que entrou, sentou em nossa cozinha, comeu nosso pão de queijo, tomou nosso café, um copo de leite de cabra... Quando saí do banho ele estava no quintal cortando cana para chupar. "Estava morrendo de fome, o coitado", a Mãe disse, em resposta ao meu olhar ressabiado. "E o que ele quer?", indaguei. E ela: "Não sei. Ainda não perguntei. Deixe ele comer primeiro…" Lembro de ter pensado que até nisso a Mãe é como Penélope… Li numa Seleções que na Grécia antiga o viajante era recebido sem perguntas. Davam banho nele, untavam de óleo, faziam massagem, davam de comer, cama para dormir e só depois perguntavam quem era, de onde vinha, o que queria, às vezes para descobrir que tinham acoitado um inimigo. Antigamente em Floral era assim também, e não apenas em nossa casa. Seu Versilo gradear a dele foi uma afronta. Assentada a grade, o delegado se sentiu ultrajado, prefeito Sabino foi tomar satisfação. Seu Versilo não arredou pé. Disse que era a última moda na capital, as casas estavam levantando muros, plantando grades, cercando quintais, mais dia menos dia Floral seguiria os ventos do progresso. Ele estava apenas mostrando o caminho.

Posso ver Osimande do lado de lá da grade de seu Versilo, sorriso no rosto, a navalha a cortar para Odília as rosas vermelhas. Não, Odília ainda não era dele, disso tenho certeza, porque quando eles fugiram Osimande ainda convalescia do acidente. Era para ela que ele colhia as rosas, parecia um garoto, de tão contente. "Odília merece o melhor", ele me disse no caminho, "vamos limpar o jardim de seu Versilo, quando ele acordar vai ter uma síncope!" Chovera, as pétalas carnudas das rosas vermelhas clamavam aos céus, exalavam suas entranhas, estavam loucas para ser colhidas por meu cunhado. "Ande com isso, homem", sussurrei para ele, "seu Versilo vai acordar!" Ele escrutava as roseiras, era judicioso na colheita.

Pela grade Osimande me passou duas dúzias das rosas vermelhas, "segure, vou apanhar as amarelas". Foi quando o gato angorá de dona Vilatina saltou do arbusto para o parapeito da janela dela. Osimande se assustou, "caramba, estou morto!", grunhiu entredentes, pensando que era seu Versilo com a espingarda. Fez-se de acrobata de circo e trepou na grade assassina, aquele portento de pontas a caçoar de mim. Quando girou o corpo por cima das lanças, a mão que dava apoio ao salto escorregou pela barra de ferro e… Ai, ainda me arrepio só de lembrar. Uma delas rasgou-o da primeira costela até a axila… Por sorte parou ali, ou ele teria ficado pendurado pelo sovaco até o dia clarear. Mas não deu um pio, o meu cunhado. Pulou para o chão com o braço grudado ao corpo arqueado, a roupa já puro sangue quando começamos a correr. "Puta merda", ele berrou depois, "está queimando feito pimenta. Você já viu tanto sangue na vida?" Pergunta de um homem assustado com o próprio sangue, claro, a boemia não é exatamente um jardim de infância. Mas fiz que não com a cabeça, em solidariedade. Dei a ele a cachaça que trazia no bolso do colete... Sim, agora me lembro, eu estava de colete. Estávamos todos engalanados, antes da serenata para Odília faríamos a de dona Mariana, que fazia trinta anos, e doutor Justo nos prometera uma garrafa de Dimple. Eram para ela as rosas amarelas que Osimande não conseguira colher.

Não, não cantamos pela marvada, o Senhor talvez tenha entendido mal. Nem o Dimple era uma paga por serviços prestados. Era uma... Oferenda. Reciprocidade, o Senhor não compreende isso. Não é de Seu mundo. É invenção dos homens, um toma lá dá cá de trás para frente. O mundo do Senhor é olho por olho, dente por dente. O Senhor só atende os nossos apelos se Lhe der na veneta. Se não atender, fica por isso mesmo, nós continuamos insistindo, oração sobre oração, noite após noite que o Senhor escuta se Lhe convier. Entre os homens há essa regra não escrita, uma gentileza se retribui, ponto. Osimande dissera a doutor Justo que sua Mariana merecia uma serenata, "trinta anos não é uma idade qualquer". O doutor agradecera, dissera que o Dimple nos estaria esperando no alpendre, atrás do vaso de crisântemos. Estou me lembrando de tudo. "Hoje é dose dupla, vamos encantar dona Mariana e Odília", Osimande falou, quando foi me tirar da cama. "Anda, quero você de beca e Vulcabrás, essas duas merecem o paraíso e a gente vai servir de charrete". Vestia seu terno preto, comprado para o casamento de Hosmani mas nunca usado, que ele ficara retido na capital na greve dos ferroviários. Hosmani precisara improvisar alianças de latão com seu Belaustário, que Osimande era padrinho e traria as de ouro consigo, seu presente de casamento. Hosmani não perdoou o irmão. "Se ele quisesse teria se virado!", ele me diria no baile, "por que não pediu um carro ao DNER? Por que não veio de ônibus? Greve é desculpa de bêbado, ele deve é ter se atracado com uma puta por lá". Não se atracara, o Senhor é testemunha. Houve mesmo uma greve de ferroviários, naquele tempo era greve em cima de greve, o presidente Juscelino ainda não tinha domado os sindicatos. E Osimande acabara de ser admitido no DNER, não tinha a confiança dos chefes. Depois Hosmani o perdoou, "desculpe ter desconfiado de você" e tudo o mais, essas coisas que o Senhor também não conhece, como o perdão entre irmãos. De modo que o terno estava sendo estreado naquela noite, e agora era sangue puro. "Vamos para o hospital", eu disse a Osimande, que claudicava com a garrafinha de cachaça na mão. Ele balançou a cabeça, "não, não, o doutor está em casa esperando. Lá ele me costura. Caralho, como isso queima!"

Levou trinta e nove pontos... Ficou alguns meses sem tocar bandolim, e sem ele dona Mariana e Odília não viram o paraíso. Mas receberam a seresta de vozes, flauta e violão, com choros no lugar dos boleros que Osimande teria dedilhado se pudesse. Depois disso ele decidiu que, se para roubar rosas era preciso estar sóbrio, então não era com ele. Frutuoso herdou a função, porque sem ela não tinha graça. Uma moça podia resistir a um presente, uma cantada espirituosa, à fuça sem espinhas de um rapaz. Mas para duas coisas não havia remédio: nossas serestas e os versos escritos no alpendre com pétalas de rosa, versos fugidios, delicados, sujeitos aos ventos ou à vassoura de uma mãe mais zelosa... Eram coisa de se ler depressa, as meninas a apertar os olhos por entre as frestas das persianas de madeira ou através das cortinas rendadas ou pelas fissuras dos vitrôs de vidro boleado. Algumas abriam a janela quando já não estávamos, outras se aproveitavam da lua escura para descer com seus chinelos e penhoares até o alpendre, e então sonhavam sua paixão sufocante.

As serestas eram coisa de Osimande, não estou reivindicando nada, não quero glória por nada. Se ele bebia de pé, era porque estava inspirado. "Em dia de seresta, não me sento", meu cunhado dizia, "que sentado a gente não vê o mundo entortar e acaba perdendo a mão de afinar o bandolim". O povo já sabia, então juntava aquela comitiva ao redor dele no balcão dos botecos, os moços ansiosos, as meninas a sonhar. Nunca tive esse problema. Quando meu mundo entorta meu instrumento não desafina, canto até melhor. E alguém sempre me recolhe, Emerenciana, Celestina, Canalha ou a Mãe. Osimande também tinha quem o recolhesse, também podia ver o mundo entortar se preferisse. Teve seis filhas, uma atrás da outra, ano após ano, numa sofreguidão de fazer pena a uma alma perdida como a minha, que isso de filho amarra a gente demais. Nunca compreendi aquele açodamento, Odília sempre embarrigada, reclamando de dores nas costas e das pernas inchadas. Talvez Osimande soubesse que viveria um sopro breve e quisesse deixar... Uma marca. A saúde já não ia bem e ele continuava fazendo filhas. "Só paro quando tiver um macho para levar meu nome", ele dizia. Nascido Júnior, parou mesmo. Voltou a beber para celebrar, e em dois meses estava morto da cirrose que também me levará. Tudo o que pôde fazer foi dar o próprio nome ao pirralho, que por obra Sua não herdou o dom do pai. O pobre tem ouvido manco, é um analfabeto musical, não se interessa por nada que não seja futebol. Se ele ainda jogasse bem, vá lá, mas... Perna de pau e desafinado, só podia dar no que deu, essa coisa imprestável a atazanar a vida de Odília.

Era de farra, isso de o mundo entortar. Osimande bebia de pé de açodamento, mesmo. Talvez quisesse provar que podia beber sem parar e permanecer de pé, como um carvalho velho. Ninguém era capaz de dizer quanto ele tinha mamado, ninguém o tomava por bêbado, nem quando começava a maldizer desafetos — que ele não tinha, eram todos inventados de improviso no meio das conversas, acho que para ferver o sangue e consumir o álcool mais depressa. Então surgia um João das Facas na Capital, um Tricano em Corá, uma Janete em Bodoque, um Altair não sei onde, gente que o teria afrontado em suas andanças por este Brasil grande. Só eu talvez soubesse que era tudo mentira... Quer dizer, mentira não é palavra justa. O álcool tornava Osimande criativo, floreador. Bom de se ouvir. E ele tocava muito melhor bêbado. "O bandolim é bicho manhoso", ele costumava dizer. "O dedilhado que você inventa sóbrio fica na memória, o que você improvisa com a cabeça cheia não dura o tempo de fumar um cigarro". Perdi a conta das vezes que testemunhei a genialidade de Osimande virando fumaça entre uma música e outra nas serestas. Aquilo me descorçoava, porque ele inventava outro improviso ainda mais genial na casa seguinte e na seguinte e mais adiante, aquela catedral sonora ficando para trás para nunca mais se repetir...

A cidade chorou sua morte, o Senhor queira ou não. Ficou muito menor sem sua alegria, seu dedilhado dos infernos. Eu sei, todos esperavam que ele empacotasse logo, aquela vida não se vive por muito tempo. A cidade já perdera outros tantos como ele, como eu... Era uma coisa anunciada. Mas a morte é um mistério. Toda a gente sabia que viria, e viria daquela maneira. Osimande já tivera outras crises, e era pior a cada vez. Mas o acontecimento em si, o fato cru, bruto, ninguém espera realmente. A gente sempre pensa que pode dar uma chave de braço na ceifadora, arrancar a foice de suas mãos, servi-la a outros mais necessitados e então adiar o inevitável. Há tanto doente no mundo, tanta gente seca de fome, tanto velhinho implorando para desencarnar! Por que nós? Por que agora? São Seus mistérios, e com Osimande foi igual. A morte lhe sorriu de esguelha, ele empapado de suor no quarto fazendo hora para sair para beber, Júnior chorando no berço, Odília esquentando o leite de cabra, a Mãe amassando o pão de queijo, o Pai martelando uma ponte em algum canto destas serras, eu sentado na porta da tapera onde morávamos. Tudo como de hábito. Uma placa de gordura se soltou no fígado dele, entupiu a veia pulmonar, ele acordou asfixiado, respirou vômito de bílis e o coração parou. Foi Odília quem o encontrou, até isso o Senhor fez a ela. Nunca vi uma pessoa gritar tanto, só amansou com a injeção que doutor Justo lhe aplicou a custo, que ela não parava de se debater e de xingar o Senhor de todos os nomes que o Senhor merece.

O enterro foi um acontecimento, a cidade inteira seguindo o caixão ladeira acima cantando "Se Todos Fossem Iguais a Você", "Serenata do Adeus", "Esses Moços"... Florenciana liderou o cortejo o tempo todo, amparando Odília e as meninas. Quando o caixão desceu ela fez sinal ao padre. Pensei que faria um discurso, mas não. Começou a cantar. Tinha os olhos vermelhos, os cabelos desalinhados, a face esbranquiçada. Passara a noite ao lado do caixão, a minha irmã, não sei de onde ela tirou forças para cantar. Sua voz saiu límpida, um gume. E o que ela cantou, o Senhor se recorda? O Senhor, que não a deixa um instante? "Eu Não Existo Sem Você", foi o que ela cantou. A música que ela preferia a qualquer outra. Sua apoteose nas serestas. "Eu sei e você sabe/ já que a vida quis assim/ Que nada neste mundo/ levará você de mim..." Toda a cidade já a ouvira cantar esses versos nas madrugadas, penso que só a mim soaram estranhos. Depois Odília arranjou forças para cantar também, a declaração de amor de Vinícius ficou na conta dela. Ficou tudo por isso mesmo. Melhor deixar meus pensamentos onde estão. Soterrados por meus pecados.

Meu cunhado levou consigo o sentido das coisas que ajudou a criar, para deleite do Demo. Nossas serenatas se calaram com ele. Por alguns anos ninguém mais teve coragem de cantar para as moças. Não tenho estatísticas, mas acho que a taxa de casamentos até caiu depois disso, que Osimande feria o bandolim como se escalavrasse os sonhos mais castos. Muita garota apaixonada perdeu para sempre a chance de dobrar o coração empedernido de muita mãe zelosa. A vinda de Abel para o grupo foi um alento, mas nada comparado ao que tínhamos. Osimande era uma espécie de... bruxo... E cavaquinho não é bandolim, Abel sabe.

Engraçado, com ele passamos a ensaiar para as serestas. Até então eu pensava que música não era coisa que se aprendesse, achava que vinha no sangue da gente, disso Isaura era prova leal. Sua voz passava pelos lábios como um sopro Seu. Não se via movimento em seu abdome, em seu peito, em seus olhos. Era apenas voz, como se o Senhor Se fizesse ouvir. É que Isaura cantava para soterrar de cinzas o que lhe incendiava as entranhas, contradição excruciante para um pecador como eu.

Com Osimande as coisas eram bem simples. Tínhamos as canções na cabeça, sabíamos as deixas de cada um, podíamos improvisar, cobrir uns aos outros... Ele vinha com a lista das moças que recolhera no bar, dizia o que pensava tocar para cada uma, despachávamos Frutuoso para as rosas, tomávamos uns tragos em casa ou no bar ou onde quer que fosse e íamos à luta, a cidade eletrizada... A que fizemos para Alice está bem fresca em minha lembrança, porque foi o primeiro casamento jurado em nosso nome. De Alice o Senhor se lembrará, tenho certeza. É filha de seu Belarmindo bicicleteiro, na época muito cobiçada pelas tranças douradas e os passos de anjo com que desfilava em torno da praça, sem se deter por ninguém. Andava como se levitasse, a Alice, graciosa e casta, intocável no vestido branco ou azul ou amarelo que lhe cobria o corpo como se a haste de um crisântemo.

Perdi a conta de quantos pretendentes Osimande desdenhou, nenhum deles julgado digno da preciosidade que era Alice. Abel foi um. "Quem seu cunhado pensa que é?", ele indignou-se na noite da recusa de Osimande, e sua indignação ecoou nos copos dos que nos ouviam. "Sou o melhor amigo dele ou não sou?". Alguns uísques depois Abel já catilinava injúrias. "Sua irmãzinha sabe que Osimande está enrabichado pelo anjinho? Só pode estar... Só pode estar... Quer Alice só para si, aquele demônio..." Nem precisei erguer os olhos, pude sentir as muitas cabeças concordantes em torno à mesa. Mas não era verdade. Osimande tinha lá os critérios dele, que não compartilhava. Ou pode ser que escolhesse ao acaso, e se era assim, era mesmo enorme o poder de nossa cantoria. A Alice ele concedeu Maurício, por exemplo, filho de seu Osvaldo do açougue. O garoto tinha umas cabeças de gado arrendadas com seu Herculano, estava estudando e queria ser doutor na capital. Tinha juízo. Tomava umas conosco, nunca demais, não era de ficar perdido pelos bares. Tudo isso ouvi de Osimande como pontos a favor do fedelho, e é claro que fiquei perplexo... Em outros tempos ele teria mandado aquele chato plantar batatas! Mas estava apaixonado por Odília, talvez quisesse me ludibriar com aquela conversa mole e carola de moço de família, respeitador, de futuro... Isso agora já não tem a menor importância... Se fruto das razões de Osimande ou do acaso, o fato cru é que Maurício e Alice se casaram, criaram bem seus cinco filhos e voltaram para cá no ano passado para viver a aposentadoria.

Não sou herói, mas também não sou maricas. Nunca tive medo de espingarda nem de cara feia de pai nenhum nas serestas. O que me deixava transido, suando frio, era ver a primeira música se esvair sem que a menina piscasse a luz do quarto. Uma única piscadela, só para dizer "estou acordada". Algumas eram malvadas de verdade, torturavam a gente até a última nota do bandolim. Ou seu silêncio. Janaíde quase matou Tertuliano com uma dessas. Tinha noção de seu poder sobre os homens, a Janaíde. Foi criada sem pai por dona Florides, que já chegou em Floral com a menina nos braços vinda sabe o Senhor de onde. Empregou-se de lavadeira na casa de seu Hermano, o Senhor se lembra? Tio de seu Herculano? Janaíde cresceu entre os Constante, um ramo mais pobre deles, é verdade, mas era sempre o mesmo tronco, aquele ipê poderoso, inexpugnável. Acho que foi isso que deu a ela aquele ar de dona do mundo. Foi uma criança linda, uma adolescente linda, uma moça de apartar boiada só de chegar. Seu Hermano morreu antes de ela tomar viço, mas seu filho Antonino herdou com prazer o encargo. Pagou os estudos dela, zelou por sua castidade, adotou a moça depois que a mãe morreu. Janaíde tinha dezessete anos, mas já era moça feita, uma mulata esguia, peitos grandes, bunda e coxas e braços torneados pela lide da casa, que tinha ajudado a mãe desde pequena. Ninguém chegava perto dela, seu Antonino era uma fera.

Tertuliano mereceu de Osimande uma deferência especial. "Você tem coragem, garoto. Aquele diamante está sendo lapidado para brilhar muito longe daqui. Vai ser difícil dobrar o velho". Ninguém sabia, mas Tertuliano e Janaíde já vinham se esfregando nos cafezais dos Constante, ela sempre resistindo às ousadias, abrindo os braços para ele, um beijo mais molhado e nada mais, ele tendo de se acabar dentro de uma das meninas de Cacau, que ouvia seus lamentos com ouvidos de estátua. Tertuliano tinha recursos, podia com a Cacau. Seu Gertílio, pai dele, era um dos três engenheiros agrônomos que viviam por estas serras naquele tempo, inventando jeitos diferentes de plantar isso e aquilo ou de matar essa ou aquela praga, hoje se sabe que a um preço muito alto, porque os rios estão mortos e os lençóis freáticos também. Na época ninguém pensava nisso, claro, nem estou culpando apenas seu Gertílio pela tragédia. Onde estavam Seus olhos, afinal? O Senhor já não os tinha para nós, não é?

Para nós bastava o fato de o veneno de planta dar conforto a quem vivia dele. Tertuliano era bom partido para uma moça como Janaíde, nascida de bucho fugido. Mas seu Antonino não pensava igual, acho que por causa de um desentendimento com seu Gertílio, não sei bem, e quando a serenata começou ele entrou no quarto da menina, disse que se ela acendesse a luz podia sair de sua casa incontinenti, a roupa do corpo era tudo o que ela teria dele. Bolinando o bandolim, Osimande não podia saber que a moça estava sendo sequestrada pelo benfeitor, e como ela não piscava a luz ele foi adiante com o improviso sobre a melodia do "Carinhoso", que Florenciana chorara ao cantar. Osimande tinha apreço por Tertuliano, certo, mas eu nunca o vira esticar tanto o fim de uma música. Talvez estivesse desapontado. Quando fora a última vez que uma menina deixara de piscar a luz para nós?

Dois anos antes? Três? Aquele silêncio brumoso feria a suscetibilidade dele, fazer Janaíde piscar era questão de honra.

Com dois minutos de dedilhados alucinantes, Tertuliano foi ficando branco. Três minutos e seus joelhos bambearam, vi que ele perdia o prumo. Cinco minutos e ele estava de joelhos, o rosto nas mãos. Aos sete minutos de improviso, Osimande entregou-se. Ensaiou uma coda, fechou a música em tom melancólico, os harmônicos arrancados às oito cordas do bandolim resistindo na madeira do instrumento, logo fenecendo na brisa fresca. Na noite, agora, só se ouviam os soluços de Tertuliano. Osimande procurou meus olhos, fiz assim com os ombros. Florenciana se achegou ao rapaz, fez-lhe um afago. Estava armando uma ladainha, mas uma pessoa pode morrer de um amor desses, era preciso escolher muito bem as palavras. Bebeto fez um sinal com a flauta, "vamos emendar outra", disse com os olhos. Não era incomum, nos começos já havíamos cantado para as paredes, as árvores e os curiangos, sem saber se as meninas tinham ouvido ou não, se tinham acordado, se estavam em casa. Fazia parte do risco. Mas Janaíde estava em casa, Tertuliano nos garantira que ela estaria esperando a serenata. Ele se sentou sobre as pernas, a cabeça baixa, o nariz escorrendo. Derretia-se diante de nós, o pobre. Aquilo me encheu de remorso.

Sou filho do Pai, irmão de Odília, às vezes fraquejo. Ali, diante de um Tertuliano em frangalhos, pensei que a gente não tinha o direito de mexer assim no curso da vida do povo de Floral. Se os Sereno Vianna não existissem, Tertuliano teria enfrentado seu destino sozinho, o Senhor não crê? Teria vindo com sua lambreta preta e arrancado Janaíde dali. Ou talvez ensaiasse um modo de dobrar seu Antonino, o que tínhamos nós com isso? No começo as serenatas eram de farra, pretexto para roubar rosas, beber cachaça, cantar até o sol lamber a manhã... Não eram para destruir a vida de garotos como Tertuliano. Fiquei imaginando se Florenciana pensava igual. Decidi que não. Entre suas muitas virtudes não está o remorso... Sentimento dos fracos. Sei o que ia por sua cabeça. Ela queria tomar o rapaz no colo, dizer que não era o fim do mundo, que ele deveria perseverar, isso de cair ao primeiro tropeço era para as crianças, homens de verdade não isso ou aquilo... Como fazia sempre. O bálsamo da alma de minha irmãzinha é o infortúnio dos outros.

O Senhor não me compreenda mal. Sei que ela sofre junto, reza pelo desafortunado, novenas se for preciso. Mas... Não sei, não consigo deixar de achar que o prazer dela está nisso, ter a chance de rezar pelos outros, pedir ao Senhor por eles. Isso é uma maneira de olhar o mundo como se vivesse fora dele. Como se tivesse parte com o Senhor. Que deve mesmo existir, porque eu estava no curso desses pensamentos perigosos quando a luz do quarto de Janaíde enfim piscou. Muito de leve, mas piscou. Depois soubemos de tudo. Com o silêncio do bandolim seu Antonino dera-se por satisfeito, deixara o quarto, passara a chave na porta, trancando Janaíde. Mas não seu desejo. Ela esperou um minuto, riscou um fósforo e o apagou imediatamente com os dedos, que ganharam grandes bolhas vermelhas, que viraram as cicatrizes que Janaíde levou com ela quando eles partiram daqui para não mais voltar. Tertuliano não vira o lampejo, em pedaços que estava, Osimande precisou sacudi-lo. "De pé, seu moço", ele sussurrou no ouvido de Tertuliano, "sua sirigaita acaba de alumiar". Pois foi o mundo que se alumiou para o garoto, limpando meus pensamentos das coisas ruins que eu vinha de pensar. E tudo entrou nos eixos num piscar de olhos. Florenciana argumentou que o melhor era encerrar a cantoria, o recado estava dado, melhor não abusar da sorte. Fomos embora. Tertuliano ficou por ali, sentado em nuvens.

Os códigos... Eram divertidos, no final das contas. Selênio Pereira quebrou braço e nariz por causa das piscadas de Marisete Cruz. Ficou tão fora de si que começou a dar piruetas para trás no meio da rua, uma delas desajeitada demais. Mesmo estatelado no chão de paralelepípedos, o rosto em sangue, o osso do braço saindo para fora, Selênio não parava de rir. Eram perigosas essas declarações de amor de vaga-lume embaladas por nossa música. Algumas moças piscavam duas ou três vezes quando a serenata acabava, "fiquem, fiquem!", a luz dizia. Osimande costumava bisar alguma coisa que tivesse mexido conosco, e isso era fácil de saber, porque Florenciana sempre chorava com alguma modinha ou um bolero, como se a seresta fosse para ela ou lhe trouxesse lembranças insuspeitadas de outro que não eu. Então ela cantava como Isaura Constante.

"Às vezes Osimande me transporta para tão longe", lembro-

-me de ouvi-la dizer certa vez, nós dois voltando juntos de uma serenata. "Tão longe que parece que vejo Deus... Até me esqueço do pecado que mora no peito dele". Ouvi aquilo fazendo que não ouvira, Flor calou-se como se nada tivesse dito. Os silêncios de Flor. As migalhas de atenção que ela às vezes me servia eram apenas isso. Silêncios. Com o tempo, suas lágrimas viraram uma angústia, a cada nova serenata parecia que Osimande só tocava para vê-la chorar. Eu fechava os olhos... Para mim, Flor era Isaura Constante a cantar para os silêncios que cumulavam em seu peito. Mas para ela mesma... Tenho para mim que os silêncios eram dos fantasmas daquela tarde, a tarde em que Osimande roubou-lhe um beijo molhado. Tanto tempo, já... Mas isso ficará para sempre entre nós, o Senhor mesmo convirá que é melhor para todos. E nem sei por que me perco nesses meandros, isso não tem nada a ver com nosso assunto.

Alguma moça mais assanhada deixava a luz acesa durante a seresta. A primeira a ousar foi Marília Seival. Ela era louca por Otoniel Attush, filho de seu Abdala do armarinho, mas o rapaz refugava o assédio como se ela fosse a encarnação do pé-torto. Coisa mais esquisita de se ver. Era graciosa, a Marília, sem ser deslumbrante, mas uma menina de 17 anos é sempre graciosa. O que aquele rapaz queria da vida? Otoniel devia ter uns dezenove anos, estava sempre se metendo em encrenca por causa do nariz que o Senhor lhe dera, grande, largo, vermelho... A turma tripudiava daquela napa, que chegava em toda parte antes de Otoniel. Como ele não era de levar gracejo para casa, foram muitas as brigas no colégio, depois nos bares, então nas ruas, e de tanto ser quebrado pelos socos, joelhadas e tombos, foi ficando maior, mais vermelho, mais assustador. Em Marília aquele nariz deformado devia provocar devaneios indizíveis, porque ela só falava em Otoniel. A cidade inteira sabia da paixão que ela nutria pelo moleque, era Tonel para cá, Tonel para lá... Osimande era um que não se conformava com aquele desdém. Onde já se viu uma pessoa com aquele nariz esnobar o assédio de alguém como Marília? Alguma coisa de errado havia.

Um dia, umas vodcas na cabeça, Osimande deixou o balcão do bar e foi até a mesa onde Otoniel bebia com sua turma. Chamou-o de lado, foi direto ao ponto. "Olha, Otoniel, tem um jeito de você resolver esse problema". O menino arregalou os olhos, sem entender. Osimande prosseguiu. "A cidade está comentando, você compreende? A Marília… Sabe como é…" Otoniel empertigou-se. Permaneceu mudo por um instante, os olhos de Osimande flechando sua têmpora. Osimande riu depois, quando contou: "O menino parecia que ia desabar! Tremia todo, pensei que se cagava. Mas entendeu a sinuca de bico em que está. Se não comer a Marília, vai dar a bunda na Rua das Flores. Marquei a serenata para domingo, aniversário dela. Florenciana não está, mas, paciência, vamos só os homens". Era raro Osimande sugerir uma seresta, e é claro que Otoniel sentiu o peso da responsabilidade. No domingo seguinte ele estava lá, com as rosas roubadas do jardim de sua mãe. Surpresa com a seresta, Marília acendeu a luz na primeira música. Talvez pensasse que não era para ela. Quem teria ousado acordar o fantasma de seu pai, que contava muitas almas no embornal de guerra e vivia assombrando quem duvidasse? Cantando *"Besame Mucho"*, vi a silhueta de Marília assomar à janela, as fissuras nas juntas da madeira a denunciar seu corpo primaveril.

Sim, cantávamos para ela. Otoniel cantava para ela. Ela ficou ali, de pé à janela, a luz acesa, seus pensamentos vazando pelas frestas, seu desejo transpirando e enchendo o ar, "quero você aqui, quero você agora!" Otoniel deu para trás, não era homem para Marília. Corrida a notícia, não houve jeito, saiu fugido de Floral. Virou monge ou coisa assim, a mãe dele morreu sem nunca mais tocar no assunto. Depois disso, a coisa pegou. O código da luz acesa, quero dizer. Eram raras as que ousavam, não é? Poucas dormiam sozinhas, havia sempre uma irmã para atrapalhar. Mas quando acontecia, Osimande mudava o repertório, tocava sambas-canção, bossa nova, "Eu Não Existo Sem Você", "Esse Seu Olhar", "Você e Eu". Florenciana adorava Cartola, "O Sol Nascerá" ela cantava com o sorriso aberto, indiferente a tudo o que trazia no peito. Eu também gostava de cantar essas coisas para uma luz acesa. Um quarto escuro é cheio de segredos, eu sei. Segredos de moça donzela. Receber uma serenata no escuro devia ser excitante para elas, que talvez se dilacerassem por dentro, presas do desejo de acender a luz, abrir a janela e gritar para o rapaz pular para dentro do quarto, para dentro delas.

Um quarto escuro pode ser emocionante, misterioso… Aquela tensão à espera do vaga-lume. Mas uma luz acesa... Era como se a moça rasgasse a roupa e mostrasse os peitos, uma declaração gritada alto para ouvidos de cera. Isso me deixava louco. Não, eu não cobiçava as meninas dos outros. Respeito a propriedade alheia. De Seus mandamentos penso que esse é o mais sábio. Em Floral, cobiçar a mulher do próximo é se casar com a morte, e o Senhor sabe como tenho medo do que ela me reserva. Eu apenas... Ficava louco por saber que mais cedo ou mais tarde aquela flor seria destinada ao idiota que a cortejava com nossa cantoria.

A serenata que selou o destino de Odília talvez tenha sido a mais extraordinária de todas que jamais fizemos. Até compreendo o que ela aprontou. Desde o acidente Osimande não bebia, ele mesmo colhera as rosas brancas e vermelhas para escrever seus versos, roubados de Antônio Nássara: "Por você eu faço tudo, fico cego, surdo e mudo, sou capaz de trabalhar. Eu amarro o sol com a lua, por uma vontade sua faço o mundo se acabar". Eu gostava disso, "sou capaz de trabalhar", mas nunca o diria a uma mulher. Vindo de Osimande, ficou desconexo, ele trabalhava desde menino. O Senhor se recorda de seu Cecchetto, pai dele? Chegou a Floral durante a ditadura de Vargas, vinha fugido da Sicília, que a máfia não gostara de ele se ter metido em contrabando de café sem o conhecimento do mandachuva de lá. Aqui continuou vendendo o café dos Constante para os italianos, eu nunca soube se de forma legal ou não. Essas coisas nunca me interessaram, mas a Osimande, sim. Ajudou o pai até a morte dele, dizem que vítima da queda de um container no cais do porto do Rio de Janeiro.

Em menino, Osimande tomava conta do armazém, caçava ratos e preás nos galpões, furava as sacas para provar o café... Cresceu forte, os ombros largos, o pescoço engrossado pelo peso das sacas que ainda adolescente levava sobre a cabeça dos galpões aos caminhões que desciam para o Rio de Janeiro. Seu Cecchetto tinha miolos. Ensinou Osimande e os outros filhos a trabalhar, coisa que comigo o Pai nem tentou, mas obrigou-os a estudar também. Não fosse isso Osimande não teria conseguido o emprego no DNER que paga a pensão de Odília, que hoje Júnior embolsa. Ao menos a pensão garantiu a educação das meninas.

Osimande era mesmo capaz de trabalhar, o litro de vodca que ele tomava todos os dias era um detalhe. E a vodca não era parte do poema de Nássara, de modo que Odília encantou-se com "o sol amarrado à lua", como me disse depois.

Chegamos para a seresta já bem tarde, o repertório de boleros e choros afiadíssimo. Florenciana começou "*El Reloj*" à capela — *no marque las horas, porque voy a enloquecer, ella se irá para siempre, cuando amanezca otra vez...* —, e bastou Osimande entrar com o bandolim para Odília acender a luz. Ela dividia o quarto com Idomeneia, Amália e Antuérpia, apenas Florenciana estava casada na época. A luz acesa já era um afoitamento. No meio da segunda música Odília abriu a janela, indiferente às irmãs e principalmente ao Pai e à Mãe, que estavam no alpendre para ouvir, ousada e atrevida como se fosse dona do próprio nariz, espevitado de nascença. O Pai ficou uma fera, tirou o cinto, trepou na janela já chicoteando. Odília correu para dentro, mas sabíamos o que viria. O Pai batia de fivela, marcava fundo seu descontentamento na carne da gente. Os gritos de Odília, o desespero de Amália — "Pai, o senhor vai matar a Dília!" —, Florenciana correndo para acudir...

Pensei que a cantoria tivesse desandado. Osimande pôs-se nas pontas dos pés, mas a janela do quarto era alta, nossa casa ficava na Ladeira das Mortes, a construção compensando a inclinação da rua. Não se via nada, só se ouviam os gritos das meninas. Se fosse hoje, Osimande teria pulado a janela e tirado Odília de lá, talvez desse uma surra no Pai. Já não há mais respeito no mundo, até o Senhor o povo desaprendeu de temer. Mas naquele tempo... Tenho certeza de que uma coisa dessas nem passou pela cabeça dele. Só podia sofrer e torcer para aquilo acabar logo. E tocar seu instrumento. Jacob do Bandolim acabara de gravar "Clélia", eu mesmo ainda não tinha ouvido a gravação, Osimande é quem apresentara a música dias antes, ainda titubeando nas notas, "desculpem, gente, a coisa é complicada, esse Jacob é um encapetado". Osimande pousou o joelho esquerdo na calçada, dobrou-se sobre o bandolim e arrancou um dedilhado de calar a passarada. "Sua vagabunda, sua rameira da Rua das Flores!", o Pai gritava, fazendo cantar o cinto. Osimande seguiu seu lamento com "Salões Imperiais", mas Florenciana o interrompeu. Estava transtornada, até eu achei que o Pai passava da conta. Ela respirou fundo, começou a cantar "Fascinação", naquele tempo a música de que o Pai mais gostava. À capela, como sempre. Depois meu cunhado dedilhou umas frases no bandolim, em seguida um improviso alucinante, o som dos dois encheu a noite. O Pai parou de bater. Não sei se de cansaço ou o quê. Mas de mim ninguém tira a ideia de que ele parou para ouvir Florenciana derramar "Fascinação" como se fosse Isaura Constante. Até eu que não sou disso chorei, confissão que nunca fiz ao Senhor.

Na noite seguinte Odília fugiu com Osimande, obviamente. Isso foi a morte para o Pai. Certo, sua superfície permaneceu um remanso, nada se via, nenhum tormento. Mas por dentro havia um maremoto. Não digo isso para me gabar, não tenho culpa se conheço o Pai melhor do que meus irmãos, melhor do que Florenciana, a quem ele ama mais do que a si mesmo. Mas já vi pedaços demais de seu Tércio do Carmo Vianna, sei decifrar cada chiado de seu peito, cada sorriso, cada olhar. Sei que ele sofria, sei que mentia quando disse que nossa irmã estava morta, que seu nome não seria pronunciado por um Vianna outra vez. Sei que ele não queria isso, amava demais suas filhas. Sim, Odília sempre fora uma… Antítese, com o perdão da palavra empolada. Difícil desde criança, minha irmãzinha. Resistiu até o limite da paciência do padre e também da Mãe, acabou sendo a última a fazer a Primeira Comunhão. Com doze anos já namorava de dar beijo na boca, com treze tomou uma surra de vara por chegar em casa com um cigarro nos dedos, com quatorze fugiu do colégio de freiras de Montes Brancos, onde o Pai a internara para seguir uma vocação que ela não tinha, com dezessete tomou outra surra de vara por mencionar a Rua das Flores durante um jantar de fim de ano, a família toda por aqui… Perdi a conta das surras de cinta entremeadas nessas mais ruidosas, que a vara marcava mais fundo a carne da gente, era mais temida… Talvez não por Odília.

Não, o Pai não era um homem violento, o Senhor me perdoe se dei a entender. As surras não eram… Injustas. Havia sempre uma razão, a gente apanhava com conhecimento de causa. Um ou outro motivo era talvez forte demais, tirava o Pai de si, e então era fivela de cinto ou vara de bambu com aqueles gomos assassinos. Mas isso era mais raro, precisava de um motivo extra. A virgindade das filhas, por exemplo. O Pai tinha orgulho dela, que ele talvez pensasse fosse uma espécie de seguro para si mesmo. Não, ele não queria minhas irmãs para cuidar dele caso a Mãe um dia faltasse ou coisa assim. O Pai não é egoísta. Quer dizer, com exceção talvez de Florenciana — que vive para fora, para os outros, pelos outros —, todo mundo é egoísta, isso de farinha pouca meu pirão primeiro é o básico da vida. Mas o egoísmo do Pai não rimava com ganância ou avareza. Havia fundo nobre naquela coisa obstinada dele, "minha honra, minha honra!"

Residia nisso, seu egoísmo, ele queria minhas irmãs virgens porque isso provava a solidez da vontade dele. Odília fugir com Osimande foi uma broca das grandes na madeira de lei que era a vontade do Pai, dessas de pôr em dúvida Sua existência, o Senhor me perdoe uma vez mais. Porque, se de tudo o que manda Sua Lei o Pai fizera para ter as filhas no caminho reto, e se mesmo assim uma delas se perdera, então é porque algo de errado havia na Lei, ou na receita que a aviava, tudo até ali seguido à risca pelo Pai. Sei que ele pensou nisso. Do jeito dele, que o Pai é um homem simples, não chegou perto das letras como eu ou Odília. Nunca abriu uma *Seleções*, um romance de guerra, uma saga de faroeste.

Sei que ele não levou a ideia até o fim. Deixou seu significado na conta do insondável, o mistério de viver. Mas lembro-me de suas palavras naquela noite, sua amargura. Foi indiscrição minha, porque o Pai não falava para nós, como de costume, quer dizer, seus sermões sussurrados nas noites frias chegando até nós por cima das paredes baixas dos casebres onde moramos. Naquela noite ele conversava com a Mãe do lado de fora, os dois sentados nos tamboretes de madeira com pés de tamanhos diferentes, para compensar a inclinação da calçada. Chovera nas semanas anteriores, a rua estava barrenta, os pés dos tamboretes talvez estivessem enterrados na lama do passeio, a Mãe talvez preferisse estar dentro de casa. A casa não era uma tapera, fora alugada por Florenciana no Natal do ano anterior, tínhamos um quarto grande onde dormiam as meninas, meus irmãos mais novos dormiam numa extensão da cozinha, eu dormia na sala e havia o quarto do Pai. Duas janelas davam para a rua, a do quarto das meninas e a da sala, de modo que pude ouvir o lamento do Pai através da persiana de madeira que ele montara no mês anterior.

"De que serve um pai nessa vida", ele resmungou para a Mãe, "se nem às filhas consegue ensinar o que é a verdade verdadeira, a verdade maior, a verdade de viver?" O peito do Pai chiava por causa da bronquite, mas esse sofrimento era menor. Ele puxou o ar com dificuldade, tossiu uma, duas vezes, e isso também era de somenos. Disse: "Uma moça decente não se entrega ao primeiro barbudo que aparece, Cotinha…" Silenciou. Respirava pesado. A Mãe nada disse. A luz do poste caía onde eles costumavam ficar, ela talvez tricotasse. Depois de alguns minutos, prosseguiu: "O companheiro para a vida não se consegue assim, de assoberbado…" Ouvi o suspiro da Mãe. "Osimande é um bom rapaz", ela disse. O Pai talvez tenha se voltado para ela, talvez em fúria. Eu conhecia aquele ruído, suas mãos calosas a esfregar o tecido grosso da calça ou a bater ritmadas nos joelhos ossudos, gestos de impaciência, o Pai não sabe o que fazer com mãos nascidas para trabalhar. "Roubou minha honra, aquele pecador", ele disse. A Mãe permaneceu em silêncio. Ele tossiu outra vez. "Tudo muito açodado", o Pai repetiu. "Você se lembra, minha velha? Quanto tempo fiquei ciscando em volta de você até ter coragem de pedir permissão a seu pai pra te levar à missa? Quanto olhar furtivo trocado, com medo de que alguém percebesse que eu te fazia a corte! E você se lembra de nosso primeiro encontro?"

A Mãe talvez tenha sorrido, talvez não. Trinta anos passados, dez filhos criados, essa reminiscência talvez lhe fosse pesada. A história nos fora repetida uma centena de vezes, não era alguma coisa de seu passado comum, sua intimidade escondida de todos. Era estranho ouvi-la naquele tom, como se fosse um carinho. "Você usava o vestido verde-claro rendado que só deixava ver suas mãos", ele prosseguiu. "Desci da carroça pra te ajudar a subir e você cometeu aquele desatino. Lembra-se? Daquele movimento ousado? Você ergueu a saia, Cotinha! E eu vi seu sapatinho! Seu sapatinho branco! Eu vi sua canela! Um centímetro dela! Aquilo quase me mata!" O Pai riu seu riso rouco. A Mãe nada disse. "Fiquei tão tonto que olhei em volta pra ver se alguém tinha me visto ver sua canela nua! Mas era muito cedo, pouca gente a caminho da Igreja… Isso nos salvou".

O Pai pensou um pouco. Esfregou as mãos novamente nas coxas. Já não estava tão excitado. Prosseguiu: "Se alguém tivesse me visto ver você, ver seu corpo... Teria sido o fim... Eu nunca mais teria voltado à sua casa". Novo silêncio. Um grilo trinou no terreno baldio ao lado, principiou uma sinfonia. O Pai tornou a suspirar. "O corpo é a morada da alma", ele disse, como se para seus botões. "A alma é um dom de Deus. Profanar o corpo é violentar o criador... Você mais do que ninguém sabe que carreguei pela vida a culpa por ter visto sua canela... Por ter me apaixonado por você por causa disso, o pedaço de seu corpo que você me mostrou sem querer". A Mãe talvez tenha mordido o lado esquerdo da língua, como fazia ao reprimir um comentário. Sim, o Pai já ouvira dela que tinha mostrado a canela de propósito, "Pensa que não vi você tremer? Pensa que isso não me fez tremer também?" Talvez ela quisesse dizer que Odília não fizera mais do que mostrar a canela a Osimande, só que os tempos eram outros. Mas nada disse. O Pai talvez lesse seus pensamentos, porque fez uma pausa longa. O ar se lhe rarefez, sua asma ficou agressiva. Ele tossiu, tossiu. Ouvi-o remexer-se, ficar de pé. Puxava o ar com dificuldade. Idomeneia e Amália talvez estivessem acordadas, talvez sofressem com o sofrimento do Pai. Deviam estar ansiosas também, a sorte de Odília estava sendo decidida ali, em meio a uma crise de asma como tantas outras. "Odília não podia ter feito isso comigo", o Pai conseguiu dizer. "Não podia ter feito isso com ela, com Deus! Ela pecou como uma puta, que Deus me perdoe. Uma puta! Manchou minha honra, a honra de Florenciana, de todos nós. O que será de nossa vida agora, Cotinha?"

O Pai exagerava, até mesmo o Senhor há de convir. Coisa mais comum em Floral era moça donzela fugir com o namorado, e isso, independente de classe social, raça, credo ou convicção. O desejo iguala, nem mesmo o Senhor se atreve a impor suas cercas, que mesmo seus conventos são assim de cenouras e pepinos. Fato corriqueiro. Não era bastante para desabonar uma família como a nossa, de reputação transitada em julgado. Custou-me entender o Pai. Ele lamentava a perda da virgindade de Odília, isso não se discute. Mas tenho para mim que o que doeu, o que tirou o sono do Pai, foi descobrir que Odília escondera por tanto tempo um namoro como aquele, arriscara a vida por ele!

Nossas casas sempre foram pequenas, sem forro ou laje, só paredes e telhados. De qualquer parte a gente ouvia o que se passava nos quartos, na cozinha, na sala, no banheiro. A vida de todos era propriedade de todos, e isso incluía o Pai e a Mãe. O Senhor sabe que o Pai é homem prodigioso, fez dez filhos sem dar um pio! Eu mesmo jamais atinei que era isso que eles faziam quando a noite era tomada por um silêncio... De claustro. O corpo, morada da alma... Mas tudo o mais podíamos ouvir. E havia aquela ansiedade, o que será que ele vai falar hoje? O Pai conversava limpo, o Senhor sabe. Sua voz sujou com o tempo, como acontece com todo mundo, mas de menino lembro-me de esperar com o coração na boca pela conversa dele com a Mãe na entrada da noite, sua voz miúda soprada por sobre as paredes. Era quando ele comentava o que o dia lhe trouxera. Era quando rezava. Era quando nos ensinava a viver. Descobrir que uma filha tinha segredos assim grandiosos escondidos sob a pele, que tinha uma vida toda sua... Deve ter sido danado de difícil para um homem como Tércio do Carmo Vianna. Sua Odília era outra, uma pessoa estranha, dissimulada. E uma mulher dissimulada é o pior dos demônios. Sei que isso ia pela cabeça do Pai, ele já o dissera sobre Clotilde. E no mundo dele não havia lugar para outra Clotilde. O Pai estava mesmo decidido a matar Odília, riscá-la de nossas vidas. Acho que foi por isso que Florenciana pensou que precisava intervir.

Sentei-me quando eles entraram, o Pai passou por mim ofegante, a respiração entalada. No quarto, a crise piorou. Chegada a esse ponto não há o que fazer, nem bombinha ajuda. É sentar reto na cama e aguardar. Sofrer e aguardar. Florenciana estava por aqui, Beno ficara na capital fazendo não sei o quê. Os meninos deles ainda não tinham nascido. Ela se levantou, foi até a cozinha, mexeu nas panelas, encheu de água uma delas. Ouvi-a lascar a madeira que o Pai cortara pela manhã, soprar a boca do fogão de lenha, atiçar a brasa que ainda sobrevivia do jantar. A madeira estalou, exalou seus odores adocicados. Senti o cheiro do mel, depois do capim-cidreira. Ela voltou sobre os próprios passos, entrou no quarto do Pai sem bater, como fazíamos todos. Bater nunca foi necessário. O Pai sempre soube quem estava vindo. Pela gravidade do caminhar ele era capaz até de inferir o assunto, homem inteligente, seu Tércio Vianna. Compreendeu que Florenciana usava o pretexto da crise de asma para tentar salvar a irmã.

"É mel com capim-cidreira", ela disse, já se sentando na beirada da cama de molas que ela e Beno tinham trazido no Natal. O Pai bebeu com dificuldade, seu peito recusando o ar como se fosse um gás tóxico, uma coisa densa e pastosa. Demorou para a crise passar. Florenciana permaneceu lá, em silêncio, esperando. Amália veio para perto, sentou no encosto da poltrona perto da porta do Pai. Quando a respiração dele se reconciliou, Flor disse que ele precisava perdoar Odília. "Por mim, em nome de Deus, perdoe minha irmã, sua filha, filha de Deus, sangue do seu sangue". Flor e sua fala pausada... Quase um sopro, como o Pai tempos atrás.

"Ela não sobreviverá sem sua bênção, meu pai", lembro-me de cada palavra. Se o Senhor perguntar, é provável que Amália também se lembre. Ouviu sem mover um cílio!

"O que o senhor não perdoa nela?", Flor perguntou, mas aquilo não era uma pergunta. "Ter pensado com a própria cabeça? Ter escolhido um rumo por si mesma? Pois isso ela aprendeu aqui, ouvindo o senhor conversar com a Mãe todas as noites. Ouvindo seus recados, dados como se não fossem. E o que mais? A ousadia? Pois isso ela também aprendeu nesta casa. Aprendeu com o senhor. Ela tem um espelho onde se mirar e nesse espelho não há medo, covardia, fraqueza. Há apenas ousadia, destemor, coragem! Há homem mais corajoso nestas serras do que Tércio do Carmo Vianna? E não estou falando de coragem com letra minúscula, isso de enfrentar cobra ou touro bravo. Estou falando da coragem de fazer o mundo, meu pai! De não se contentar com as armas que a vida nos deu! De fazer disso outras armas e com elas sonhar outros sonhos! Sua filha tem sua coragem, sua fibra. Talvez seja um pouco apressada e isso talvez a faça sofrer. Quer tudo e quer agora, a nossa Odília. Mas isso não é motivo para condenação, é? Não acho que seja. Ela é apenas uma criança, meu pai. Sozinha, deserdada de seu amor e de sua bênção, que futuro a espera? Pense no que será dela sem nossa vigilância, nosso apoio, nossa solidariedade! Ela precisará disso, para o caso de tropeçar..."

O Pai respirou fundo, Florenciana parece que lera seus pensamentos. Disse "não, pai, fugir com Osimande não foi um tropeço.

Odília é apressada, corajosa, ousada, mas não é irresponsável. Eles se casaram, afinal de contas! O malfeito foi desfeito, tudo entrou nos eixos outra vez. Somos uma família de novo, não somos? E nenhum de nós saberia viver sendo onze e não doze. Nossa família precisa de cada um de nós. Uma família é... Uma constelação. Imagine se o Cruzeiro do Sul perdesse uma estrela. Deixaria de ser o Cruzeiro do Sul. Não seria mais nada! Não atrairia nossa atenção para a enormidade do ato criador. Deus pôs cinco estrelas no céu para nos dizer que há ordem no mundo, e que Sua sabedoria é maior. Plantou doze de nós aqui na terra pela mesma razão. Para sermos uma coisa só, uma constelação como o Cruzeiro do Sul ou as Três Marias. O senhor me desculpe por dizer isso, meu pai, mas cada um de nós cumpre uma função que ninguém, nem o senhor nem a Mãe nem Osimande tem o direito de perturbar. Porque é uma função que Deus nos confiou, a função de fazer tudo que estiver ao nosso alcance para manter unida nossa família, custe o que custar. É nossa obrigação aceitar os defeitos e as fraquezas dos nossos. Essa é nossa virtude. Ninguém tem o direito de negar a Deus seu bem mais precioso, o equilíbrio inscrito no ato da criação. Homens, estrelas, é tudo igual".

As palavras de Florenciana não me comoveram. Digo isso ao Senhor, apenas. Eu conhecia Osimande. Odília caíra na lábia daquele boêmio incorrigível, ponto. Acho que Flor intuíra que algo assim estava para acontecer. Há tempos vinha rodeando, assuntando, apertando Idomeneia, gosto de pensar que para proteger Odília e nada mais. Por que eu pensaria em ciúme ou inveja? Pois então. Sei que Flor teria tentado por todos os meios salvar Odília de sua paixão irrefreável. Para preservá-la... Preservar o Pai... Não tinha nada a ver com aquela coisa entre ela e Osimande, aquela tensão que nas serestas explodia e fazia revirar os sonhos das moças e o peito de Flor... Pois não me comoveu, o discurso dela. Hoje sei que fui injusto, ela também fora traída por Odília. Ninguém além de mim e Idomeneia sabia do namoro deles. Certo, eles viviam fazendo fuzarca pelos quintais da cidade, roubando manga, chupando laranjas às dúzias no pomar de seu Hermenildo e tudo o mais. Mas Osimande era um mestre dissimulado, não tinha olhos melados para Odília como às vezes para Flor, e ela deve ter pensado que a coisa toda se resumia a ele estar rodeado pelas meninas de seu Tércio Vianna, a se inspirar para as serestas. Odília rompera um pacto. Escondera das irmãs o fogo que a dilacerava e não poderia haver traição maior.

O Senhor tem razão em proteger nossa Flor, ela tem um coração que é uma montanha. Colocou a família acima de tudo, seu pesar, sua raiva, seu... ciúme... Tudo para convencer o Pai a perdoar Odília. E só o Senhor sabe se ele o fez. Gosto de pensar que ele não encontrou forças para responder, para sorte de Odília. A asma voltou, a Mãe pediu a Florenciana que se retirasse. Ficou no ar aquela emoção reprimida, todos à espera da conversa dele com a Mãe. Mas a conversa não aconteceu. O Pai nunca mais tocou no assunto. Nossa cantoria pôde continuar, agora com Odília como a segunda voz para Florenciana.

O sol desatou as amarras, o dia acelera. Deixo o quintal, sento-me à mesa com a Mãe e o Pai. Os odores do café e do pão e do bolo de fubá e do leite de cabra e da manteiga fresca estão em toda parte. São minha vida, esses cheiros. Minha segurança. Um homem precisa disso. Foi Jason Scott quem o disse antes de se lançar ao rio com sua Helen Moller, *Rio das Cabaças*, o nome do livro de faroeste. "A segurança e o medo são o sal da vida, minha princesa", ele diz a ela, enquanto trança as toras da balsa que os levará dali numa travessia incerta pelo rio caudaloso e empelotado. "Por medo, não enfrentamos o urso com nossas próprias mãos. Por medo, não nos atiramos neste rio de peito rasgado. Por medo, não dormimos com as janelas abertas, indiferentes aos índios. É o medo que nos faz construir casas para nos proteger do sol e das tempestades de neve, plantar o milho, o centeio, criar o gado. O medo é o que nos enraíza. É o sal da civilização. De que adianta ser ousado se ali na curva está a morte?" Jason Scott é um homem sábio. Covarde, talvez, mas sábio. Entenderia por que não deixo esta casa por nada no mundo.

O Pai também teme. Não como Jason Scott, o Senhor não me entenda mal. Tércio Vianna não é covarde. O Pai enfrenta a Maldita sem nunca a recusar, sem negacear diante de sua vontade inexpugnável. Olha para ela de peito aberto, tripudia dela, tira seu negrume para dançar... A tuberculose matou tio Ascarídeo e tio Baldânio. A sífilis levou minha avó Maldívia e sua irmã Mirtina. Vem de família frágil, o Pai. A desnutrição marcou-se nos traços cavados de sua face, em seus ossos frágeis, em sua suscetibilidade. Doença passou perto, o Pai espirra, às vezes cai de cama com um resfriadinho que pegue da Mãe. Então a morte ronda com passos ritmados, seu canto macabro ressona no peito dele, sua asma asfixiante. Isso pode durar dias, semanas, meses. Mas ele a enfrenta com lanças longas e pontiagudas, montado no rocinante de suas certezas, de seu desejo de rever Florenciana antes do fim.

O Pai não teme a morte. Ele teme nunca mais deitar os olhos em Florenciana, não mais ouvir sua voz, não mais o seu carinho, nunca mais as conversas ao pé do fogão de lenha nas noites secas de inverno. Não mais ouvi-la cantar, não mais estar com ela numa seresta, numa cantoria em volta da fogueira nas festas de junho. Basta ver o modo como ele mexe o mingau de milho já morno. O Senhor ainda tem olhos para o Pai? Vê como suas mãos ossudas estão ansiosas? Cada volta da colher é um suplício, a anunciação da vinda e da perda... O Pai está pensando que Florenciana está a caminho e que esta pode ser a última vez que a verá, como imaginou da vez anterior e das outras. Ele sempre acha que será a última vez, então preferia adiá-la. Mas não quer perder a chance de estar com ela uma última vez, se esta for mesmo a última, e essa contradição o martiriza e o consome muito mais do que a própria morte, dia após dia, ano após ano. Porque um dia será mesmo a última, e pode ser desta vez.

Dessa agitação vem a pergunta de sempre, iniciando a ladainha que precede cada chegada de Florenciana, como se não soubéssemos o que precisa ser feito agora que tudo está prestes a acabar, e de uma vez por todas. O Pai pergunta se Licurgo deixou a cachaça de Beno. Como da última vez. E como da última e das outras vezes respondo com um aceno. "Não se esqueça de amassar o pão de queijo, minha velha", ele diz voltando-se para a Mãe. "Você pediu o arroz--doce à Amália? O Alemãozinho não vive sem o arroz-doce dele". A Mãe também anui ao ritual e à pergunta do Pai. Meu sobrinho Cláudio é a paixão de Idomeneia, que lhe deu o apelido. Mesmo um varapau como está hoje não dispensa o arroz-doce de Amália. O apelido já não veste bem Alemãozinho, a lourice ficou na infância. Mas ele ainda é nosso Alemão.

Dos filhos de Florenciana é o mais chegado. Em criança, cantava como o Michael Jackson, era um prodígio. Se o Brasil fosse os Esteites ele teria sido um artista famoso. Mas viu de estudar coisa séria, vive pelo mundo, seminário disso para cá, palestra daquilo para lá. "Estudo a sociedade", ele me disse uma vez. Entende de política também, é cheio de ideias sobre a decadência de Floral. Diz que a culpa é dos antigos magnatas que consumiram os recursos da terra, das pedreiras, das minas e de tudo o que havia por aqui, incluindo os rios, todos poluídos com pesticida agrícola. Mas não sei. Tenho para mim que o Senhor tem seus desígnios, que está punindo a cidade por alguma coisa que fizemos em priscas eras, que pagamos os pecados de gente muito mais antiga, do tempo em que isso aqui era tocado por escravos.

Gosto de levar essas conversas com Alemão. Ele não tem a afetação dos doutores, não fica cagando regra. Tem as opiniões dele, ponto. E engraçado, ele não é temente ao Senhor. Como pode alguém não ser temente a Deus? Não consigo imaginar... Como é que ele deita a cabeça no travesseiro toda noite e dorme um sono tranquilo sem rezar um pai-nosso e uma ave-maria? Sem pedir perdão pelos pecados e entregar a alma ao Senhor, que pode achar de levá-la durante o sono? "Olha, tio", ele me disse uma vez, quando toquei no assunto, "na verdade pode ser que Deus exista. Se for assim, ele vai cuidar de mim quando for a hora, não é? Deus não é perdão? Cristo não é perdão? Vai entender que eu tinha coisas a fazer além de perder meu tempo tentando decifrar seus mistérios". Diz essas coisas sem corar, o ateuzinho atrevido. O que o Senhor acha disso? Sim, porque ele não mora aqui, então o Senhor deve ter ouvidos para ele como já não os tem para nós. Como é que ainda não mostrou a ele seus raios coriscantes? Acho que sei por quê. Alemão age, pensa, ama, gosta ou desgosta das pessoas como se acreditasse no Senhor. Quer dizer, parece uma pessoa como outra qualquer. Se não contar, ninguém diz que é ateu. O Pai mesmo é um que não acredita. "Neto meu não pode ser incréu. Conheço a alma daquele menino, Alemãozinho diz essas coisas para chocar as moças e se acoitar com elas sem culpa. Gosta mesmo é de um rabo de saia, aquele moleque". Pode ser que o Pai tenha razão, mas duvido. Quer dizer, ele gosta de um rabo de saia, isso não se discute. Vive de namorada nova, "hoje em dia acabou isso de pagar para comer as garotas, tio", ele se gaba, "não é como no seu tempo, ninguém mais perde a virgindade na Rua das Flores. O senhor nunca vai me ver na Rua das Flores. As meninas de Floral fazem fila pra dar pra mim". O Senhor veja se eu aguento um pivete convencido como esse? Impossível desgostar dele. Ainda mais que ele sempre me dá uns trocados. Mas acredito nele quando diz que não crê, o Pai às vezes é muito ingênuo.

"Alemãozinho vai dormir no seu quarto, ouviu, Teteco?", o Pai diz, entre uma colherada e outra de mingau. Esse tom peremptório é sem precisão, se não estou bebendo minha cama é mesmo dele, que chega sempre de madrugada das noitadas, meu quarto tem entrada privativa. Durmo no sofá sem problemas. Sou o último a me acostar e o primeiro a me levantar, é essa minha sina, minha perdição. Cedo minha cama de bom grado... "Peça a Odília para trazer o pão sovado que ele gosta, e precisa comprar a margarina de Florenciana", o Pai continua a martelar a ladainha. Florenciana tem colesterol alto, não pode com a manteiga da Mãe. Tem alergia a tudo, disso o Senhor também está ciente. No feijão não vai pimenta, carne é só de ave ou rã. Diocleciano deixou um peru aqui anteontem, Licurgo deve trazer codornas e perdizes no fim do dia. Os sapinhos é Justiniano quem traz. Não pode com alface nem alho, a Flor, sua comida é só cebola e alho-poró, que ela enche de ervas para compensar. O Senhor não foi justo com ela. Deve ser duro para uma cozinheira ser alérgica a comidas e temperos. "Falou com Brício sobre a pescaria, Teteco?", o Pai insiste. Eu me impaciento, deponho a chávena de café sobre a mesa, digo "Falei, não é Pai! Claro que falei. Eles vão no sábado, seu Hercílio disse que a caminhonete nova chega na sexta. Está tudo arranjado. Só falta caçar as minhocas".

Entendo a tensão do Pai. A fazenda em Marcelândia já não existe e o rio Cascavel está poluído, peixe grande, hoje, só no Coqueiral, mais de seiscentos quilômetros ao sul. Na represa também há, mas o governo proibiu a pesca para proteger os pintados, que estão em extinção por aqui. Como tudo o mais. Armar uma pescaria requer cuidados e toma tempo. "Está tudo arranjado", repito, depois de um gole de café. O Pai termina o mingau, esfrega o pão no que restou no prato. Beberica o café, corta um pedaço de bolo de fubá, toma outro gole com o bolo na boca, tudo com a ansiedade das coisas iminentes. "Bem que eu gostaria de ir com eles", o Pai se lamenta, agora sem açodamento. "Tenho saudade de brigar com um surubim graúdo, um jaú... Lembra daquela caranha que peguei no rio das Mercês, minha velha? Pesou oito quilos e trezentas, a bitela. Precisei usar fio de aço de um milímetro de espessura. Um milímetro, sim senhor... Mas já não aguento uma beira de rio". Ele reflete por um momento, então meneia a cabeça. "Não estou me queixando, Deus que me perdoe. Já tirei muito peixe grande d'água, não é? Ele deve ter seus motivos".

O acidente roubou as forças dos braços do Pai, depois dele os tendões inflamam por qualquer coisinha. Eu não estava aqui quando aconteceu, o que sei é de ouvir a Mãe e doutor Justo contarem. O Senhor bem podia esclarecer as partes obscuras da história, porque Sua mão estava ali. Ou não estava? Florenciana garante que Ela desviou a viga, de outro modo destinada à cabeça do Pai. Acho isso estranho. Um sopro Seu teria bastado para desintegrar aquela tora, Sua mão a teria lançado do outro lado do mundo. Por que a deixou desabar sobre ele? Estava entretido com outras coisas? Com as orações de Florenciana, talvez? Doutor Justo também diz que foi milagre. O Pai sempre foi um palito, Odília precisa ajustar as calças que ele compra, ainda assim estão sempre largas. Ele usa o cinto apertado na altura do umbigo, coisa que me aflige, aquilo parece que o asfixia. "Foi o que o salvou", doutor Justo garantiu. Quando a tora desceu no ombro do Pai, quebrando clavícula, omoplata, costelas e tudo o mais, não fosse o cinto apertado no umbigo os ossos teriam perfurado tudo, intestinos, fígado, rins... "Os ossos passaram por cima do cinto", doutor Justo explicou quando perguntei. "Dilaceraram a carne e a pele, está bem, mas pele e carne a gente costura. Para o resto não haveria jeito. Foi um milagre".

Milagre dos demônios, é o que eu digo. O Pai ficou mais de ano entrevado, outro tanto fazendo exercícios para retomar os movimentos do corpo, que ainda traz as chagas desse Seu milagre... E o Senhor o viu lamentar? Rogar praga contra o Senhor? Claro que não. Viveu seu infortúnio como um castigo Seu. O que tanto ele fez para condescender dessa maneira estúpida à Sua vontade? O Senhor bem sabe que no meu tempo de criança nesta casa faltava de tudo, menos o peixe. Da carne a Mãe fazia um guisado, a cabeça virava pirão, a carcaça dava gosto na sopa. Pintado, jaú, surubim, pacu, caranha, taiabucu, matrinxã, piau, piapara, traíra, tilápia... De onde o Pai estivesse construindo uma ponte vinha um peixe diferente. Se o rio era de corredeira era peixe predador, se era rio grande os bagres e as piranhas, que dão uma sopa que acende o desejo das moças. Florenciana, Idomeneia, Antuérpia e Amália nem chegavam perto, só Odília não se conformava com a proibição, tomava a sopa escondido. Não sei se isso teve alguma coisa a ver com o fogo que a queimou a vida toda, ou se era o fogo já queimando que a levava a violar a vontade do Pai, uma coisa somando-se à outra até dar no que deu. E o Senhor foi tirar logo isso do Pai...

Ele já não pesca, mas como Beno também tem paixão pela coisa, talvez se conforte pensando que o Senhor sempre arruma um jeito de compensar as perdas. "No peru, minha velha", ele diz, por fim e como sempre, "nada de alho, ahn! E pimenta nem pensar, ahn!" A Mãe já está lavando a louça, não olha para ele quando diz "Tércio, tenha a santa paciência! Depois de cinquenta anos cozinhando para minha filha, você acha que vou esquecer justo isso? E justo no peru, que é o bicho que ela mais gosta?". O Pai se ergue a custo, os ossos a estalar. Caminha em direção ao quintal. "Você anda com a cabeça ruim, Cotinha", é tudo o que ele diz antes de deixar a cozinha. Ele tem razão. A Mãe deu para esquecer as coisas, anda trocando as bolas. Ontem mesmo encontrei a lata de goiabada na gaveta dos talheres e o porta-talheres na geladeira. Rimos disso, mas o Pai faz bem em insistir. O alho pode matar Florenciana, como o leite de vaca o Pai.

A pescaria é paixão antiga dos Ramos Constante. Seu Herculano vivia me convidando para pescar no Cascavel, que margeava a fazenda de Marcelândia. Faz tanto tempo que nem o Senhor se recordará. O Cascavel recebia a água de muito riacho e rio antes de chegar à fazenda, era bojudo, uns cinquenta metros de vau na parte mais larga, trinta metros ou mais de fundura no centro. Descia manso, amarronzado, criterioso, levava os sonhos de muita gente para o Cunhão onde desaguava. Seu Herculano mantinha intacta a floresta que o adornava, a plantação de milho morria uns vinte metros antes das margens. Não se via o pasto do outro lado, escondido pela mata de jacarandás, perobas, bambus, cedros, e do pau-brasil que seu Herculano mandara vir de Portugal. Ele tinha aquele sonho estranho, fazer renascer por aqui o que os portugueses tinham destruído no litoral. A coisa até que ia bem, as árvores cresceram galhardas na outra margem, onde chegávamos pela ponte construída pelo Pai num estreitamento do rio mais ao norte.

Nada disso existe mais, o Senhor sabe. O lago da represa que os militares construíram inundou tudo. Mas naquele tempo era uma maravilha. Eu era garoto ainda quando seu Herculano me levava para pescar, a última vez eu devia ter uns dezesseis ou dezessete anos, seu Hercílio devia estar na casa dos trinta, Beno engatinhava. Não digo que esperasse com ansiedade as pescarias. Meu temperamento é de outro jeito, gosto da agitação dos bares, dos puteiros, da jogatina. Beira de rio é para gente mansa.

Sempre me espantei com a paciência de seu Herculano. O Pai construíra um abrigo num barranco indicado por ele, protegido por telhado de telhas de barro, cercas em bambu polido, dentro dele caixas de tralhas de pesca cheias de compartimentos minúsculos, um gaveteiro para ferramentas, um armário grande para as varas... Seu Herculano gostava de pescar sentado na cadeira de balanço com assento de palhinha que o Pai carpintara, podia ficar ali a noite inteira à luz do lampião de gás, olhando as pontas das quatro ou cinco varas que pindava, mexendo em alguma coisa em suas gavetas, ou então jogando o milho na ceva à esquerda para as tilápias, ou preparando a isca viva para os peixes maiores, ou afiando as facas de abrir os peixes, ou montando um encastor mais delicado. E vez por outra brigando com um peixe. Raramente dizia alguma coisa. Lamentava a perda de uma tilápia — "peixe tinhoso, Teteco, peixe tinhoso..." —, reclamava da temperatura da água — "o peixe está escondido no mato, hoje não vai dar nada", comentário que eu só compreenderia anos mais tarde, ao visitar as terras alagadas onde o Cascavel se esparramava durante as cheias, os pintados e jaús embrenhados nas raízes das árvores e na vegetação em parte submersa pelas franjas de água do rio —, ou identificava o canto de um pássaro ou o lamento de uma cobra.

Aquilo era uma oração. Não era para mim. Mas eu ia, porque gostava de Isaura e às vezes ela vinha também. A bela nunca descia para a beirada do rio, ficava no chalé que o pai construíra na parte mais alta do terreno, cercado de jardins e passarada, mas só a perspectiva de viajar com ela na Rural Willys do pai dela já me tirava o sono. Eu chegava para a viagem com os olhos armados. Ela devia ter treze anos na época… Treze aninhos… Uma flor. Os peitinhos já feriam o vestidinho de duas partes, a saia rendada escondia mal os cotocos de perna que depois virariam um despropósito de formas e músculos… Seus pezinhos vinham escondidos em meias com desenhos de lua e no sapatinho preto de bico redondo… Isaura olhava para mim como se aqueles enormes olhos azuis não acreditassem que eu existisse de verdade. Como se eu fosse uma aparição em Lourdes. Sempre de olhos assustados, a Isaura. Naquele tempo eu fazia qualquer coisa para estar perto dela. Mesmo dois dias na beira do rio eu suportava em troca de duas horas no carro com Isaura Constante. Que não me via. Isaura me chamava de titica… Titica! Aquilo me deixava desenxabido, eu sonhava as maiores sujeiras com ela. Descontava nas meninas da Celestina. Titica!… *Um dia ainda mostro a ela a titica*, eu pensava durante as viagens. Nunca mostrei. Nunca tive coragem.

Beno também é apaixonado por beira de rio. Nisso puxou o avô. Mas só nisso, porque em tudo o mais é um Boi Sonso, apelido que Cilinho lhe pregou e que o veste perfeitamente. O mundo pode estar caindo em volta que Beno encontra um cantinho para cochilar. Os irmãos vivem aprontando com ele. Como dorme de boca aberta e, para espanto de todos, sem roncar, Benício ou Brício ou Berenaldo ou Cilinho estão sempre colocando coisas na boca dele. Perereca, pimenta malagueta, mosquito, aranha, formiga cabeçuda… Beno leva tudo na santa paz. Boi Sonso. Não parece, mas é carinhoso o apelido, acho até que ele o aprecia. É manso como um boi gordo à espera do abate. E ao contrário dos irmãos, tem confiança cega nas pessoas… Isso é coisa de se valorizar. Mas tem custo, também. Beno já está no quinto calote de sócios, quebrou de novo no final do ano passado e Florenciana está de novo tentando colocá-lo de pé.

O primeiro calote foi de seu Cristóvão, tio dele, o Senhor deve se lembrar desse anticristo. Beno e ele tinham uma loja de autopeças no centro da capital e uma oficina mecânica na Cantina, bairro de classe média no topo do morro que um dia foi uma mina de minério de ferro e onde Beno e Florenciana ainda moram. Num belo dia de sol, dona Natalina engasgou-se com a espinha de uma piapara e morreu roxa na mesa do almoço. Seu Cristóvão viu de sumir com o dinheiro da família. Descobriu-se mais tarde que ele tinha outra mulher e quatro filhos já grandes no Rio de Janeiro... Beno perdeu tudo, Florenciana colocou os cobres dos restaurantes para pagar as dívidas.

Depois foi um fisioterapeuta, que propôs a Beno sociedade para montar uma clínica na capital. Naquele tempo isso de fisioterapia era coisa de rico, e o homem — Enciso, acho que era o nome dele, o Senhor se lembra? Um argentino boa-pinta, milongueiro e sedutor, que tinha o *rai soçaite* da capital na mão? Pois o portenho propôs a Beno que entrasse com o dinheiro, que ele traria os pacientes e faria o que ele chamava de "trabalho sujo". Bem sei o trabalho sujo que ele fazia. O negócio do argentino era esfregar aquelas mãos adocicadas e sabe-se lá o que mais nos corpos arrepiados das madames da capital. Nunca fui com a cara dele, porque ele dava em cima de Florenciana de um modo que deixava a todos constrangidos, menos Beno, que não via mal nas flores e nas mesuras que Enciso regalava a ela. "Deixe o pobre, Teteco. A ilusão é o bálsamo de almas tortas como a dele. Cantor de tango precisa sofrer, ou não canta com dor. E de mais a mais, se eu ficasse com ciúmes, não seria digno de Florenciana".

Boi Sonso, o Beno. Eu teria posto aquela voz rouca para correr na primeira piscadela. Mas Beno o trouxe para dentro de casa. Não tinha como dar certo. Numa sexta-feira da paixão qualquer o milongueiro virou fumaça e Beno amanheceu quebrado de novo. Ninguém nunca mais ouviu falar dele. Florenciana passou bem uns dois anos pagando as dívidas da clínica e consolando as mulheres de coração partido que Enciso deixara para trás.

O terceiro sócio foi Onofre caminhoneiro, padrinho de Alemãozinho. Ele prestava serviço para uma firma que construía a represa de Correria e um dos dois caminhões que possuía caiu de uma ponte, matando o motorista, o ajudante e os sonhos de Onofre, que queria ficar rico carregando terra para os outros. Lembro-me da conversa deles aqui em casa: "Clavildo começou com um caminhãozinho de nada, Florenciana", Onofre disse à minha irmã, os olhos brilhando como se tivesse descoberto uma mina de esmeraldas. "Um 1113 que levava cinco toneladas de terra, só. Hoje tem uma frota de 20 Scanias para 30 toneladas cada. Enricou, o Clavildo. Enricou! Quem diria que aquele analfabeto desdentado tinha capacidade! Pois eu lhe digo, não foi mérito dele. Aquilo ali é uma caverna de Ali Babá, ainda falta muita terra para acabar a barragem. Já fiz as contas todas. A gente começa com mais um caminhão e em seis meses ele já está dando lucro. Então compramos outro, em quatro meses está pago, o terceiro fica quitado em dois meses. Está tudo escrevinhado aqui, ó". Onofre mostrou as contas que fez num papel de enrolar carne, como seria a amortização do investimento, o desgaste dos caminhões, a manutenção, o salário dos motoristas, tudo isso contra o custo do frete da tonelada de terra. "E o bom é que não precisa pedir empréstimo no banco, porque o dinheiro você tem, não é?" Nessa hora suspirei, pedi licença, fui cuidar de minhas unhas encravadas.

Só mesmo Beno para cair numa cilada daquelas. Até eu vi que era uma arapuca. Quem, em nome do Senhor, apresenta uma planilha de investimento em papel de açougue? Onofre tinha um irmão açougueiro, Jusuíno Carniça, morto meses depois numa briga na Rua das Flores pelo mesmo cutelo que ele usava para abrir as carcaças de boi, e era óbvio que Onofre tentara convencer o irmão daquela sandice. Estou até vendo a cena. Onofre chega ao açougue, narra o acidente na barragem, lamenta a morte do motorista, fala dos planos de ampliação da "empresa", pega a folha de cima da pilha de papel de embrulhar a carne, rabisca as contas malucas que apresentaria depois a Florenciana e é posto dali para correr por um Jusuíno possesso, "quem você pensa que eu sou, seu falcatrueiro de bordel! Vá bater a carteira de outro!" Jusuíno era assim, esquentado, tratava as pessoas como se fossem porcos ou bois, a todos cortava com palavras pesadas, ao irmão mais que os outros, talvez porque visse em Onofre o que ele talvez fosse, um aproveitador da boa vontade alheia, coisa que Jusuíno não admitia em homem nenhum, na verdade em mulher tampouco. Foi o que o perdeu, disso o Senhor não se lembrará, que o puteiro de Tina não Lhe abre as portas. A briga na Rua das Flores foi por Jusuíno achar que Celestina estava querendo lhe empurrar uma puta doente, coisa que minha Tina era incapaz de fazer, daí a briga e o sangue no chão. Nunca se soube quem abriu a cabeça de Jusuíno, essas coisas são difíceis de esclarecer numa briga de cabaré. Morre-se, alguém limpa o sangue e fica por isso mesmo. Mas isso foi depois, quando mataram o homem Onofre já tinha comprado a carreta com o dinheiro que minha irmã levantara no banco. Um Scania último tipo, caçamba móvel para 35 toneladas, cabine dupla com cama de casal e tudo. Um luxo.

O negócio não era a caverna de Ali Babá. Também, Beno foi imprudente ao contratar Altério Bahia como motorista, se consultado eu teria impedido. Altério era de beber no café da manhã. Na primeira semana de trabalho acertou a traseira do Landau de um deputado da capital em visita à barragem. A carreta ainda não tinha seguro, o conserto do carro custou um ano de salário de Altério, que viu o olho da rua sem antes ver a cor do dinheiro. Beno teve que se mudar para cá, assumiu o volante do Scania. Acordava às 4 da matina, rodava até 8 da noite, domingo e feriado como dia normal. Foi bonito ver o Boi trabalhar de sol a sol. Não que ele não goste, não é isso. Fingir de burro de carga é com ele mesmo, que ele também teme o coisa-ruim e preguiça é contra Sua intenção. Não enjeita tarefa ou serviço pesado, encara tudo com a maior boa vontade. Quer dizer, ultimamente vem se estranhando com Florenciana, "minha Branca anda de perseguição comigo", ele me disse outro dia no bar. "Deu para se incomodar com tudo o que eu faço, diz que faço tudo reclamando".

Minha Coca-Cola bebo no gargalo, como o Senhor sabe, e o tranco das palavras de Beno em meus ouvidos quase me mata. Foi como se elas insuflassem mais gás no refrigerante, que ferveu em minha boca, subiu pelas narinas, sufoquei, tossi, cuspi Coca-Cola para todo lado. Nunca ouvira o Boi reclamar de patavina na vida, coisa que ainda me descorçoa! "Você anda pulando a cerca, Boi?", perguntei a ele, depois de me limpar. "Se Florenciana deu de reclamar é porque…" Beno me interrompeu com um olhar enfastiado. Acendeu um cigarro. "Florenciana é minha vida, Teteco", ele disse, depois de umas baforadas. Seus olhos se esvaziaram, perderam-se em algum lugar dentro dele. Minha pergunta fora um excesso. Pedi desculpas e licença, fui ao banheiro me lavar. Minha memória para as coisas sucedidas há pouco vem me pregando peças, mas lembro da angústia que senti diante do espelho mofado. Beno reclamar de Florenciana era um ruído, um desafino. O Senhor se recordará da conversa dela com Idomeneia no ano passado. A Mãe estava ao fogão, o Pai dormia, eu assistia futebol na sala, Amália cuidava das cabras no quintal. Beno perdera o quinto negócio, foi inocente o comentário de Idomeneia. Ou talvez venenoso, algo como "Ele não tem tino para os negócios, Flor, não entendo como você continua financiando os delírios dele".

Os pássaros se calam quando Florenciana suspira. Obra Sua. O mundo fica em guarda à espera do que ela vai dizer. Pude ouvi-la sorver o chá de cidreira que a Mãe lhe preparara. A sombra de Amália assomou-se à porta da cozinha, a Mãe parou de mexer a panela. O Pai tossiu. Idomeneia talvez sufocasse querendo desdizer o que dissera. Se eu pudesse fazer alguma coisa teria desligado a televisão, mas ninguém podia mais nada. "Neneia", Florenciana começou, e talvez tenha tomado as mãos de Idomeneia entre as suas. "Olha... Perdoe-me pelo que vou dizer. Sei que todos estão comentando a falência de Beno. Sei que estão dizendo que ele me explora, que é um encosto, que não é digno de mim. Pois vou dizer o que penso disso, e vou dizer uma única vez, para nunca mais ouvir esse tipo de comentário da boca de ninguém em minha família". Idomeneia se ajeitou na cadeira, pude ouvir as molas rangerem. "Beno, Neneia... Beno é meu marido. É o homem que escolhi para viver comigo, para ter meus filhos, com quem estou para o que der e vier. Selei um juramento diante de Deus, na saúde e na doença, na alegria e na tristeza até que a morte nos separe. E assim será. Estarei por perto sempre que ele precisar, assim como ele está por perto quando fraquejo, quando olho para os céus e pergunto se tudo isso vale a pena. Não me olhe com essa cara de espanto... Sim, senhora, eu também duvido às vezes. Jesus duvidou, por que não eu? E quando isso acontece, Beno está sempre lá. Ele é minha única certeza, que Deus me perdoe. Minha pilastra, meu amor. Como posso negar alguma coisa a ele? Como viveria com ele tendo lhe negado alguma coisa? Dinheiro não é nada, Idomeneia!"

Flor se calou. Tomou seu chá sem soprar. Não se ouvia um ruído naquela tarde de domingo. "Dinheiro é uma... Volúpia, uma tempestade de areia em nossos olhos. Do meu, Beno terá o quanto precisar. O dinheiro na verdade não é meu. Sou um veículo da vontade de Deus, que viu de me abençoar com um talento especial, que nem sei se sou digna de merecer. Poderia ter sido Beno, não poderia? Poderia ser ele o talentoso, e eu viveria como uma dondoca na capital. Mas Deus não quis assim. Quis que eu trabalhasse e com meu suor criasse meus filhos e alimentasse os sonhos de meu marido. Que assim seja. Peço seu perdão por exigir isso... Mas nunca, nunca mais em sua vida repita as coisas injustas que você acaba de dizer!"

Aquela conversa ergueu um muro alto e farpeado entre nós e o casamento deles. Florenciana é dureza. Mas ouço suas palavras outra vez, e não as consigo casar com as que Beno me disse no bar, isso de Flor ficar implicando com tudo o que ele faz... É como se Florenciana tivesse falado no espelho, as palavras ganhando significado invertido. É como se ela reconhecesse que Beno é mesmo um fracassado, e isso agora lhe doesse como nunca. Talvez ela esteja cansada de alimentar os sonhos dele. Ou talvez esteja apenas... Cansada. Quem sou eu para saber? O assunto morreu ali, depois de permanecer em suspenso por uns minutos na atmosfera abafada do domingo. O certo é que o Scania revelou-se uma canga para Beno. Passados seis meses eles ainda estavam pagando o Landau e o financiamento da carreta. Foi preciso outro ano de penúria até que algum começasse a sobrar. Mas pouco, Florenciana mandava dinheiro para ele todo mês. Embora pousasse na casa de seu Hercílio, Beno vivia mesmo era na boleia da carreta, vinte dias por mês fora daqui. O custo era alto. Mas nos dez dias que ficava na cidade, Beno parecia feliz. Não é tão bom na sinuca quanto para perder dinheiro, mas em parceria não tem quem dê conta de nós dois em Floral, então eu até que estava gostando da vida de errante dele. Nas mesas de bar ficava espirituoso, cantava piadas novas. Declamava aqueles poemas longos de memória, histórias de amores perdidos, tragédias familiares, dores de cotovelo, brigas de bar... Eu queria ter sua leveza. Sua generosidade. Estava sempre pagando a conta para a rapaziada, num desapego incomum para alguém na sua situação. Quebrado de novo, quero dizer.

Sim, porque por obra Sua o caminhão de Onofre fundiu o motor, Florenciana precisou acudir com mais dinheiro para segurar a sociedade. Nesse meio tempo o serviço na barragem escasseava, o Senhor se lembra? Uma coisa em cima da outra, em cima da outra? Seus milagres… Clavildo prosperara, não é? Já montava em 30 carretas, tinha o monopólio do transporte de cascalho e areia, mais nobre. A Beno e Onofre sobrava a terra retirada da terraplanagem dos morros em volta, que eles disputavam com outros donos de pequenos caminhões. Quando o caminhão de Onofre feneceu e a sociedade se desfez, Florenciana indenizou o sócio por sua própria imprudência, essas coisas que não compreendo. "Ele é padrinho de Cláudio", lembro-me de ouvi-la explicar ao Pai. "Um membro da família". Sim, membro da família… Pegou o dinheiro e deixou Floral sem se despedir, vejo-o por aqui tanto quanto o Senhor.

Beno ainda dirigiu o Scania por três anos, o Senhor se recordará, porque sei que Seus olhos estavam sobre ele. Do modo como ele dormia ao volante, só o Senhor mesmo para cuidar. Correu esse Brasil de norte a sul como se fosse um cigano, um caixeiro viajante. Até Florenciana decidir vender o caminhão. "Estou cansada de ficar sozinha naquela casa enorme", posso ouvi-la choramingar para a Mãe. "Clarinha sente falta do pai, chora toda noite de saudade. Cláudio está na idade de querer conhecer as coisas e precisa do pai para mostrar. E Tercinho idolatra o Beno. Não posso viver mais um dia com ele longe de casa". Naquele tempo Ana Flávia ainda não tinha nascido, na verdade penso que ela foi o consolo que Florenciana ofereceu em troca da carreta, que Beno já aprendera a apreciar. Ninguém fica três anos na boleia de um caminhão, sem precisar, só para mostrar que é capaz de ganhar o sustento com o suor do próprio rosto, o Senhor não concorda? Ao menos, não Beno Ramos Constante. Tenho para mim que ele gostava da estrada. Por ela mesma e pelo que ela lhe trazia.

"A estrada é como beira de rio", ele me disse uma vez a caminho da pedreira onde eu tinha meu laguinho socrático. "Às vezes passo horas sem ver ninguém, carro nenhum, animal nenhum. Mais para o norte do país as estradas são um retão a perder de vista, às vezes com mata de um lado e do outro, às vezes um corte pedrento no meio do deserto. Aquilo dá uma tranquilidade na gente… Uma sensação de que você pode se expandir, inchar, ficar do tamanho que você quiser e ainda sobra espaço. Você olha em volta e não há ninguém para estorvar, ninguém para lhe dizer o que fazer, como fazer. É você e a estrada. De repente, um povoado. Pessoas descalças, cães pelas ruas, crianças brincando, um bando delas vem perguntar de onde venho, para onde vou, se tenho filhos, se posso levá-las comigo... No bar um cantador conta histórias novas, improvisa um repente, uma sanfona chora um baião ou um carimbó... As moças arrastam as mesas, dançam suas saias puídas, seus vestidos de flores, o namorado de uma delas enrola um cigarro de palha, me oferece, às vezes aceito, às vezes sou eu quem oferece. Numa mesa de canto o artesão entalha um santo numa tora de angelim ou de embaúba, o dono do bar me estende uma cachaça curtida em cobra coral, formiga cabeçuda, escorpião ou outro bicho peçonhento qualquer, que esse povo gosta de mostrar que é macho... E então é a estrada de novo, eu com ela e nada mais". Foi o Senhor quem ensinou Beno Constante a apreciar a estrada, eu sei. Entendo que Florenciana quisesse vender o caminhão. No lugar dela, eu também temeria a estrada.

O quarto negócio que Beno perdeu foi mais custoso. Florenciana alugou um galpão na Cidade Industrial e convidou Vergílio Casto para a sociedade na fábrica de panelas. Vergílio não tinha a arrogância de seu Carmelo, pai dele, dono de 10 mil cabeças de nelore em seis fazendas lá para os lados de Pau dos Montes. Tampouco tinha a valentia de Licínio, irmão dele. Sabia-se herdeiro, o Licínio, a todos encarava como se quiséssemos sua herança, que ele não pôde desfrutar... Morro de rir quando me lembro disso, seu Carmelo legando tudo a um convento de carmelitas do Rio de Janeiro, Licínio esmurrando o advogado do pai...

Vergílio não era assim. Era uma flor de pessoa. Na adolescência ganhou o apelido de Margarida. Tinha uns trejeitos adamados que ele depois camuflou, talvez pelo chicote do pai, mas o apelido se manteve. Jamais perdeu a predileção pelos homens. Apenas deixou de parecer o que era, aquela margarida desabrochada e cheirosa que de vez em quando ia à Rua das Flores soltar a franga. Florenciana gostava muito dele, Vergílio tinha algum talento para a cozinha e vivia fazendo sugestões de pratos inusitados ou exóticos, que ela às vezes incluía no cardápio. Talvez se sentisse em dívida com ele. Numa das poucas vezes que estive no restaurante dela na capital comi uma galinha à cabidela com arroz de figos, codinome Margarida.

Vergílio tinha senso de humor, não há dúvida. E dinheiro.

Mas não era isso que Florenciana queria. Nos três anos em que Beno sonhou seu sonho de liberdade ela juntara o bastante para comprar um alto-forno e a prensa para as panelas de alumínio. Poderia ter esperado um pouco mais para comprar as outras infraestruturas, foi o medo de perder Beno para a estrada que precipitou o convite a um Casto, coisa que ela talvez preferisse evitar. Florenciana nunca suportou a arrogância de seu Carmelo, que nem à Igreja ia, acima do bem e do mal que se imaginava. E, pecado dos pecados, o homem nutria um desprezo olímpico por dona Adalgisa, sua esposa, imposta a ele pelo pai. Sei que Florenciana oferecia seus ouvidos a dona Adalgisa quando vinha a Floral, porque Idomeneia me contava as histórias escabrosas que Flor lhe confidenciava, histórias de arrancar os cabelos de um cristão. Coisas a que ele obrigava sua esposa... Dessas que a gente faz com as putas, o Senhor me entende... Deve ter sido muito difícil para minha irmã oferecer sociedade a alguém como Vergílio. Não por ele, mas porque o dinheiro viria do pai.

Lembro-me do dia em que ela foi ter com ele para propor o negócio. Pude ouvi-la sussurrar as ave-marias, padre-nossos, salve-rainhas e tudo o mais, talvez de joelhos sobre grãos de milho, dada a iminência de encontrar o diabo encarnado. Ele a recebeu com elegância, eu soube depois, chegou a convidá-la para conhecer sua fazenda em Mauritânia, a maior de todas, com uma casa de dez quartos plantada no topo de um outeiro rodeado de primaveras e ipês, um lago artificial mais adiante, a represa ao fundo e criados o bastante para fazer feliz qualquer mulher, que dirá uma joia rara como minha irmã. Foi o que o diabo disse, segundo Flor. E foi além: "Não sei o que a senhora viu em Vergílio, dona Florenciana. Aquilo é um coisinha de nada, um pervertido, um torto na vida. Não é meu filho. Quer dizer, não pode ser meu filho, a senhora mais do que ninguém deve saber disso... Mas pela lei... O que a senhora me pede... Não tenho como negar. Parece um grande negócio. E vai aproximar nossas famílias, sempre respeitei seu Hercílio, que também não tem culpa dos filhos que Deus lhe impôs".

Pobre Florenciana. Enfrentou o Demo para ouvir dele que Beno era imprestável como Margarida. Mas ela queria roubar o marido à estrada, aceitou as imposições de seu Carmelo. Ele entraria com o capital de giro, indicaria o contador, faria as contas da empresa e distribuiria a produção. "Compro a carreta de Beno", ele diria por fim, num último ato de crueldade, "que aquele infeliz na estrada é um perigo. Está vivo porque a fé da senhora é muito forte, dona Florenciana. Do jeito que ele dorme ao volante..." Comentário vil. Beno nunca mencionara isso a ela. Se o tivesse, já estaria há muito sem o caminhão. Todos sabiam que ele cochilava nas estradas em que se imaginava capaz de inchar até explodir, menos Flor. Se ela tinha alguma dúvida sobre o negócio, morreu ali. Aceitou as imposições do Demo.

Em quatro meses a fábrica de panelas estava montada e produzindo. Chamava-se Alumínios Floral, com Margarida de relações públicas e Beno de gerente geral. O contador era um tal Estertone Brindeiro, que também administrava as fazendas de seu Carmelo. Nunca o conheci, ele não punha os pés em Floral. Dizem que era um tipo sinistro, mistura de Christopher Lee com Zé do Caixão, de prosa pouca e olhar injetado no fundo de olheiras escuras. Era homem de confiança absoluta de seu Carmelo, sua sombra, como Abel gostava de dizer, ou seu lado negro, conforme seu Hercílio. Pois ao final revelou-se bem mais do que isso. Quando seu Carmelo morreu, cinco anos depois, a fábrica já produzindo muitas outras coisas — cinzeiros, vasos de flor, talheres rústicos, travessas de servir, fruteiras e quinquilharias desse tipo, além de panelas, é claro — descobriu-se que Estertone há muito vinha roubando a sociedade, e não para seu Carmelo. A firma devia três anos de tributos, não recolhia imposto de renda nem previdência nem FGTS dos operários aos cofres do governo, o aluguel do galpão não era pago há sete meses... Um caos completo, que Beno deveria ter percebido, gerente geral que era. Isso foi o que mais espantou a todos, a facilidade com que ele se deixou enganar por tanto tempo. E como os outros, num belo dia, bem antes do final do inventário de seu Carmelo, Estertone também sumiu. Alguém parece que o viu em Paris, anos depois.

Tudo isso eu soube por Beno, que Florenciana não toca no assunto, talvez em respeito ao infortúnio do marido. Sim, porque por algum tempo, Beno viveu como um magnata. Comprou uma mansão no Trieste, bairro chique da capital. Uma mansão, o Senhor se recorda? Ficava escondida atrás de um muro alto, coberto de unhas de gato. Entrava-se por um enorme portão de ferro fundido com aquele leão dourado, forjado no centro de um brasão de uma família qualquer, ou de família alguma, aquilo devia estar lá só para enfeitar ou impressionar os incautos. Mas que era imponente, era. A piscina só não era maior do que a de seu Herculano, mas a casa tinha de tudo, até sauna, essa coisa esquisita que ainda me intriga. Isso de a pessoa se deixar cozinhar no vapor, quero dizer. Não me entra na cabeça. Beno adora, acho que a sauna ao lado da piscina foi o motivo de escolherem a casa. Ele também comprou uma C14 de cabine dupla, na época a mais cara que existia, que o levava para as beiras de rio com os filhos, para as noitadas nos arredores de Floral, para as fazendas de seu pai e dos amigos, para as grandes festas que seus novos amigos organizavam. Florenciana devia sentir gosto naquilo, ver seu Beno engalanado nos ternos de risca e nos mocassins italianos que ela comprava, que ele usava meio sem jeito, arredio que sempre foi com ostentação de roupa. Mas ela tinha razão, ele estava em outro patamar, era um industrial e a posição tinha suas liturgias. Só eu sei o quanto ele desdenhava aquelas roupas. Sua paixão era a C14, arremedo de carreta, com ela ele alimentava seu sonho de liberdade. Pois o automóvel também precisou ser vendido para pagar as dívidas, assim como a casa nova. Tiveram que voltar para a Cantina, e por pouco minha irmã não perde o restaurante de São Paulo. O tombo daquela vez foi bem mais feio.

Teria sido suficiente para qualquer um sossegar o facho, não é? Qualquer um, menos Beno Constante. Ele não lamentou a perda da casa e das roupas e dos mocassins italianos. A caminhonete, sim, ele lamentou, "mas isso, Teteco, a gente compra outra", ele me disse no final daquele ano, quando todos vieram para as festas. "Vou comprar minha C14 de volta, você pode escrever". Lembro-me de Beno ficar pensativo por um momento, olhar bem dentro de meus olhos, titubear. E então desembuchar: "Olha, Teteco, vou lhe dizer uma coisa que... Que você não pode repetir nem sob tortura, ouviu? Nem se lhe arrancarem as unhas com alicate, compreendeu? Florenciana não pode nem sonhar com... Bem, estou de olho numa loja de aviamentos lá perto de casa... Acho que vai ser bacana. Uma loja pequena, o dono é um libanês simpático, sem um fio de cabelo na cabeça, você precisa ver. A mulher dele faleceu e ele quer voltar para o Líbano. Pôs o negócio à venda. Não contei nada à minha Branca, mas no mês passado fiquei uma semana no caixa da loja para acompanhar o movimento. Ali tem peixe. Vai dar para viver bem. Quer dizer, sem os luxos de antes, mas aquilo era uma ilha da fantasia, não é? Não nasci praquele brilho, aquela agitação. Dinheiro demais, Teteco... Dinheiro demais. E de mentira. Era tudo fumaça... Nessa loja não vai ter errada, é negócio pequeno, não tem como quebrar".

Pois tinha, e talvez Sua mão tenha movido as coisas para dar a Flor um meio de nos calar a todos, Idomeneia, sobretudo. Florenciana fez um negócio da China com o libanês, que estava pronto para entregar a loja por qualquer tostão. Deu vinte por cento no ato da compra, o restante seria pago em três anos com o próprio faturamento do negócio — era o que ela podia fazer sem pôr em risco seus restaurantes, o de São Paulo já todo comprometido com as dívidas da fábrica. Fizeram um contrato meio às pressas, o turco estava louco para sumir daqui, mas por um deslize sabe-se lá de quem, o libanês acabou virando sócio de Beno. Um sócio de gelo, por assim dizer, que derretia um pouquinho a cada mês e que viraria água em três anos, quando a dívida estivesse quitada. Só que as coisas não andaram bem para o libanês e ele precisou voltar ao Brasil, ou talvez ele se tenha arrependido do negócio, isso de vender tudo às canhas como se fosse um criminoso ou coisa pior. Com advogados, conseguiu provar que na verdade nunca vendera a loja, que o que tinham era uma sociedade, por isso tinha direito à sua parte no faturamento de dois anos até aquela data. Como alternativa, ofereceu-se para comprar a parte de Beno pelo valor da "dívida". "E vigamos gonversados, dona Vlorenciana, ninguém ganha, ninguém berde". Beno perdeu outra vez.

Acho que ele agora se convenceu de que não tem tino para os negócios. Esse mundo está cheio de gatunos, e Beno confia demais nas pessoas. Com o libanês, por exemplo. Estava tudo apalavrado e o contrato era uma formalidade à toa, na cabeça de meu cunhado, pelo menos, era. "Palavra empenhada é o tesouro de um homem", ele gosta de dizer, repetindo seu pai. "Como eu podia imaginar que o libanês não era homem de palavra? Ele saiu daqui como um cão sem dono, todo tristonho de saudade dos irmãos, dos tios, dos primos, gente que ele deixara para trás para se casar. 'Debois de drinda anos de Brasil, não denho nada de meu agui, zeu Beno', o libanês me disse, entrando no táxi que o deveria ter levado daqui para sempre. 'Meu vilho esdá no Líbano, minha irmã morreu ano bazado, agora minha esbosa... Não denho mais nada agui'. Você pode imaginar meu susto quando aquela careca enrugada apareceu na porta da loja de novo! Aquela cara de fuinha..." Coitado do Beno.

Quer dizer, coitado de mim! Bem que eu gostaria de uns dias de pobreza como a dele. Semana passada, por exemplo, seu Hercílio apareceu com um emprego no governo. Mexeu os pauzinhos, como se diz. Ernani Casto, o outro irmão de seu Carmelo, é secretário de agricultura e está disposto a dar uma oportunidade a Beno. Talvez se sinta obrigado, depois do que Estertone aprontou com a família, não sei. Pelo menos não tem a arrogância do irmão. Hoje vou saber se Beno aceitou. Florenciana é que não deve estar gostando, porque Beno vai ter que voltar para a estrada. O emprego é para cadastrar o gado das fazendas do Estado, que os europeus estão reclamando, dizem que o gado daqui não tem controle de qualidade. Vaca e boi com controle de qualidade. Sim, Senhor. Este mundo está mesmo ficando estranho, não admira que Floral esteja se acabando.

"Vai tomar banho hoje, Anacleto?", a Mãe pergunta, quando deixo a mesa do café da manhã, que ela já recolhe. "Sua irmã vem aí, meu filho", o Pai emenda, "não vai fazer feio de novo". Gesticulo, impotente. Arrasto meus chinelos de couro pelo cimento imaculado da cozinha, então da sala, enfim do alpendre. Não estou chateado com o Pai, entendo que ele esteja preocupado. Depois do que aprontei na última visita de minha irmã... Vieram sem avisar, me pegaram desprevenido, bebendo. Sempre tento não beber quando eles vêm, gosto de jogar conversa fora com Beno estando sóbrio, mas da última vez eu ia pelo final da invernada, quase três meses sem parar. Já não tinha dinheiro, já não tinha energia para jogar, minha dívida se multiplicara, não tinha um boteco onde eu não devesse umas garrafas. No Ananias eu devia bem umas dez caixas. E não tomava banho há pelo menos um mês. Bem, foi o que disse a Mãe quando voltei do hospital, que minha memória era um pudim de cachaça e me deixara na mão. Não me lembro de nada. Não me lembro de meu quarto empestado, não me lembro de minhas roupas mijadas, de minha boina embosteada de dormir nas sarjetas com os cachorros, talvez Canalha, não me lembro das putas que tentei trazer para dentro de casa, da surra que o Pai me deu, quer dizer, os tapas na cara e os chutes que me deixaram roxo por algumas semanas.

Florenciana e Beno dormiam no quarto grande, Clarinha estava aqui também, parece que minha irmã ficou escandalizada, não sei dizer se pelas putas ou pela surra, então foi-se embora como veio, sem aviso, vexada talvez com meu estado. Há "talvez" em tudo, porque acho que a Mãe exagerou nas tintas. Não sei quanto à minha sobrinha Clarinha, seus vinte e dois anos rosados, mas Florenciana me conhece, sabe que não faço por mal. Não faço por bem tampouco. Simplesmente faço, quer dizer, a pinga faz por conta dela. Osimande é quem dizia: "a primeira garrafa é você quem bebe. A segunda, quem bebe é a primeira. E depois as duas bebem por você..." Não sei de onde ele tirou essa ideia, mas passei a gostar dela depois de velho. Jovem, ela não me dizia nada. Quem bebia era eu. Cada gota do que quer que fosse. Não perdia a memória, não dava vexame, cantava mais afinado, tomava meu banho toda semana, podia fazer felizes três meninas ao mesmo tempo, dormia oito horas por noite, comia meus ovos e o pão sovado e tomava meu leite antes de encarar a primeira garrafa de cachaça, jogava sinuca por dias seguidos, ficava mais inteligente no carteado, era sempre eu no comando. A idade atrapalhou. Mente quem diz que a gente envelhece como os bons vinhos. A gente apodrece, ponto. Mas, sim, vou tomar banho hoje, minha Mãe. E vou usar o perfume que Cláudio me deu e as roupas que Florenciana trouxe no Natal. Vou ficar tinindo. Mas antes vou ler um pouco. Agora que Licurgo deixou sua carga de nata e Idomeneia lavou o alpendre de novo, posso trabalhar, ler meu livro de guerra em paz. Tenho três ou quatro horas até eles chegarem.

Gosto de ler. Apesar do que pensam alguns, Licurgo entre eles (o Senhor também?), não leio por soberba, para me diferenciar da gente daqui. Leio porque gosto de me informar, experimentar o mundo, já que nunca fui muito além da capital. Certo, o mundo está na televisão também, mas não tenho muita paciência para televisão. Não consigo ver um filme sem dormir no meio, mesmo os de bangue-bangue me cansam, e o jornal é só sangue, bomba não sei onde, assassinato não sei de quem, guerra num canto qualquer. A literatura, não, é uma grande arte. Pode-se ler uma história sobre alguém muito mau e então dormir em paz, porque aquela pessoa não existe realmente. Ela pode até crescer dentro da gente, alimentar nossos sonhos ou pesadelos, quem sabe tirar nosso sono, mas isso é a gente quem decide. Uma bomba explodindo num supermercado, não. Arranca intestinos e explode cabeças de pessoas reais, e isso está além de minha capacidade de compreensão. Por isso leio o tempo todo, quando não estou bebendo. Tenho mais de 300 romances de guerra e de faroeste, o Senhor sabe. Desses de bolso, que quando comecei era o que havia por aqui, então me apeguei às páginas amarelas, às letras grandes, às histórias miúdas, que leio devagar, saboreando. Já li todos, então de vez em quando preciso reler algum. Os do general Heinz sei de cor, que aquele nazista é mau que só o Demo. Eu me divirto com as maldades dele. Ninguém pode ter feito na vida o que ele faz nos livros, as atrocidades contra crianças, mulheres, homens, tudo o que se mexe sem ser cão, que ele adora cachorros. Gosta de arrancar um grito da pessoa, melhor se o grito vier lá do fundo, dos intestinos, dos nervos dilacerados, dos ossos moídos pela prensa que ele tem na sala de tortura do campo de concentração que dirige. Coisas... grotescas. Que é claro que não aconteceram, não é? Não podem ter acontecido, não neste mundo. No inferno, dizem, a gente sofre como se estivesse num campo como o do general Heinz, mas isso também é um talvez. Outro dia li uma série na *Seleções* sobre a Santa Inquisição, parece que Sua Igreja também tinha certa intimidade com as coisas do pé-de-cabra, porque viu de montar Seu inferno entre nós para fazer sofrer crianças, mulheres, cientistas e outros bruxos. Li aquilo com a mesma tensão com que leio as peripécias do general Heinz, esse misto de atração e repulsa, excitação e vontade de vomitar, tensão que me ferve o sangue, me empurrando cada vez mais fundo nas loucuras do general. Não lembro o nome do autor, e na verdade isso não é importante. Quem gostaria de ser lembrado como criador de um excremento como o general Friedrich Heinz, o Senhor não concorda?

Este que estou lendo é de guerra também, mas é sobre a libertação de Paris. Foi Florenciana quem trouxe da última vez, junto com outros dois faroestes que já terminei. Como ela deixou os livros aqui, apesar do vexame que dei, então é porque não me quer mal. Sabe que dependo dela também para isso. Com o fim da livraria de Ermando e o incêndio da banca de jornal de seu Ignácio, já não há quem venda livros por aqui. Sim, sim, já houve uma livraria em Floral da Serra, o Senhor não se lembra? Assim como já houve um clube de caça, um cinema, um parque de exposições, uma rádio, um jornal, uma câmara de vereadores, um campo de pouso para os teco-tecos dos ricos da cidade... Houve de tudo por aqui, e também uma livraria, com livreiro e tudo o mais. Lembrar disso me causa certa trepidação nas tripas, faço até o sinal da cruz. Porque Ermando era outro que tinha parte com o coisa-ruim, não é? Veio para cá com aquela pompa, dizendo-se portador do futuro de Floral, "este campo inculto, seu Anacleto, vou semear o conhecimento nestas serras, adubar com sabedoria, colher cabeças pensantes!" Dizia que valia a pena apostar na cidade e tudo o mais. O inferno está cheio desse tipo de gente, cujas boas intenções o tempo se encarrega de enferrujar, e a pessoa se enche de amargura e rancor contra o Senhor ou o vizinho, seu sonho virando um pesadelo coletivo, portanto um estorvo, um peso, por fim um pecado. Desde cedo achei aquilo estranho. Floral já estava acabando, os filhos de seu Herculano já tinham perdido suas fazendas, as coisas por aqui já tinham desandado. Quem deixaria a capital por um fim de mundo como este? Essas coisas só acontecem em filmes, de modo que ou Ermando fugia da polícia, ou vinha atrás de um rabo de saia. Como já era casado, desconfiei do moço, fiquei rodeando, a pretexto da literatura.

Ermando logo afeiçoou-se a mim, como acontecia com todo mundo. Ficava feliz quando eu aparecia para comprar alguma coisa. Gostava das minhas histórias, contava as suas. Chegou a me apresentar sua mulher, Isildinha, uma fruta fresca de cabelos vermelhos e boca carnuda que ele fazia bem em esconder nos fundos da livraria. Tinha vinte e poucos anos, era filha de pai inglês e mãe brasileira, muito tímida, sorria escondendo os dentes, que brilhavam de tão brancos contra os lábios vermelhos. Gostava de me ouvir contar histórias, reais ou que eu inventava só para vê-la sorrir assim, disfarçada, seus gestos querendo pular dela mesma. Quando queria me martirizar fazia um comentário vazio com seu sotaque esquisito, e caí de vez por ela quando soube que tocava violoncelo. Vocação destinada a apodrecer em Floral, não é? Sonhei com ela muitas vezes, eu no meio de suas pernas como um instrumento que ela dedilhava até perder a razão.

Isildinha vinha de outro mundo, misterioso, intangível. E não tomava outra coisa senão chá. Vi-me tomando chá eu também em minhas visitas à livraria, só para ver aquela boca suculenta soprar a chávena fumegante. Ainda me surpreendo com quão baixo o cidadão pode descer por um prazer safado como o sopro de Isildinha. Eu, Anacleto Sereno Vianna, tomando chá... Mas nunca passou disso meu alumbramento, ela nunca me presenteou com o som de seu violoncelo. Eu já era este lixo, Ermando não me temia. Então cultivou nossa, digamos... amizade. Ele era pequeno, franzino, tinha uma fala sibilada e arisca, nomeava sem gaguejar uma penca de grandes escritores que a humanidade já produziu, contava piadas sobre um ou outro... No fim do ano sempre me presenteava com um romance, coisa fina, "E. L. Doctorow, seu Anacleto, o senhor que gosta de literatura estrangeira precisa ler romances de verdade, esse general Heinz é lixo". Ou então: "Seu Anacleto, sem o álcool não haveria Scott Fitzgerald, James Baldwin ou Dorothy Parker...", com o que tentava me convencer a ler os caras que gostavam mesmo de beber, como eu. Nomeou outros, mas daqueles eu me lembro, porque escreveram os livros que ganhei em natais sucessivos e que ainda guardo, sem nunca ter aberto. Quer dizer, abri o tal de Baldwin, *Marcas da Vida* acho que é o nome, mas é pesado, tem páginas demais. A vida não é para ser perdida em floreios, romance para mim é aquilo, amou, odiou, matou, morreu. Prefiro minha Margareth Molson e seu *saloon*, meu general Heinz e seu campo de concentração.

Eram uma gentileza de Ermando, os romances chiques, e a gente não enjeita uma gentileza. Tudo certo. Mas o Senhor sabe que Ermando era estranho. Se o Senhor tivesse olhos para Floral, teria encaminhado o sulfuroso para outra parte do inferno. Tinha uma agitação esquisita, como se alguma taturana crescesse em suas partes, que ele vivia coçando. Na mesa do bar, depois de uns vermutes, alguma coisa destravava em sua cabeça e ele dava de piscar o olho direito, como se paquerasse as moças. Tomou uma sova de Setembrino por isso. Pensando que ele piscava para sua Aliandra, o maçom veio manso, pediu um cigarro ao paquerador, acendeu, devolveu o isqueiro e suspendeu o infeliz pelo colarinho. Ermando era leve, fácil de se atirar, acho que nem sentiu o percurso pelos céus do bar do Ananias até se estatelar na calçada em frente. A turma veio apartar, mas antes seu rosto conheceu o gosto e a cor do sapato de Setembrino. Seu nariz nunca mais foi o mesmo. Foi seu primeiro revés na cidade, mas de somenos, já que equívoco. Setembrino pediu desculpas dias depois, pagou-lhe um vermute, ficou tudo bem.

O olho desembestado de Ermando foi incorporado ao cenário da boemia. Mas ele mesmo nunca foi totalmente aceito entre nós, e não era por causa do olho piscando, da taturana nas partes… Não era nada nele, por assim dizer, sua aparência exterior. Era algo dele, alguma coisa escondida naquele peito agitado, de que o olho e a taturana eram marca epidérmica. Ele era um desconforto, embora ninguém soubesse muito bem por quê.

A verdade é que Floral esteve cega por anos a fio, e eu fui o mais cego entre os cegos. Tendo desconfiado dele desde o início, me deixei enganar como os outros. Porque Ermando era uma espécie de sumidade, não é? Suas boas intenções, sua erudição, sua livraria, sua linda esposa, seu dom de convencer, sua habilidade com as crianças… Tudo parte de um quadro idílico. Que não perdeu a cor nem quando ele começou a se impacientar comigo. De uma hora para outra ele parece que se cansou de minhas histórias, tinha sempre alguma outra coisa para fazer, "hoje não, seu Teteco, preciso arrumar minha cama, que quebrou a noite passada", "amanhã, seu Teteco, hoje preciso ver o padre", coisas sempre urgentes, sempre inadiáveis, sempre desconcertantes. Quebrou a cama, como? Isildinha tinha fogo nos cabelos e também no corpo? Ver o padre para quê? Havia pecado tanto que não podia esperar a missa de domingo?

Soubemos por causa de Caulos, filho de Lara e Claudécio, o Senhor deve se lembrar deles porque Lara é devota como uma freira. Quando aconteceu, eles já não moravam aqui, mas vinham sempre para as festas de fim de ano, os feriados e as folgas de Claudécio, que seu Berilo morre por aquela filha dele. Lara permanece bonita nos seus quarenta e tantos, e Claudécio é homem de sorte, sei que ela se deu virgem a ele. Era cobiçada, a filha de seu Berilo e dona Nadir, linda como sua tia Isaura, a voz rouca em antítese com seu corpo delicado e seus gestos de bailarina. Lembro-me dela brincando com Florenciana, aqueles anjinhos de cabelos cacheados e olhos claros. Minha irmã era um pouco mais velha e se fingia de mãe de Lara, cozinhava para ela no fogão de gravetos que Lara trazia, aquelas panelas miudinhas. Fazia arroz, café, sopa, tudo como gente grande. Já nasceu sabendo cozinhar, a minha irma. Era uma alegria ter Lara por aqui. Quando fez onze anos, seu Berilo internou-a num colégio da capital. Depois disso ela só aparecia aos sopros, e então o ar da cidade clareava. Mas pude ver Lara crescer, e era como se o mundo estivesse rodando para trás, repondo naquela flor que era Lara um pouco da alegria perdida de Isaura Constante. Fiquei triste quando soube de seu casamento com Claudécio, que lhe deu Caulos, que sofreu nas mãos de Ermando.

Caulos não disse nada a ninguém. Eram as férias de julho, ele escondeu os hematomas sob as roupas de frio. Tinha marcas pelo corpo todo, soube-se depois, ele já de volta a sua casa na capital, quando já era tarde. Outras crianças já tinham sido molestadas pelo livreiro, isso vinha de anos. Parece que ele as levava para ler nos fundos da livraria, onde morava, ou então para passear nos açudes do sul, ou se sentava perto delas na Igreja, ou as tinha em volta quando dava palestras nas escolas daqui e de Antão dos Montes e de Montes Brancos, as crianças o rodeando para ouvir as histórias de mistério que ele inventava — para todos pareciam atividades de alguém com vocação para ensinar, e isso é um dom raro, não é? Quem podia imaginar que ele era um pervertido? Que gostava de bolinar as meninas, de forçar os garotos? Por anos a fio! Não me admira que o Senhor tenha condenado Floral. Porque nem o Senhor deve ter acreditado que ninguém desconfiou de nada. Deve ter pensado que a cidade inteira estava de conluio com Ermando, sonhando com ele seus sonhos pervertidos, fazendo com ele as safadezas com as crianças, rindo com ele da cegueira estúpida do vizinho de porta. Certo, em condições normais a cegueira pode ser... Benigna, por assim dizer. Pode indicar boa-fé das pessoas, e em lugar de condenar, redimir uma cidade inteira, como se visse, desde sempre, apenas boas intenções nos olhares tortos que Ermando dedicava a Caulos ou a Germiniana ou a Francarlos, crianças que cresceram traumatizadas pelos abusos e até hoje não se aprumaram na vida. Mas como ver boa-fé naquela agitação que eram os olhos e o peito de Ermando? Como achar normal aquela compulsão de coçar as partes na frente de qualquer um, Florenciana ou o Pai ou quem se arvorasse? O Senhor não deve ter entendido nossa letargia, com certeza pôs mais essa na conta de nossa danação. Lembrar disso me enche de gastura.

Lara descobriu os hematomas em Caulos por acaso. Entrou no quarto antes da hora para o beijo de boa noite, que ela e Claudécio iam ao cinema, e pegou o menino de pijama por vestir. Ele tentou uma história retorcida, uma briga no futebol, não sei bem, mas os dedos de Ermando estavam impressos em seus braços, um longo risco já cicatrizado descia da nádega à parte anterior da coxa direita, fruto talvez de ele ter se debatido contra a fivela do cinto do animal. A dentadura de Ermando marcara duas mordidas nas costas do menino... Lara deve ter entrado em parafuso com aquela brutalidade. Claudécio quis pegar a estrada na hora, matar o energúmeno com a peixeira que seu Herculano lhe dera antes de morrer. Lara não deixou, disse que naquele estado era ele quem morreria na estrada. Ligou para doutor Justo, que ligou para a professora Erneida, na época diretora do colégio daqui, e a notícia se espalhou como fogo num rastro de gasolina.

Ermando não estava na cidade, foi Isildinha quem provou da ira de meus conterrâneos. Como contei ao Senhor, eles moravam na própria livraria, que na verdade ocupava o que fora a sala de estar da casa de dois pavimentos alugada por Ermando a um dos Constante. Quarto, cozinha, sala de jantar e tudo o mais ficavam na parte de trás, onde talvez ele fizesse suas safadezas. Logo, fazia sentido suspeitar de Isildinha também. Ninguém além de mim pediu por ela. Neneco Tinhorão, que tinha os dentes serrilhados para morder nas brigas, arrancou Isildinha de casa, despiu-a rasgando suas roupas, jogou-a no chão, cuspiu no corpo esquálido da moça, urinou em seu rosto, penso que a mataria se não fosse por dona Erneida, que se lançou sobre ela gritando "a menina não tem culpa, a menina não tem culpa!", Isildinha petrificada de terror e de frio no barro congelado da calçada. Havia geado a noite toda, fazia um frio do cão. Chico Traíra e Dinho Trigo viram de fazer uma fogueira com os livros e o violoncelo da moça. Juntaram aquela montanha na frente da casa, jogaram cachaça e atearam fogo. Não lamentei pelo violoncelo, que agora que penso nisso talvez pudesse soar bem nas serestas. Mas os livros... Lembro-me de ter pensado que o general Heinz finalmente conhecia o amargor de seu próprio remédio. Pensamento estúpido, o homem era apenas uma palavra gravada com tinta vagabunda nas folhas de papel vagabundo dos livros de bolso, agora virando fuligem dançante fustigada pelo vento glacial.

Ajudei dona Erneida com Isildinha. Eu me afeiçoara a ela, o Senhor me perdoe, ela não tinha culpa de nada. Tirei minha japona, acho que a de couro que Florenciana me dera num Natal qualquer, cobri a moça — uma parte dela pelo menos, que as pernas ficaram de fora —, e tomei um susto quando a cingi pelas ancas, levantando-a do chão. Era leve como uma pluma, a pele grudada na carne firme, os pelos pubianos vermelhos como seus cabelos, os seios rijos e sardentos como suas bochechas, os olhos soltos como naquelas bonecas de antigamente. Ela desmaiara, estava gelada, se do frio ou da situação, não sei. Desci a rua com Isildinha no colo, aquele troféu, dona Erneida de escolta. Ainda pude ouvir Fernandinho Brasil gritar "vai voar, pessoal, melhor picarem a mula!" Ele ligara o gás da cozinha, fechara a casa, ia explodir tudo. Como todos conheciam Fernandinho, acharam melhor sumir dali. Otoni Constante deve ter chegado nessa hora, mas já era tarde. Não conseguiu salvar sua casa de aluguel, que voou mesmo pelos ares quando Fernandinho deu o tiro que inflamou o gás. O fogo lambeu pelo resto do dia e pela noite adentro, ninguém quis acudir. Já não tínhamos Corpo de Bombeiros em Floral. Totonho das Cabras foi o único que ficou por ali, acho que se aquecendo, que o frio era medonho. Ou talvez sonhasse com um troféu, uma foto de Isildinha nua ou coisa assim.

Quando Isildinha acordou, gritando e se debatendo como se presa numa teia de aranha gigante, já estava vestida de Idomeneia, que lhe velara o sono. Passado o susto inicial de acordar, começou a tremer. Tinha febre, a boca vermelha branqueara, as sardas tinham perdido o viço, o rosado das faces desaparecera, estava um encanto, de tão eletrizada. Fui buscar doutor Justo, que hesitou. Precisei convencê-lo de que a moça era inocente, que a chaga de Ermando não era contagiosa, "nasce um animal assim em um milhão", eu argumentei, sem muita convicção, porque no tempo de padre Hermógenes corriam histórias de que ele também gostava de se aninhar com os coroinhas. A cidade não tem nem cinco mil habitantes, com Ermando já eram dois pervertidos. "Tenho nojo de chegar perto dela", doutor Justo disse, "que Deus me perdoe". Ele fora o veículo da notícia, disse-me que vomitara ao receber de volta a história toda, a quantidade de crianças abusadas no orfanato, as duas mortes que os padres tinham escondido, com medo de uma insurgência. "Isso não é coisa de Deus, Teteco, essa gente não merece ser salva".

"Deus não tem parte nisso", eu falei, "a moça não tem culpa, é uma delicadeza só, está doente e o senhor fez um juramento". Não sei de onde tirei aquelas palavras. Quem sou eu para lembrar ao homem mais caridoso destas serras seu dever! É claro que ele me fulminou com olhos fistulados. Mas veio. Quando chegamos em casa, Isildinha tomava uma sopa pelas mãos de Idomeneia. Tinha o olhar perdido, como se a íris continuasse solta no globo ocular. Não disse uma palavra. Doutor Justo ergueu-lhe o braço, posicionou o termômetro, tomou-lhe a temperatura, auscultou-lhe o peito, colocou-lhe um remédio sob a língua, tudo isso com evidente desgosto. Saiu dizendo que ela ficaria bem, estava apenas em estado de choque. Fiquei desconsolado. Nem gosto de pensar nisso... mas o Demo sabe que eu tinha esperanças de tê-la nos braços de novo, nua de novo, aquele corpinho bom de amassar, fácil de carregar, eu faria mil estripulias com ele.

Ficou na esperança. Isildinha desapareceu durante a noite, saiu pela porta de trás de meu quarto para nunca mais aparecer em Floral. Dizem que endoideceu, mas acho pouco provável. Era bonita demais, alguém deve tê-la socorrido. Dois dias depois Ermando apareceu boiando no rio Formoso. Não tinha marca de faca ou bala, hematomas no corpo ou outro sinal de violência. Tinha os olhos abertos, espantados, talvez surpresos, como se o rio tivesse sugado sua alma numa fração de segundo, sem lhe dar chance de conciliar os pecados. O Senhor sabe que não foi o rio que o matou. Quer dizer, o Formoso já estava podre na época, mas eu já havia caído nele mais de uma vez voltando da boemia, e nunca morri. O perdigueiro que precedeu Canalha no galpão de Licurgo, idiota, gostava de nadar naquela cloaca, tinha o pelo todo mofado por isso. Mas morreu de velho, não do rio. Tenho para mim que Ermando encontrou um benfeitor, alguém que viu de antecipar seu encontro com o coisa-ruim. Depois o fez boiar na merda do Formoso para a cidade toda saber. Isso foi outro dia mesmo, nove ou dez anos atrás, talvez um pouco mais.

Com isso acabou-se a livraria, os livros que leio é Florenciana quem traz. Hoje devo ganhar outros. Merece que eu tome banho para ela, minha caridosa irmã. Reconhecerá meu sacrifício, agradecerá a Deus em segredo, será cordial comigo, talvez faça um comentário sobre o perfume ou os sapatos novos — esses foi Cláudio quem trouxe de Paris, uma pelica que parece seda, não me machuca as unhas encravadas nem nada —, e terei cumprido minha obrigação. Melhor fazer isso de uma vez, leio o livro depois. Mas que é um desperdício, o banho, nem o Senhor negará. No céu não tem isso, eu sei, mas o Senhor conhece a chuva, deve se meter nela quando a barba amarfanha. O desperdício não é pela água, que temos um poço artesiano mandado cavar por Beno, a água aqui é de graça e infinita, de modo que tanto faz se esse chuveiro novo que Florenciana mandou comprar bem pareça uma cachoeira. Para falar a verdade eu preferia o outro, que pingava só por um dos cantos e eu podia negociar com ele, molhar só o que eu quisesse. Eu lavava as partes, as axilas, a cabeça, as orelhas e ponto. Mas Florenciana gosta de tomar banho, vivia reclamando daquele chuveiro. Eu bem que argumentei com ela, "deixa disso", eu disse, "aqui em Floral não tem o chuveiro que você quer". Não tinha mesmo, mas Netinho mandou buscar bem uns dez na capital quando soube que eu queria. Deve ter achado que havia alguma danação a caminho de Floral, um terremoto, uma inundação, uma chuva de excremento de vaca ou coisa pior, já que eu decidira comprar um chuveiro novo. Não adiantou eu explicar que era coisa de Florenciana. Se eu não tinha interesse na coisa, por que não mandara minha irmã Idomeneia comprar? Netinho tinha razão, mas eu vinha de uma visita à minha Tina, resolvera passar pelo armazém em atenção à minha irmã, essas coisas do azar, e quanto mais eu falava mais ele ficava ressabiado, entendo que tenha mandado vir tantos chuveiros, que estão destinados a enferrujar ou queimar em seu estoque.

Na volta do armazém, parei no bar, o chuveiro debaixo do braço, o cigarro apagado entre os dedos, que já não me deixam fumar por causa do enfisema. Vi Abel ao fundo, ele fez um sinal. Pedi fogo a ele, que balançou a cabeça como se dissesse "você também não acredita no doutor, não é?", mas ficou nisso, ele não falou nada. Riscou o fósforo, estendeu-me o braço e olhos mortiços. Perguntou o que eu trazia. Contei a ele do chuveiro, "Florenciana viu de me sacanear", falei. Abel se pôs de pé, abraçou meu pescoço, cantou: "se alguém perguntar por mim, diz que fui por aí, levando um chuveiro debaixo do braço. Em qualquer esquina eu paro, em qualquer botequim eu entro, e se houver um cano, o meu chuveiro atarraxo..." Eu ri daquele improviso com a melodia de Zé Kéti. Meu amigo sorriu com as gengivas, que os dentes implantados ele perdeu numa briga meses atrás. Gostei daquilo. Fez lembrar o Abel dos velhos tempos, seu carinho por mim. "Agora você não tem mais desculpa para circular sua fedentina pela cidade", ele disse, tornando a se sentar. A garrafa de cachaça ia pela metade, não me ofendi. Nunca me ofendo com as ofensas de Abel. "Minha Tina gosta de mim assim, você sabe", eu falei. Ele virou o resto da cachaça que estava no copo, o cheiro da marvada ferroou minhas narinas. Fiquei com vontade de espirrar, minha mão coçou, pensei em pedir um gole. Mas fui forte. Virei-me para sair, Abel resmungou alguma coisa. Depois disse que Tina estava era gagá. "Só você não percebe que ela já morreu", ele disse alto, eu já na porta do bar. "Está de pé de teimosa que é. Seu fedor não é nada, perto do cheiro da morte nela". Saí dali quase a correr. Tina está mesmo mais para lá do que para cá, mas meus olhos só veem o que eu quero. Abel não precisava ter dito aquilo.

O Senhor pode ver o olho da Mãe, me assuntando de través? Quer ver se lavei a cabeça, os poucos cabelos melados. Fiz até a barba, estou com cara de bundinha, acho que ela aprova o que vê, porque não diz palavra. Masca sua dentadura, volta-se para seus afazeres. O Pai já está no quarto, posso ouvi-lo embaralhar as cartas para armar a paciência. Estaria melhor se lesse um livro, mas não é chegado nas letras, o Pai. A Bíblia é tudo o que ele lê, e mesmo isso é raro. Acho que ele se cansou do Senhor, como eu e os outros. Gosta é das cartas. A paciência dele até que é bem complicada, duas fileiras com quatro conjuntos de cinco cartas cada uma, do monte ele só vira uma carta por vez, em casa vaga só coloca o rei. Difícil de ganhar. Mas ele ganha sempre. Talvez trapaceie, que seu Tércio Vianna já foi bom num carteado e ninguém joga bem sem trapacear um pouco. Eu pelo menos sempre roubei um pouco. Se a pessoa decide viver das cartas, não há saída, mas não confesso isso nem se me derramarem chumbo quente nos ouvidos, como o general Heinz gostava de fazer com os comunistas. Porque roubar nas cartas é uma ciência, precisa estudar, estudar, ensaiar e ensaiar, e mesmo assim há sempre o risco de ser apanhado. Comigo nunca aconteceu... Quer dizer, só uma vez... Os primeiros dentes que perdi foi por isso. Mas aquela foi situação excepcional, eu jogava entre estranhos, Osimande ficara bebendo no cabaré e me deixara na mão. Se ele não tivesse faltado, coisa que nunca acontecera, Altidório, o infeliz que me quebrou o maxilar, não teria ousado, que meu cunhado punha medo em cachorro bravo, de tão feio que olhava quando se enfezava. O pior é que daquela vez eu nem estava roubando, o Senhor talvez seja testemunha, ou pode ser que eu já tivesse me perdido. Mas eu tinha ganhado uma barbaridade, limpara mesmo o Altidório, no lugar dele eu teria pensado igual. O pôquer é assim, as pessoas perdem a razão por uma titica à toa. Por causa dele meu queixo nunca mais foi o mesmo. Na cantoria, quando me excedo, ele ainda acha de cair. Mas juro por tudo o que é mais sagrado que eu não estava roubando.

Nada comigo vem na unidade, é sempre esse excesso, como se a vida quisesse me sufocar dela mesma, o Senhor aí, batendo palmas. Daquela vez, por exemplo. Eu estava todo machucado, quatro dentes a menos na boca... Não sei por que não trepei num ônibus e voltei pra casa. A Mãe chamaria doutor Justo para pôr minha boca no lugar, depois cuidaria de mim, eu ficaria logo bom. Mas vi de retornar ao cabaré, o rosto inchado que era uma bola de futebol, pode-se imaginar o susto de Osimande, que largou a menina que o acariciava e já quis logo se vingar, "vou desmontar o covarde que lhe banguelou!", ele berrava enquanto se vestia. "Aquele Altidório é um urubu sem penas, vou fritar os ovos dele!"

Naquele tempo, quando íamos para a capital, Osimande e eu não perdíamos nossos cobres em hotéis, dormíamos mesmo era nos cabarés. Nossas viagens podiam durar semanas, no final até tínhamos intimidade com as moças. Esse em que estávamos ficava num bairro pobre mais ao sul, a gente já se hospedara ali por duas ou três vezes, eu chamava a cafetina de Margot em homenagem à heroína de meus faroestes, que naquela época eu já devorava. Daquela vez tinham trocado o leão-de-chácara, o cara era como o tronco de uma paineira, largo, preto, pesado. Vestia um terno azul e usava um cachecol branco em torno do pescoço, muito distinto. Postou-se diante da porta ao ver meu cunhado espumando, pronto para matar um. "O senhor não está pensando em sair sem pagar!", disse, e Osimande estacou, surpreso. Olhou para mim, eu fiz assim com as mãos. Ele começou a rir. Ria de se dobrar, porque o mastodonte tinha voz fininha e um jeito afrescalhado que cabiam mal naquele corpo enorme, como se um ventríloquo o manipulasse pelas costas. Não me segurei, comecei a rir também, de espanto e de dor, meu rosto inteiro latejando.

Foi quando meu queixo caiu. Desencaixou, quero dizer. Até ali ele se comportara, talvez porque eu mal conseguisse abrir a boca. Mas rir destrambelhou a junta dos ossos e o queixo, simplesmente, caiu. Osimande a essa altura já rolava no chão de rir, um pouco pelo mastodonte — que repetia "não estou vendo a graça, não estou vendo o palhaço" com as mãos espalmadas e a voz de taquara —, um pouco por minha causa, aquela cabeça inchada de queixo caído e olhar abobalhado. Umas moças se juntaram, riram também, que isso é contagioso, até a frutinha gigante abriu um sorriso, falto de alguns dentes ele também. Osimande foi se acalmando, a menina que ele bolinava ajudou-o a se levantar, fez um sinal para o leão-de-chácara, ele retornou a seu posto, as coisas serenaram. A vingança se tinha diluído, como sempre acontecia, aliás. Apesar de seu olhar de lobisomem, Osimande, no fundo, era um doce de pessoa, raramente batia em alguém. E nunca se apegava por muito tempo a coisa nenhuma, com exceção obviamente de minha irmã e minhas sobrinhas... E do bandolim. Se acontecesse de o mundo se acabar com ele a dedilhar as oito cordas, Osimande nem perceberia que já estava no inferno tocando para o coisa-ruim. Tirando isso, qualquer mosquito que passasse voando roubava sua atenção, ele saía atrás, matava o inseto, voltava, mudava de assunto, cantava outra música, o mundo dobrava uma curva.

Entre os clientes naquela noite havia um enfermeiro, que deu um jeito de pôr minha boca no lugar. Depois amarrou minha cabeça com a faixa que protegia seu tornozelo ("hoje não vai dar para jogar futebol, não vou precisar dela") e me condenou a três dias sem falar e sem comer sólidos. Como não gosto de sopa, aquela condenação soou como uma bênção. Tinha três dias para beber sem culpa, por recomendação médica, a Mãe não ia poder reclamar. Foi quando Osimande propôs a revanche. "Nada disso", ele disse quando sugeri que era hora de dar o fora. "Você não vai voltar para Floral com essa cara. Vou dizer o quê à minha Odília? Que abandonei você? Que vim pra zona enquanto você trabalhava? Não, senhor, vamos entrar no torneio de buraco, arrancar a alma daquele infeliz".

O torneio... Eu sabia que Osimande tinha essas intenções. Eu já ganhara dinheiro suficiente para beber por dois meses, mesmo antes de perder os dentes já tinha desistido de participar. Duas semanas fora de casa, estava com saudades de Tina, do café da Mãe, da risada das meninas de Odília... E estava preocupado com Osimande também, ele enrabichado por aquela Jacinta, moça feia dos pés à cabeça. Odília estava grávida de novo, acho que de Narcisa, não merecia aquilo. Meu cunhado... Bem, o Senhor o enjeitou, conhecia-o melhor do que eu. Achou um pretexto para fazer o que viera fazer desde o princípio: jogar buraco naquela maratona que era o torneio anual. "Vamos jogar, Teteco. Conheço aquele Altidório, ele vai estar com certeza, não perde um! A gente arranca as cuecas dele e vai dormir na Cacau". Pretexto... Podia-se ganhar muito dinheiro nos torneios de buraco, mas não se perdia muito, a menos que você fosse ou muito burro, ou muito fominha. O segredo era sobreviver na mesa, então você ia herdando parcelas do dinheiro dos que perdiam, além das apostas que outros faziam em você. Quanto mais tempo você ficava, mais você ganhava. Depois da terceira ou quarta partida você usava o dinheiro ganho para ganhar mais, e se perdesse, aquilo não era seu, mesmo, tanto fazia.

"Você ganhou quanto na sinuca?", Osimande quis saber. "Uns

quarenta mil", eu falei, "e outro tanto no pôquer. O suficiente para fechar a Cacau por três dias!" Osimande fez que não com a cabeça. Disse: "Você perdeu uns neurônios junto com os dentes, homem". Riu. Mostrou a sala enfumaçada do cabaré, as meninas seminuas bebendo Campari às nossas custas, a voz de Vicente Celestino saindo chiada da radiola. "Isso aqui está custando uns cinquenta mil. Abel nos emprestou uns vinte mil, não foi? Então, precisamos de mais dinheiro, se for mesmo para dormir na Cacau". Era assim, quando saíamos para jogar. O dinheiro era nosso, não importava quem ganhasse. Isso aumentava nossas chances, nunca aconteceu de voltarmos para Floral com menos dinheiro do que leváramos, em geral emprestado de Abel. "A Cacau recebeu carne nova, você soube?", Osimande disse por fim, sua última cartada. "Não adianta chegar com pouco dinheiro".

E dizem que o Senhor é justo. Eu ali, com a cara amarrada por uma faixa que fedia a chulé de enfermeiro, sem poder abrir a boca, sem poder beijar uma menina, lamber seus eflúvios, condenado a líquidos pelos próximos dias, tendo que ouvir de Osimande que Cacau tinha meninas novas! Francamente... Cacau era uma grande empresária, nunca ficava com uma moça por mais de dois ou três anos. Estava sempre mudando o plantel, trazendo meninas de quinze, dezesseis anos, vindas de toda parte do Brasil. Naquele tempo não tinha isso de pedofilia, se uma menina queria dar, qual o problema? O sistema de Cacau era bom para todo mundo, porque quando vinha moça nova ocorria uma espécie de efeito cascata em toda a zona. As moças mais velhas saíam de lá e iam renovar as outras casas. O Senhor não sabe nada disso, mas três anos no eito não chegam a maltratar as moças. Ficam até mais vistosas. Cacau as tratava muito bem, cafetina de magnata que era. Minha Tina as recebia ainda vigorosas, frescas, perfumadas. E eu sempre tive prioridade com as recém-saídas de Cacau. Certo, na Emerenciana já não há meninas tão novas, mas quem se importa? A verdade é que prefiro as mais experientes, não tenho mais aquela força da juventude, não dou conta de uma gazela de vinte anos. Quando encaro uma, é só por diversão, em nome dos velhos tempos. Quem não gosta de segurar uma carne dura, acariciar uma pele lisa, tentar furar uma peladinha estreita? Mas não faço questão. Germana continua minha preferida. Sua boca sem dentes faz milagres com um homem como eu. Naquele tempo era diferente, eu dava as calças por umas noites com as meninas novas de Cacau, e Osimande sabia disso. Sabia que a simples menção ao assunto provocaria aquela hecatombe em meu peito, aquela aflição, aquela vontade de ir embora, mas já que não podendo, de ficar para ganhar o dinheiro para ir embora.

O torneio era clandestino, obviamente, o jogo já era proibido no país, mas até o governador estava inscrito, que a vida era assim. O buraco é um jogo simples, até o Senhor seria capaz de jogar. E no jogo profissional valia de tudo, trinca, sequência, canastra suja para bater, valia até canastra de coringas, que pagava um pouco mais. Eu era mestre nas canastras de coringas. Não, Senhor, eu não ficava correndo atrás de uma. O erro dos amadores é pensar que o importante é fazer o maior número possível de pontos, tentar canastra real, jogos bonitos como uma canastra vistosa de coringas ou de ases. Erro grave. Na profissão, o truque é bater o mais rápido que puder, isso é tudo que você precisa para ganhar a partida. Nem todo mundo compreende isso, quer ganhar e ganhar bonito. Por causa desse pequeno detalhe, reinei absoluto nas mesas onde havia dinheiro que o valesse. Na capital ainda sou o matador das serras... Mas já não me aceitam nos campeonatos. A surra que levei deu lastro àquela ideia torta de que eu roubava, que ninguém podia bater em tantas rodadas seguidas, que isso era coisa de safado e coisa e tal. Calúnias.

No buraco não roubo, que não preciso. Tenho um sistema de embaralhar as cartas que me beneficia, mas isso não é roubo. Apenas me dá uma vantagem sobre quem não tem a capacidade que tenho de memorizar o lugar que as cartas ocupam no baralho fechado, calcular o lugar onde elas provavelmente estarão depois de o baralho ser embaralhado e cortar o monte de modo que as melhores cartas saiam para mim. Logo, sei muito sobre o que cada um tem nas mãos e posso montar minha estratégia como se estivesse jogando sozinho, como se visse todas as cartas ao mesmo tempo. Não há roubo nem falcatrua nisso. Não tenho culpa de ter nascido com esse dom, e isso é coisa Sua, não tem safadeza. Nunca lute contra um dom divino, é o que Florenciana sempre diz. Concordo plenamente, o Senhor não? Esse dom garantiu meu sustento, minha vida na boemia. Não pode ser algo do mal.

Eu sei, não foi o que o pessoal pensou depois do rompante de Altidório. Hoje estou proibido de jogar, só me aceitam como descartador. Fico atrás do jogador dizendo o que ele deve jogar fora. Não posso palpitar sobre o que ele deve comprar, quando descer o jogo ou se deve sujar a canastra ou esperar o parceiro. Foi como se tivessem cortado minhas mãos, tirado o leite de minha boca. E quem disse que dá para viver da comissão de descartador? Não dá mesmo, que o jogo escasseia por aqui e as apostas estão pobres. O que me trouxe a essa situação, dependo de Florenciana para quase tudo. As coisas eram outras naquele tempo. Diferentes. Não estou lamentando, o Senhor não me entenda mal. Não me arrependo de coisa nenhuma que tenha feito ou deixado de fazer, ao menos não daquelas de que me recordo. Eu ainda não era discriminado, não olhavam para mim com descon- fiança, ou medo, ou pesar, ou compaixão, ou pena, sentimentos que li nos olhos que os meus lamberam à medida que os anos escorreram diante de mim. Os olhos dos outros, não é? Fazer o quê, precisamos viver com eles, substitutos dos Seus enquanto penamos por aqui.

Aquele foi um torneio dos grandes, o Senhor se lembrará. Noventa e seis duplas divididas em vinte e quatro chaves de quatro duplas cada, que jogavam rodadas de melhores de sete entre si. Não era como no futebol. Na primeira rodada caíam as duplas perdedoras, e as ganhadoras faziam uma segunda rodada, que também eliminava a perdedora, que podia tentar uma repescagem depois. As doze du- plas restantes eram recompostas em três chaves de quatro duplas em que todos jogavam contra todos. Os quatro melhor pontuados mais quatro repescados jogavam uma melhor de nove partidas, de onde saíam as duplas finais para uma melhor de sete. Tudo devia ser jogado em dois dias, diziam que para não chamar a atenção da polícia, mas isso era bobagem. Com o governador ali, a polícia apareceria? Nem se convocada pelo presidente Kubitschek em pessoa. Ou talvez fosse o Getúlio, não sei bem. E não precisava de polícia, o jogo em geral acontecia em paz, porque coisa de gente graúda, era raro que arraia- -miúda como eu ou Osimande conseguisse entrar.

Certo, o torneio tinha um esquema de apostas em que todo o mundo podia ganhar um pouco, mesmo os que saíam na primeira rodada, que podiam continuar apostando em quem permanecia, mas para se inscrever precisava pagar dez mil cruzeiros, uma fortuna na época, de assustar incautos e pés-rapados. Quando chegamos, senti o cheiro de dinheiro grande na fumaça dos charutos que empestava o ar. Vi as madames de chapéus de renda ou de cetim ou de tafetá, o governador com seu terno de linho amarelo, os fazendeiros apinhados num canto bebendo uísque importado... Osimande tinha aquele vozeirão, quando soltou o "estamos inscritos" na fuça do leão-de-chácara o grupo mais próximo da porta voltou-se para nós. Reconheci dois ou três marrecos que eu depenara em torneios anteriores, um deles me olhou com desdém. Eu sei, eu estava ridículo com aquela faixa em volta da cabeça, a boina branca não disfarçava... Mas desdém? Eles que me aguardassem.

Hoje olho para trás e vejo outras coisas. Sua mão, por exemplo. Poucas vezes na vida estive tão inspirado, não é? Com o governador ali, rodeado de secretários disso e daquilo... O dono da fazenda Granjeada conversando com seu Herculano... Sim, agora me lembro, seu Herculano estava lá, pode ser que seu Hermenildo também, isso já não sei. Mas o Senhor também estava. Gente graúda assim traz Sua companhia amarrada ao pescoço ou na ponta de um terço escondido no bolso do paletó, então o Senhor estava lá. E embora minha memória me engane, sei que ouvi Sua voz em meus miolos. Soprei para Osimande que precisávamos cruzar com Altidório logo, tirá-lo logo das mesas, obrigá-lo a apostar nos remanescentes se quisesse ganhar algum. Fominha e vingativo como ele era, ia apostar alto contra nós. "Faça figas", eu disse a Osimande na hora do sorteio das chaves, "cruze os dedos dos pés também". Pois não deu outra, ganhamos o número cinco, Altidório e seu parceiro o sete. Mão Sua, eu sei. Como ímpares jogavam com pares, bastava descartar a primeira dupla que o infeliz cairia em nossa mesa na segunda rodada.

A dupla número seis era de gente gorda, profissionais de São Paulo, disso me lembro porque o que se sentou à minha esquerda não parava de rogar a Nossa Senhora da Achiropita. O parceiro vestia um terno preto de listras, muito chique, mas feito para alguém bem menor do que ele. Osimande conhecia aquele tipo de gente, sabia como esfolar devotos e falsos almofadinhas. "Deixe que eles ganhem as duas primeiras", ele me disse antes de se sentar. "No final da segunda partida faça aquele seu ar de desespero, eles vão ganhar confiança e subir as apostas". O Senhor conhece meu ar de desespero... Pinto o rosto com ele para ganhar a simpatia das moças. Numa mesa de carteado ele não cai bem, parece frutice, como se eu me borrasse ou coisa assim. Com a cara amarrada como eu estava era fácil, os paulistas sorriam quando sentamos, pensavam: "dois patos para escaldar".

Já me sentei pintado de desespero. E agi de acordo. Eles ganharam a primeira, a segunda e a terceira, levaram bem uns quatro mil de nossa poupança. Depois do intervalo, um café, uma cachaça e baralhos novos, começamos nosso show. Matamos a quarta em sete minutos. Na quinta eu amarrei os descartes, segurei o jogo, ninguém desceu nada antes de eu bater para o morto. Arrastei a agonia dos paulistas até recuperar nossos quatro mil. Havia uma senhora atrás de mim fumando uma cigarrilha longa que apostava em meus descartes, a maior carta era sempre a minha. Ouvi o paulista dizer que sua santinha devia estar dormindo. No meio da sexta partida ele já suava, nosso ganho somando pra lá de oito mil cruzeiros. Algumas mesas já estavam na segunda rodada, gente de duplas eliminadas circulava pelo salão em busca de otários em quem apostar. Seu Herculano trouxe seu charuto para o nosso lado, pediu um banco alto, sentou-se à minha direita com o caderno de apostas na mão. Dois ou três outros rodearam nossa mesa, a coisa estava começando a ficar boa para nós. A sétima partida tirou o devoto do sério, ele começou a rezar ciciado quando recebeu as cartas. Eu sabia exatamente o que ele trazia nas mãos, avisei a Osimande com as sobrancelhas. Tínhamos um código simples, um movimento de rosto para cada uma das 13 cartas do baralho. Avisado, meu cunhado sabia o que não devia descartar. Sufocamos o paulista em poucos minutos, quando bati ele tinha as mãos cheias de porcaria. Até hoje ele e seu parceiro devem estar se perguntando como aquilo aconteceu.

Doze mil cruzeiros mais rico, levei um dedo de prosa com seu Herculano enquanto esperava por Altidório. "Você não perdeu o gênio, hein, Teteco!", seu Herculano baforou o charuto ao dizer. "Que descartes, homem, que descartes! Ganhei quase mil cruzeiros com você só nessa última partida... Se você não se importa, vou ficar por aqui". Me importar, eu? Seu Herculano era homem de apostar pouco, mas era persistente. E generoso. A regra impunha que vinte por cento do que ele ganhasse ficaria com a dupla em quem apostava. Ele sempre nos dava quarenta por cento. "Não me lembro de ter perdido com vocês, meu filho", ele continuou, depois de recusar a cachaça que lhe ofereci. "Nesse salão só há duas coisas garantidas: a derrota do governador e a vitória de vocês".

Osimande deve ter ouvido as últimas palavras de seu Herculano, porque seus olhos brilhavam quando voltou do banheiro. "Adivinhe!", ele esfregou as mãos ao dizer. E eu com cara de desespero. "Altidório e aquele imbecil que ele chama de parceiro acabam de ganhar. Você terá sua vingança". Sorrindo, me puxou pelo braço, "desculpe, seu Herculano, mas vamos depenar um pato". E no caminho: "Nada de correr riscos de novo, está bem? Deixar aqueles paulistas ganharem três, vá lá, mas Altidório é tinhoso, pode se inspirar. Ganhamos uma, então perdemos duas. Quero metade do salão apostando contra nós. Então ganhamos as outras três".

Como Altidório tinha ganho de quatro a zero, tinha o direito de permanecer na mesa. Quando chegamos ele conversava com um dos fiscais, que ao nos ver foi direto ao assunto: "Seu Altidório Leiva exige um baralho novo por partida. A dupla perdedora pagará por isso, os senhores aceitam?" Osimande deu de ombros, disse: "Por mim...", e eu: "Caguei". Altidório talvez pensasse que eu marcava as cartas, por isso sabia o jogo dos outros. Na verdade gosto de cartas novas, elas deixam rastro ao ser embaralhadas. Isso ele nunca entendeu. No sorteio, por exemplo. Dono da mesa, Altidório desembrulhou o baralho, embaralhou, estendeu as cartas com as faces deitadas contra o feltro verde. Osimande virou o rei de paus, Altidório o rei de ouros, Eulálio o três de copas e eu, bem, é claro que virei o ás de ouros. Foi a única vez em que vi os olhos de Altidório. Eram uma labareda. Depois disso ele não me olhou mais na cara. Juntei as cartas, pedi outro baralho, direito conquistado ao virar a maior carta. Abri, embaralhei, dei para Altidório cortar. Sei que ele media meus gestos, queria me surpreender roubando. Distribuí as cartas, a partida não durou dez minutos. Quando Osimande bateu, Altidório sorriu para ele. Não entendi aquele sorriso, o Senhor entendeu? Fiquei na minha. Entregamos as duas partidas seguintes, mas vendi caro as derrotas.

Pegamos o morto primeiro, meus descartes foram sempre devastadores, seu Herculano ganhou uns bons cobres com isso. A mulher da cigarrilha suspirava cada vez que eu descartava contra Eulálio.

Havia uma aposta matadora, chamada cascatinha. A pessoa apostava em quem descartaria o primeiro rei de ouros, que valia duzentos e sessenta cruzeiros, quer dizer, o valor da carta multiplicado por vinte. Caído o rei, apostava-se no descarte da primeira dama de ouros, que valia duzentos e quarenta, e assim por diante até o três, que valia sessenta cruzeiros. Se um jogador rompesse a ordem dos descartes passava-se ao naipe de copas, as cartas multiplicadas por dez, depois espadas, multiplicadas por cinco. O jogador que descartara ficava com uma parte do ganho da carta. Levava a mesa quem tivesse o maior número de acertos. Podia-se ganhar muito dinheiro com isso, e perder também, porque, apostado no rei de ouros, o fulano precisava ir até o fim, de modo que só magnata caía na esparrela de se arriscar. Seu Herculano ganhou uma, a mulher da cigarrilha outra, nas partidas que perdemos.

No intervalo, o pai de Abel veio me cumprimentar. "Se você continua com isso, Teteco, saio daqui com dinheiro para comprar outra fazenda…" Ao iniciar a quarta partida nossa mesa só tinha menos gente do que a do governador. Começou a correr dinheiro grosso. A quinta partida teve cinco apostadores na cascatinha. Meus descartes me renderam mais de oito mil cruzeiros só de comissão. Contando os ganhos dos outros itens e as batidas, já tínhamos recuperado o dobro do dinheiro gasto nas inscrições. Quando batemos a sexta, despachando Altidório, seu Herculano me ofereceu um Royal Salute. "Como é que você consegue?", ele perguntou, arrastando-me até o bar.

"Consegue o quê, seu Herculano?"

"Ora, Teteco… Isso…"

Eu não estava entendendo. Disse isso a ele. E ele, já no bar: "Isso, homem! Essa mágica com as cartas… Onde você esconde os baralhos?" Fiz sinal para o garçom, queria meu Chivas sem gelo. Pedi um canudinho também. Falei: "Mas não escondo nada, seu Herculano". Ele meneou os cornos, olhou para o chão, puxou a fumaça do charuto. Lembro-me perfeitamente da cena, porque aquela foi a primeira vez que ele me ofereceu um Royal Salute depois da garrafa que bebi em sua mansão naquela festa fatídica. "Está bem, está bem", ele disse, por fim. "Compreendo. Tenho o resto do torneio para descobrir". Eu tentei rir, minha boca estava tão inchada que não consegui mover um músculo. Tomei o uísque de canudinho, agradeci a ele com um tapinha no ombro e voltei para a lida. No caminho cruzei com Altidório, que esticou o dedo em minha direção. Não disse nada. Apenas ficou ali, o dedo apontado para meus olhos, os seus em chamas.

Lá pelo fim do primeiro dia, Altidório já perdera três cascatinhas em nossas mesas, eu sempre descartando as cartas mais altas e batendo com as baratas. Continuou perdendo no dia seguinte, sempre na esperança de me flagrar roubando. Perdeu bem uns duzentos mil, o infeliz, quase o mesmo que perdera no pôquer. Isso era perto de cinquenta salários mínimos da época, uma dinheirama sem tamanho, mesmo para um Altidório, que tinha cartórios na capital e no interior. Estávamos vingados, Osimande e eu.

Vencemos o torneio, evidentemente. Ganhamos tanto dinheiro, mas tanto dinheiro, que decidimos nos aposentar. "Três noites na Cacau, uma ova", eu disse a Osimande, quando retirávamos a paga no caixa do salão, várias pilhas de maços de notas de mil cruzeiros com a efígie de Pedro Álvares Cabral a nos sorrir. "Vamos comprar aquele puteiro metido a besta e virar cafetões!", emendei. Ideia jumenta, como o Senhor já deve ter antecipado. Se existia um saco sem fundos neste mundo, o nome dele era Clarté, o cabaré de Cacau. Ainda mais que era dinheiro de jogo, que todos sabem sem dono, uma puta principalmente. Não têm noção do trabalho que dá para se ganhar, da ciência de se cultivar uma mão vencedora, do risco de se perder os dentes todos.

Sim, porque Altidório não se fez de rogado. Esperava por nós do lado de fora do clube com mais dois energúmenos, disse que éramos ladrões filhos da puta, que morreríamos sem gastar um centavo. Espumava pelo canto da boca, o infeliz, mas era mesmo burro, mereceu perder o que perdera. Ameaçou-nos com tacos de sinuca! E tacos vagabundos ainda por cima, não eram como os meus, de mogno encravado com jacarandá. Osimande teria podido com os três se não estivesse com pressa de voltar para casa. Então, simplesmente tirou o trinta-e-oito da bolsa e deu dois tiros nos pés de Altidório, que desabou berrando ameaças. Meu cunhado sempre levava a arma quando íamos jogar na capital, que o povo de lá era muito esquentado, de vez em quando era preciso impor respeito, mostrar o cano da cuspidora aos saidinhos. Mas só me lembro de ele usá-la contra Altidório.

Enquanto os outros dois sumiam dali, Osimande se achegou ao ferido, escarrou de lado, comprou seus impropérios enfiando-lhe algumas notas de mil na boca. Fiz sinal para um táxi, entramos, "para a rodoviária", eu disse, ainda rindo da cena. "Nã-nã-nã, rodoviária, nada", Osimande determinou, com aquela cara de triunfo que ele vestia quando resolvia uma querela. E para o motorista: "Você hoje tirou a sorte grande, moço. Vai nos levar até Floral da Serra". O taxista voltou-se para nós, incrédulo. Tornou a se endireitar ao volante, pensou, olhou novamente para Osimande. "Mas são mais de quinhentos quilômetros!", ele disse. E Osimande: "Então, não dá para ir a pé, não é verdade? Anda, toca esta furreca!" O taxista hesitou, eu morrendo de vontade de rir. Osimande tirou um maço de notas da sacola que compráramos no clube, separou um bolo, jogou no colo do motorista. Era um monte de dinheiro, acho que dava para comprar o carro dele.

Gosto de me lembrar dessa história...

A estrada estava boa, o Senhor se recorda? Não pegamos nenhum deslizamento, lama, ponte caída, nada. Treze horas de viagem, quando normalmente o ônibus levava dezoito, por vezes duas voltas inteiras no relógio. Isso porque paramos umas três vezes, para tomar algumas e comer. No final, o taxista virou nosso amigo de infância, ficou em Floral por uns dias, desfrutando as meninas novas de Cacau às nossas custas. Ele e outros tantos, que quando chegamos fechamos o puteiro, como disséramos que faríamos. Seu Herculano fizera isso uma vez, mas eu era criança, só sei de ouvir contar. Parece que seu Hermes, pai dele, também. Há quem diga que dona Hércia, irmã de seu Herculano, era filha de Castrina, puta que reinou por aqui no começo do século e caiu nas graças de seu Hermes. Mas o povo é maledicente, dona Hércia era escarrada a cara de dona Safira, que morreu cedo e só conheci de fotografia.

De todo modo, quem viveu aqueles tempos diz que nossa farra foi a mais memorável. Não me lembro quanto tempo moramos na Cacau, que saí dali direto para o hospital, mas foram muitas semanas, talvez meses. Dos trinta que estavam por ali quando chegamos, ficamos eu, Osimande e outros dezoito, seu Herculano entre eles. O velho bem que aceitou o uísque que ofereci, ficou se amassando com Germana a tarde toda, mas disse que precisava voltar para sua Diná. "Mas são meninas novas", eu tentei segurá-lo, "dona Diná não tem como saber…" Ele apenas sorriu. Agradeceu, "ponha na conta", disse, "estou há dias fora de casa". Seu Heráclito, irmão dele, também estava por ali, e também foi embora. Nunca ficava muito, seu Heráclito. Abraçava uma moça, lambia o pescoço de outra, dançava uma valsa, um bolero, fumava seu charuto, bebia seu dry Martini e ia embora. Diziam coisas tristes sobre ele, que caíra do touro num rodeio e perdera as bolas para o chifre da besta. O Senhor sabe a verdade, mas eu… O certo é que morreu sem se casar nem fazer filhos nas putas que ele cobria na Cacau.

Outro que foi embora, para minha surpresa, foi Totonho das Cabras. As meninas o disputavam, era o homem mais avantajado daqui e tinha dinheiro sobrando. Sei de muitas que sonhavam ser levadas por ele, que já andava fazendo coisas estranhas e quem sabe não se aperceberia que se casava com uma mulher da vida… Com tudo liberado, podendo fazer o que quisesse por quanto tempo quisesse, com quantas quisesse, não entendo por que decidiu não ficar. Talvez não gostasse da ideia de compartilhar uma moça. E cá entre nós, o Senhor e eu, até que não achei ruim meu amigo nos deixar. Ninguém gostava de se deitar com umazinha depois de ela ter encarado o instrumento de Totonho das Cabras.

Nomeio os que saíram pelo inusitado da coisa. Na minha cabeça já desinchada e em minha boca sem dentes não cabia a ideia de que um homem pudesse recusar nosso convite para se acabar no Clarté, beber o que quisesse, comer o que quisesse, se acoitar com as meninas que haviam chegado na semana anterior, duas, três, dez delas se preferisse. Turmalino, por exemplo, foi outro que não ficou. Era um primo distante de seu Hercílio, do ramo de seu tio-avô Herminiano, aquela parte mais pobre da família, não é? Mas encontrara um modo de enriquecer vendendo pedras preciosas, talvez por sugestão de si mesmo, seu nome, quero dizer. Isso acontece às vezes, a pessoa acaba virando a profissão que lhe pregam como nome na certidão de nascimento, como se cumprisse uma sina. Caso de Bigórnio Claro, que tentou de tudo na vida antes de sucumbir à lide de forjar o ferro, o que no fim foi uma luz, porque lhe trouxe Dália, sem quem ele talvez se tivesse condenado às defuntas. Turmalino era assíduo na Cacau, não podia ouvir notícia de carne nova que batia ponto incontinente. Só pode ter sido por inveja, isso de nos esnobar. Dois pés-rapados como Osimande e eu fechando o Clarté, imagine-se!

Lamentei que fosse embora. Era bom de conversa, o Turmalino. Rodara esse Brasil inteiro, que isso de comprar e vender pedras preciosas é trabalho duro, às vezes perigoso, então as moças ficavam com ânsia de ouvir as estripulias que ele inventava. Era bom para passar o tempo. A gente vinha do quarto, ouvia uma história de Turmalino, fumava um cigarro, jogava uma sinuca, voltava e ele continuava lá, alegrando as meninas. Dava alma ao cabaré. Lamentei, mas não muito, que não havia tempo para isso. Decidido quem ficaria, Cacau passou a chave na porta principal, guardou-a no sutiã e veio sentar-se no meu colo. "Quanto vocês ganharam?", perguntou. "Uma montanha", Osimande respondeu, garrafa de vodca importada numa mão, charuto cubano na outra. "Viemos comprar seu cabaré". Cacau riu. "Vocês são engraçados", ela disse. "Pensam que cuidar de puta é de somenos…" Outras meninas foram se achegando para ouvir a conversa. Osimande pegou uma, puxou-a para si, fez a zinha beber no gargalo. Tinha uns quinze anos, a gazela, mas deu um gole longo, estalando a língua ao terminar. "Você é que não entendeu, minha linda", eu disse. "Queremos o cabaré com tudo dentro, você inclusive". Cacau soltou a gargalhada, sua marca de nascença. "Ah, Teteco, você não existe. Eu, Cacau dos Montes, empregada sua! Não nasci para obedecer a homem nenhum, meu filho, quanto mais a você. Não me queira mal, meu garanhãozinho, mas você é só isso, um garanhãozinho com dinheiro no bolso. É por isso que comando esse puteiro. Aqui, sou a rainha. Homem, aqui, só faz o que eu quero. O que eu per-mi-to!"

Osimande soprou uma baforada em nossa direção. "Bem, pelos próximos dias, pelo menos, mandamos nós". Cacau riu de novo. "Só não lhe quebro os dedos porque gosto de ouvir você tocar o Lupicínio", disse isso com carinho, a cafetina, posso assegurar ao Senhor. Não, não estou mentindo. Ela me tinha carinho... Bem, eu estava rico... Sorrindo, ela disse: "Vocês só estão aqui por causa do dinheiro. E só saem quando não tiverem mais um tostão para gastar..." Cacau... O Senhor a pode ver no inferno? Tinha todos os dentes na boca, não era como Celestina, e gosto de pensar que estava feliz por nos fazer felizes. Quase nunca tínhamos dinheiro para as meninas dela, mas ela raramente nos expulsava de seu cabaré. Deixava que eu jogasse uma sinuca, que cantasse para as moças, que circulasse por ali se não estivesse bebendo. Osimande também tinha trânsito livre estando sóbrio, e se Bebeto aparecia com a flauta Cacau pedia uma música, cantava conosco. Tinha uma voz tristonha, introvertida, como se não gostasse da vida que levava, o que não era o caso, porque no meu dicionário Cacau definia alegria. Mas cantava "Castigo" com o olhar perdido, chorava com "Vingança"... Tinha sentimentos, pode ser que lamentasse suas escolhas, não sei bem. O Senhor a perdoou?

"Deixemos disso", ela saracoteou para longe de mim. "Onde está o dinheiro?", perguntou, sem nenhuma ansiedade. "Melhor que fique comigo". Osimande olhou para mim, mas não havia pergunta ou comentário em seu olhar. Sabíamos que seria assim. Ela prosseguiu: "Vou contar aqui mesmo, na frente de todo mundo. E vou anotar o que vocês forem gastando na folhinha da sala de jogos. Quando estiver para acabar, aviso..." Não, Senhor, não foi por estarmos bêbados que confiamos na puta. Não confiamos, ponto, mas a regra era aquela, ou você jogava, ou rua. Demos a ela a sacola de couro com os cobres. Ela abriu a bolsa, enfiou nela o nariz, respirou fundo, ergueu para nós aqueles olhos vidrados, "adoro o cheiro desse capim", disse a sorrir. Derramou a dinheirama no chão, contou as notas sem pressa separando montes de cinquenta mil, tornou a guardar, e então sumiu com a bolsa. Voltou em seguida, apresentou-nos as meninas novas uma a uma e desapareceu novamente.

Veríamos pouco a Cacau dali por diante, eu mesmo só me deitei com ela uma vez. Ela só aparecia para inspecionar os quartos, cantar uma moda conosco, dançar uma música, fazer as contas e subtrair os gastos na folhinha. O que para mim não tinha a menor importância. No primeiro dia, Osimande amarrara o pêndulo do relógio grande que ficava sobre a lareira da sala principal do puteiro. Alguns dias passados, tive a impressão de que o tempo parara. Já não havia dia ou noite, vivíamos na superfície das coisas, como se num estado de transe. Acho que é por isso que não consigo me lembrar de muita coisa, nas rodas era Osimande quem contava as histórias que vivemos naqueles dias. Por ele sei que comíamos a qualquer hora, bebíamos o tempo todo, jogávamos sinuca, trepávamos com uma menina, jogávamos buraco, pôquer, vinte-e-um, trepávamos com outra menina, cantávamos, as meninas dançavam para nós, faziam estripitise, dançávamos com elas, trepávamos de novo, ouvíamos histórias uns dos outros, histórias das meninas. Era o paraíso, o Senhor há de convir.

Quer dizer... Tantas flores, tantas matas... O Senhor não me leve a mal. Osimande dizia que eu só protestava quando uma das moças me pedia para tomar banho. Com Germana parece que gostei de entrar na banheira, mas só com ela. Na época estava com quatorze aninhos, era magrinha, os peitos ainda se formando. Lembro-me de ter me enroscado com ela nos primeiros dias, era pura safadeza, aquela menina. Nasceu para a vida, tanto, que continua no eito. E foi sorte, porque depois caiu nas graças de seu Herculano e só pude desfrutá-la de novo na Celestina, ela já com mais de vinte. Acho que foi a única que ficou na Cacau por tanto tempo. Depois que me deu banho, Germana me serviu a outras meninas, mas parece que sempre voltei a ela. Teve situação de me ver com quatro ou cinco, mas disso também a memória me escapa. Só me recordo mesmo do Pai arrancando uma menina de cima de mim e me descendo a cinta. Apanhei tanto, que acordei no hospital. Ou talvez tenham me levado para lá para desintoxicar, porque parece que Osimande veio junto.

O Pai ficou meses sem me dirigir a palavra. Odília, grávida de Narcisa, pediu o desquite a Osimande. Tínhamos torrado todo o dinheiro, um milhão e pouco consumido em algumas semanas. Dinheiro suficiente para comprar dois terrenos e construir a casa dos sonhos do Pai, outra ainda para Osimande e a família, com piscina e tudo. E teria sobrado algum para a mobília nova e as festas de inauguração. Não fosse por Florenciana, que intercedeu por ele, Odília teria se separado mesmo. Lembro-me da conversa sussurrada por cima das paredes. "Osimande não faz por mal", disse Flor a uma Odília em prantos. "É o Teteco, você não vê? É esse nosso irmão! Que Deus me perdoe, mas faz tempo que desisti de rezar pela alma dele. Deus já lhe virou o rosto, ninguém pode mais nada quanto a isso. Mas Osimande, não. Tem seu emprego, ganha dinheiro honestamente, é um pai amoroso, as meninas morrem por ele, Dília! E vem outra criança aí, quem sabe um menino? Quem sabe dessa vez ele sossega? Isso de mulher da vida é coisa de homem, a gente precisa entender. Você aí, desse tamanho! Homem não consegue ficar sem mulher…"

Odília fungou. "Mas três meses, Flor?", ela soluçou ao perguntar. "Ele sumiu por três meses!" Florenciana silenciou. Então disse, sempre aos sussurros: "Eu sei. É difícil… Ai que ódio que me dá daquele nosso irmão, que Deus me perdoe! Mas olhe, Dilinha, desquite não dá. Está fora de questão, não só porque é contra Deus. Isso é o mais importante, claro, você fez um juramento, Cristo estava ali no altar, escutou você. Pois esse é um momento de tristeza, e como os outros vai passar, você deve ter paciência e ser compreensiva. Se ainda Osimande fosse violento, se lhe batesse… Mas ele venera você, pelo amor de Deus! É capaz de morrer se você largar dele. E então o quê? Você vai ficar na rua da amargura com quatro crianças, sem um homem para lhe sustentar? Quem nestas serras vai querer uma mulher com quatro crianças?"

Argumento matador, esse. Florenciana bem que podia abrir um confessionário, lembro-me de ter pensado. No dia seguinte, Odília já não chorava. Tinha olheiras, olhos fundos, mas já não se arrastava pelos cantos como quando eu voltara do hospital. A conversa dera resultado, Osimande ainda faria outros três filhos nela antes de morrer de cirrose. Em seu enterro, lembro-me de ter pensado que meu cunhado encontrara uma maneira estranha de provar que Florenciana estava errada. No frigir dos ovos, era ele quem me levava para o caminho em que me perdi e não o contrário. Se dependesse de mim, e o Senhor é testemunha, eu não teria participado daquele torneio. Nunca teríamos fechado a Cacau, que depois daquilo tirou umas férias, parece que pegou um navio para Paris, ficou meses sem aparecer por aqui.

O telefone toca, quase caio da cadeira de susto. O livro está no chão. Cochilei de novo… Detesto isso, perder tempo cochilando. Mas quem consegue ficar acordado nesse silêncio? "Idomeneia!", a Mãe grita, com sua voz cansada. "É seu Hercílio! Pede para você passar na casa dele e pegar o corte de linho que ele mandou do Rio de Janeiro para a Flor. Aproveite e passe no correio, ligaram de novo falando da carta para seu irmão". Idomeneia grunhe arrastando o balde. "Ele que vá buscar", ouço-a sussurrar. Diz isso para seu esfregão, não é para mim. Mais dia menos dia ela busca a carta, que ela não me quer mal. Só não entende por que não vou eu mesmo ao correio. É que só pode ser engano de dona Baladur, quem escreveria para mim, não é? Já está velhinha, a chefe do correio, anda variando. Outro dia, cruzando comigo na praça, perguntou se eu não queria tocar um pouco de bandolim para ela dançar. Deu para me confundir com Osimande. Solidão, quando é muita, acaba mexendo com a cabeça da pessoa, nem o Senhor é remédio.

Dona Baladur é dessas. Como Joana Dias, não teve filhos, mas seu Josélio queria muitos, então deixou-a por dona Creuza. As duas até que ficaram amigas, que seu Josélio era homem de bem, mas o coitado não conseguiu fazer os filhos que queria, morreu no incêndio da Paprê. Dona Creuza mudou-se daqui depois disso, e com a morte dos pais dona Baladur ficou só no mundo, tendo os carteiros e funcionários do correio por família. Pois eles também foram sumindo da vida dela. Um dos carteiros morreu de cirrose, outro deixou Floral uns dez anos atrás. Dona Filipina, secretária, perdeu a visão e foi parando de trabalhar aos bocados, e Darlinda, que a substituiu, casou-se com o carteiro que restara, levando-o daqui. Dona Baladur há muito não tem quem chefiar, então fica lá, telefonando para as pessoas, inventando cartas que não existem, só para receber uma visita, trocar um dedo de prosa.

De nada disso o Senhor está ciente, bem sei. Mas mantenho alguma esperança de convocar Sua atenção para nosso infortúnio. Veja Licurgo, por exemplo. Aponta de novo no alto da rua com seu carro manquejante. Veio assuntar… Sabe que Florenciana está chegando, não deve estar se cabendo nas calças. Desce a rua devagar, passa em frente, não olha para mim. Canalha reconhece o ruído do carro, ouço seu lamento surdo. Licurgo desaparece. Não posso deixar de sentir pena dele, ainda se derretendo por minha irmã. Flor não foi desleal com ele, nunca lhe deu esperanças, ele é que alimentou essa ilusão que virou uma doença. O coração de Flor tem o mesmo dono há mais de trinta anos. Certo, houve aquela coisa inesperada, o desmaio no enterro de Osimande... Ela nem tinha chorado tanto, e sei que não bebera. Acho que foi do sol, estava quente demais e Florenciana é frágil, cantou com o peito em dor. Por Odília, obviamente. Pelo menos é o que sustentarei sob tortura quando o Demo me inquirir, e sei que Osimande vai confirmar. Mesmo que ele se lembre daquela tarde... Vai confirmar. Ele também gostava muito de Beno, aquele entrevero entre eles foi um mal-entendido. O Senhor sabe que Flor não podia beber, duas cervejas e ela perdia o prumo, tenho certeza de que imaginou que era Beno na rede. O Boi estava sempre dormindo, a boca aberta para os mosquitos, só podia ser ele.

Flor nem viu que apagou aninhada nos músculos talvez mornos de Osimande. Sorte que Frutuoso estava sóbrio, nunca saberemos o que Beno teria feito com aquela peixeira. Foi ali que Flor prometeu nunca mais beber, não foi? É por isso que acho que o desmaio no enterro foi do sol. Depois ela foi embora, eu me enterrei na Emerenciana, quando eles vieram para o Natal ela já era essa Florenciana de hoje. Faz as coisas sem açodamento, sabe que tem o Senhor por aliado e testemunha. Só começa o que sabe que terminará... Deixou os sonhos. Isso é uma espécie de felicidade, reconheço. Mas não sei... Gostava mais quando havia alegria, que Florenciana sorrindo é de o mundo se acabar, como Licurgo gosta de dizer. Talvez a idade esteja pesando. Ela faz cinquenta e... Cinquenta e cinco? Sim, mesma idade de minha Tina. Deus do céu, como o tempo corre... Osimande teria sessenta e três, era o mais velho de todos nós... De olhar, ninguém dizia. Tinha cabelos demais, olhos grandes, corpo ágil, fala arisca. E dedos enfeitiçados.

Nos primeiros tempos, ele rodeando nossa casa, Flor não conseguia tirar os olhos dele, dos dedos dele a desenhar almas no bandolim. Podia ficar horas sonhando que o ouvia. Lembro-me de vê-la deitada de bruços sobre o tapete de fuxico que cobria o chão de terra batida de nosso casebre perto do matadouro... Sei que o Senhor também a vê. Devia ter dezessete anos, era um anjo de candura, aqueles cabelos alourados, os cachos esparramados pelos ombros franzinos. Tinha as pernas dobradas, os pés cruzados agitavam o ar. De cotovelos no chão e a cabeça atenta no pescoço, rijo como pedra, ela olhava para fora. Osimande brincava com Odília, corriam por entre as árvores da casa de seu Arouca em frente à nossa, Odília a gritar e a rir e a pular de felicidade. Flor sorria, ficou ali pelo tempo das estripulias dos dois. Eu fingia que dormia no sofá da sala, que era também meu quarto, vi quando Osimande veio, tomou-lhe as mãos, ergueu-a, trouxe-a para si e beijou sua boca, ela nos braços dele como se fosse uma pluma ou uma fada.

Ela não reagiu, não impediu, não gritou. Apenas abriu os lábios para a língua dele, seu beijo furioso e quente, as mãos de Osimande levantando a saia rendada do vestido bordado por Odília, seus dedos tocando Flor como ao bandolim. Entendi que Odília estava no banheiro ou algo assim, quando ela voltou Flor já desaparecera no quintal de nosso vizinho. Devia ter as entranhas em chamas. O Senhor estava por ali naquele dia, deve ter visto Osimande piscar para mim, assim como ouviu as penitências de minha irmã pela vida afora. Sei que ela nunca se perdoou. Tanto tempo, já… Mas, xô, Beno não merece meus pensamentos. Está feliz, antes da última falência eles vinham falando numa festa grande, que nos cinquenta não fora possível por causa dos problemas na fábrica; agora Flor quer fazer como antigamente, 300 convidados na fazenda de seu Hercílio, dois bois assados no chão e tudo o mais. No Natal o assunto não apareceu, na Páscoa também não, pensei que a coisa toda tivesse morrido. Fiquei com pena, sinto saudades das festas dos Constante. Eu e a cidade toda, tenho certeza. Pois ontem a Mãe falou que vão juntar o aniversário de Flor com o casamento de Florêncio, marcado para depois da formatura…

Sim Senhor, vai se casar, o meu irmão caçula, o Senhor acredita? Tiro o chapéu para ele. Viu de voltar a estudar com essa idade… Isso é para os bravos de espírito, então acho bonito vê-lo se armando também para se casar. A noiva ele conheceu na faculdade, tem o singelo nome de Gema. E é isso mesmo, uma esmeralda de 20 aninhos lapidada pelo Senhor, de pele imaculada e lisa como um pêssego maduro. Tem um quê de Isildinha, a Gema. Fala baixinho, sorri de lado, anda como se pedisse licença, uma coisa! Conheço esse tipo de moça, no quarto vai deixar Florêncio louco, se é que eles já não andam se esfregando pelos motéis da capital. O acanhamento de Gema talvez seja de vergonha, por imaginar estampadas em seu rostinho de anjo as sujeiras de que é capaz. Às vezes penso que seria feliz no lugar de Florêncio, mas esse pensamento não dura muito tempo. Não por ser pecado, não, Senhor. Já fiz coisa muito pior, o inferno se me destina. Uma invejinha a mais, uma a menos...

O fato é que Gema não me merece. Não duraria muito na minha mão. Em pouco tempo eu teria sugado seu viço, secado sua pele, pervertido seu sorriso acanhado. Ela já não seria Gema. Meu irmão há de cuidá-la melhor, e a teremos por muitos anos assim, frutada, fresca, tímida e, nos meus pensamentos, capaz das maiores safadezas. Até que venham os filhos, como acontece com todas, e então eu talvez lamente não tê-la feito gozar. Oh, Deus, por que não consigo espantar esses pensamentos indignos? É só cochilar e pronto, sou assaltado por essas ideias estrangeiras. Gostaria de poder não pensar o indevido. De não pensar que Flor sofreu por outra coisa que não seu amor por Beno Constante, por exemplo.

O Pai tosse no quarto. Recolho da brisa o odor da infusão de hortelã e gengibre que a Mãe prepara. A inalação talvez apazigue sua tosse, ele não gosta de receber Florenciana nesse estado. Talvez porque Flor se aflija mais do que ele. Não entendo por que o Pai nunca quis se tratar. Ouviu de doutor Justo que asma não tem cura, persignou-se e decidiu vivê-la como dádiva Sua. Li para ele o artigo que saiu na Seleções do mês passado, uma equipe de cientistas dos Estados Unidos diz que asma tem fundo alérgico, algumas pessoas devem cortar gordura de porco, outras carne vermelha, outras leite de cabra. Crianças que se tornaram vegetarianas nunca mais tiveram crises sérias. Estávamos à mesa, o Pai me ouviu com os olhos pousados em seu arroz com suã. Depois mexeu o feijão na travessa, revirando as linguiças.

Olhou para mim com piedade: "Isso de comer capim vai ficar para os doutores dos Esteites, meu filho. Faço oitenta anos em novembro. Deixe-me comer minha linguiça em paz". "Aqui diz que óleo de

soja é melhor do que banha de porco, pai", eu falei. "Diz que banha
é um veneno para quem é alérgico". Ele deu uma garfada no arroz.
Fez que não com a cabeça. Olhou-me outra vez. "Os porcos de seu
Zequinha comem o quê, filho?", perguntou, pausadamente. "Ração",
eu disse. "Ele não dá lavagem à criação dele". O Pai depôs o garfo na
mesa. "Ração à base de quê?", insistiu. Não precisei pensar muito, seu
Zequinha estava experimentando novas maneiras de engordar seus
porcos. "Farelo de soja", respondi... "Pois então", o Pai tornou a pegar
o garfo. "A banha que ele nos traz é disso. Deixe a soja para os porcos,
prefiro a banha que ela produz". Desarmou-me, o Pai. Ele deve estar
certo. Em três meses terá oitenta anos, é um prodígio de intoxicação
com banha de porco, que a Mãe usa para tudo na cozinha, até o pão
de queijo leva um tanto.

A Mãe vai até o quarto, deve ter a infusão nas mãos. Posso
imaginar seus movimentos lentos, seus olhos cansados, suas mãos
avermelhadas de bater a roupa. Agora ela deve estar ao lado do Pai, ele
com a cabeça coberta pelo pano de prato a respirar o remédio. Como
posso deixar esta casa? Não saio daqui nem que a vaca tussa, como
Osimande gostava de falar. Até meus cigarros a Mãe compra para
mim escondido, que doutor Justo me proibiu de fumar e ninguém na
cidade me vende um cigarro picado que seja... Sim, Senhor... Graças
a Florenciana, hoje em dia tenho meu quartinho, Idomeneia tem o
dela, o quarto grande é bastante para receber meus sobrinhos e irmãos quando eles vêm para as festas. Tenho tudo que um homem
precisa e mulher nenhuma para encher a paciência. Idomeneia às vezes é excessiva, é verdade. Essa obsessão por limpeza dá nos nervos.
Está lá, esfregando o chão da sala outra vez. Fora isso, estou no único
lugar em que escolheria estar, se me fosse dado escolher.

Sim, o casamento rondou minha porta, como acontece com
todo o mundo. Não tenho intenção de esconder nada do Senhor.
Quando Celestina ficou grávida, o Senhor se lembra? Por muito pouco não amarrei meu burro. Ela jurou de pés juntos que o filho era
meu. Cheguei a ter uma diferença séria com o Pai. Estava torto de
paixão, na época Tina era uma mulata vistosa, ancas parideiras, peitos
bons de amamentar, de me receber. Sua boca era cor de jambo maduro, ainda tinha muitos dentes, beijava que era de deixar um homem

louco. Jurava pelo Senhor que o filho era meu, nem corada ficava. "Uma mulher sabe dessas coisas, Teteco. Há meses não me deito com outro. Juro por Deus e por minha mãe, que quero ver mortinha no cemitério se eu estiver mentindo". Tina era comovente. Mas o Senhor convirá, mulher da vida jurando pela mãe? Quem pode se fiar num juramento desses? O Pai estava com a razão. "Você está bêbado, meu filho", ele disse no dia em que foi me arrancar de lá. "Não está raciocinando direito. Onde já se viu se casar com uma prostituta? Até eu já me deitei com aquela infeliz... O filho pode ser meu, de Abel, de seu Hercílio ou de qualquer outro nesta cidade!"

Foi duro, o Pai. É claro que eu tinha bebido, mas não estava bêbado. Estava alerta, desfrutando Tina com vigor de adolescente. E duvido que ele tenha feito aquilo. Acoitar-se com ela, quero dizer. Claro, o Pai frequentava as meninas de vez em quando, o Senhor é testemunha. A Mãe esteve grávida a maior parte dos vinte primeiros anos de casamento, prova de que o Pai era chegado na coisa, então fazer o quê? Mas ele tinha suas regras, nunca ia aos puteiros se um de nós estivesse por lá. Como tudo se sabe em Floral, a Mãe também sabia, mas não se importava. Ouvi-a conversar com Idomeneia uma vez, talvez repetindo palavras do Pai: "Esposa é para procriar, minha filha", ela disse, e havia convicção em seu ensinamento, "povoar o mundo de Deus. Moça de má fama não, é só para pecar, e se Deus pôs delas no mundo, é porque deve haver precisão". O Pai, como todos, precisava. Mas justo com minha Tina? Ele sabia que eu morria por ela. Era a mesma coisa que ele assediar uma das noras, Gema, por exemplo. Do modo como eu via o assunto, a cidade inteira podia se perfilar para comer a Tina, menos o Pai. Isso tornava meu caso com ela quase incestuoso. Sei que ele não fez o que disse ter feito. A verdade é que ele não aceitava a ideia de eu me mudar para o cabaré.

"Um homem não vive em bordel, Cotinha", ele conversou com a Mãe naquela madrugada. "Não é sustentado por mulher da vida... Anacleto vai manchar a honra de nossa morada, o lar dos Vianna vai cair na boca do povo, viveremos no opróbrio e na desgraça". Ouvi o suspiro da Mãe. "Ele vai ser excomungado", ela falou, depois de longo silêncio. Tinha a voz embargada. "Pois eu mesmo vou cuidar disso, Padre Hermógenes há de me apoiar", o Pai ajuntou. A Mãe talvez tenha lamentado quando disse: "Nunca mais vou poder olhar na cara dele, chamá-lo de filho. Ele nunca mais vai pôr os pés aqui". Ela sabia onde apertar, o Senhor vê? Tudo eu estava disposto a suportar, mesmo o opróbrio, no qual, de mais a mais, eu já vivia. Mas ser deserdado por ela? Aquilo foi devastador. Casamento com mulher da vida não resiste ao tempo, todo mundo sabe disso, hoje como ontem também. Cacau foi uma que se deixou levar por um fazendeiro do Sul, que saiu daqui enamorado de seus cabelos cacheados que escondiam o que ele imaginava fosse uma alma de anjo. Floral bem sabia a espécie de anjo que habitava aqueles cabelos à Rita Hayworth, mas o gaúcho era incauto. Um ano depois ela estava de volta, quinhentas cabeças de gado mais rica e falando mal dos dotes físicos do ex-marido. Eu sabia dos outros casos também — Osorina e seu Marcilino, Crismélia e seu Demétrio, Mirta e Clodoaldo… —, todos efêmeros como os rios mais ao norte, incapazes de resistir a uma estiagem como esta que nos castiga. Meu casamento também não duraria. Sem a casa da Mãe para me acolher, para onde eu iria quando tudo acabasse?

Aquela foi minha primeira crise séria de fígado… Depois de beber por nem sei quantos meses fiquei em coma por dois dias, mais três semanas no hospital para repor o que eu perdera em latrinas, baldes, penicos, bueiros… Foi minha primeira amnésia também. Minha paixão por Celestina se juntou a meus excrementos, tudo sendo lavado pelas chuvas daquele final de verão. Quando deixava o hospital, doutor Justo foi implacável. Disse que se eu continuasse bebendo naquele ritmo não viveria para ver meu filho crescer. Safada da Tina! Aquela era capaz de convencer até o Papa de que era moça imaculada, que dirá um bom homem como doutor Justo!

Não tenho mágoa dele. Não, Senhor. É um caso estranho de conversão, o doutor, desses que alimentam as esperanças dos crentes e o espanto de pessoas como eu. O doutor era um cético empedernido antes de trocar a boemia pelos Alcoólicos Anônimos. De tudo duvidava, das promessas do governo às teorias sobre estrelas cadentes, seu assunto predileto depois de três ou quatro doses. Duvidava das novas descobertas da medicina, das vacinas para isso e aquilo, do novo antibiótico que tudo matava. Testava nele mesmo os remédios, vivia doente, o Senhor se recorda? "Muito do que os laboratórios tentam nos empurrar é farinha pura, Teteco", ele me disse certa feita, antes da conversão. "Onde já se viu esse monte de antibiótico que recebo todo mês no consultório! É tudo à base de penicilina! Então por que não mandam a própria? Mas não, ficam inventando nomes rebuscados, é tudo para aumentar preço e enganar o povo".

Eu conhecia um pouco do assunto, nos romances de guerra há sempre um médico tratando os feridos. A *Seleções* também tem uma sessão de saúde, sou letrado no tema. Achava a posição de doutor Justo um tanto obscurantista. "Obscurantista é seu futuro, Anacleto!", ele torpedeou, quando tripudiei dele. Essas coisas ficavam por isso mesmo, o doutor tinha o dom da cura e isso me bastava. A Mãe dizia que ele era um santo, Osimande que ele era um bruxo, padre Hermógenes que ele era o próprio Demo. Mas também se consultava com ele, apesar da vida torta que o doutor levava, às claras, para todo o mundo ver. Era um mulherengo de fazer gosto. Fez um filho em Dalila, que ainda mora na casa em frente à dele. Quando ficou evidente que o filho era mesmo seu, converteu-se aos Alcoólicos Anônimos. Seu ceticismo se transformou na mais completa e cega confiança em tudo, no governo, na astronomia, na medicina e, principalmente, nas pessoas. Não renegou o garoto, como eu fiz. Nem ele nem Dalila. Muito ao contrário. Todos sabem que ele a sustenta, dona Mariana sua esposa inclusive, mas todos fingem que suas visitas regulares são por questões de saúde. Todos sabem igualmente que Dalila e o garoto têm saúde de ferro... É como se o grande coração de doutor Justo, sua alma caridosa, sua dedicação aos pobres, tudo funcionasse como uma espécie de ópio ou alucinógeno. Ao vê-lo atravessar a rua com seu passo manso rumo à casa da amante, em lugar de pensar "lá vai o pervertido", todo o mundo pensa "pobre Dalila, doente de novo".

Esse pensar está incorporado no inconsciente coletivo de Floral da Serra. Pode parecer contraditório para o Senhor — se não foi o Senhor mesmo quem fez do mundo uma contradição —, mas desde a conversão doutor Justo é um parâmetro, uma referência, um farol para os ímpios daqui. Educa pelo exemplo. Sua incorruptível fidelidade a Dalila transformou uma cidade inteira de hipócrita em compadecida, e o adúltero em um homem reto, generoso, caridoso. Ainda me surpreendo com o que pode o espírito humano diante da adversidade. De modo que doutor Justo dizer que o filho de Tina era meu era como se uma sentença fosse jurada em cartório, sentença que ele defenderia perante o Senhor se fosse preciso.

Quando o menino nasceu eu estava me desintoxicando com a ajuda do doutor, já não tremia quando os fui visitar no hospital. O peste do garoto era horroroso, aquela cara de joelho que todo recém-nascido tem. "É a sua cara", Tina disse, tentando me fazer segurar o menino. Mas não tenho jeito para isso. Bebê em meus braços é como maria-mole, escorre pelos cantos querendo cair. Não bastasse o mau jeito, Marcelino chorava, chorava, chorava. Aquilo me irritou terrivelmente, meus nervos ainda à flor da pele. Não consegui pegar o menino no colo. Na verdade, nunca consegui chegar muito perto dele. Com poucos meses de vida ficou claro que aquilo não era meu filho. Meus genes não gerariam aqueles cabelos lisinhos, aqueles olhos cor de mel, aquele nariz arrebitado. Estava ali, à vista de todos. O Pai tivera razão desde o princípio... não sei de onde tirei essa certeza, que alimentei por muitos anos. Minha família é prova viva de que algo inusitado como Marcelino com olhos cor de mel pode ser fruto da cópula de dois mestiços como Tina e eu, com ascendentes escravos num passado não tão remoto assim.

Florenciana tem olhos acinzentados, quase verdes, cabelos lisos e claros. Alemãozinho e Ana Flávia também nasceram lourinhos, ele permanece leitoso de tão branco. E olhe que Beno nem é essa brancura toda. Marcelino bem podia ser meu filho. Mas ali, diante dele no hospital, isso me pareceu a coisa mais estapafúrdia e idiota. Saí de lá repetindo que Tina me enganara, ainda bem que eu estava curado dela e coisa e tal. Claro, em respeito a doutor Justo mantive a farsa por uns tempos. Visitei os dois, dei presentes e dinheiro, levei para passear na gruta da fazenda de Abel e tudo o mais. Na época Abel mantinha suas terras, que cresciam para os lados da pedreira que seu pai ainda explorava. Eu gostava de me refugiar por lá. As bombas tinham aberto uma fissura de mais de cem metros, cortando a rocha de cima até aqui em baixo, revelando aquela gruta onde minava uma água transparente e morna que se acumulava num pequeno lago iluminado pela lua. Eu gostava de nadar pelado lá. Ia sempre sozinho, chamava aquilo de meu laguinho socrático: matar uma garrafa de cachaça, filosofar sobre Seus desatinos.

Certo, a pedreira era uma tumba também, tanta gente boa morreu ali, não foi? Aqueles meninos todos... Uma das coisas que nunca entendi de seu Herculano foi aquilo de empregar crianças na pedreira. Ele dizia que a rocha era cheia de reentrâncias que só os meninos podiam varar. Aqueles meninos cheios de dinamite nos embornais... A cidade conta treze mortos, mas o Senhor sabe que foram mais, porque a maioria não era daqui. De Pau dos Montes foram cinco, que sei contar. E havia aqueles preazinhos vindos sabe o Senhor de onde, do sertão da Bahia talvez, ou do Maranhão ou de outro fim de mundo desses. Aqueles meninos todos. Viraram anjos, não é? Desencarnaram na pedreira de seu Herculano sem que ninguém desse por isso. Eram enterrados ali mesmo, sob os escombros do que explodiam. Talvez ficassem vagando em meio às entranhas daquelas rochas escarpadas quando eu ia me banhar.

Tivemos muitas desavenças, não foi? O Senhor e eu? Pois então. Lugar dos mais sagrados para mim. E foi aonde levei minha Tina, meu castelo imaginário construído sob as estrelas. Haveria prova mais contundente de meu amor? Dei outras, à espera de um sinal da sorte, uma prova que fosse de que o garoto poderia ser meu filho. Mas não houve jeito. Quanto mais passava o tempo, menos o menino se parecia comigo. Então sumi da vida deles. Quer dizer, ninguém some de ninguém nesta cidade. Mudei de ares, por assim dizer. Deixei a Rua das Flores, fui explorar os bares do Morro da Sé. Fica um pouco longe daqui, desse mundinho onde circulo, mas tia Geralda me dava pouso quando o mundo entortava. Hoje já não mais, meu primo Diocleciano está passando por dificuldades, talvez precise vender a casa. Amália tem aparecido por aqui para chorar as mágoas com a Mãe, que não perdoou o casamento deles. "Primo é como irmão, Amália", a Mãe disse a ela ao saber das intenções de Diocleciano. "Você precisa acabar com isso agora!" Não houve jeito. Tia Geralda não via problemas, o Pai também não. "Todo o mundo é parente nesta cidade", ele vivia dizendo, "meus avós também eram primos em primeiro grau", argumento que selou a sorte de Amália, que está às portas de perder tudo. Naquele tempo era diferente, a casa de tia Geralda era um esplendor de fartura e generosidade, eu gostava de pousar ali, ouvir as histórias de tio Beltrão.

Floral tem coisas que nem o Senhor explica. Plantar Sua Igreja ao lado do cemitério, por exemplo. No topo daquele morro inclemente! Osimande dizia que era até bom, o pessoal pecava aqui em baixo e expiava os pecados na ladeira, chegava mais leve no confessionário. A piada já não tem tanta graça, a cidade envelheceu. O Pai é um que não gosta. A Mãe, com a má circulação nas pernas, só vai à missa quando Florenciana ou Amália estão aqui para levá-la de carro. Como a capela do hospital não tem padre que a confesse, a Mãe se mortifica. Já não pode polir a alma todas as manhãs como gostaria, sabe o Senhor de que pecados.

Hoje já não há vida noturna por aqueles cimos, os bares que restam estão em volta da praça aqui perto. Mas já foi diferente. No auge, além das quermesses, festas e atividades que a Igreja organizava, ali havia sinuca, cachaça, o salão de baile do Rotary, o clube de tiro com sua pista de dança, uma boate… O cinema não durou, mas até isso o Morro da Sé oferecia a quem se mortificava na ladeira. E tinha o bar de Josimar das Ferraduras, claro. Dele o Senhor se recordará, porque houve poucos tão devotos como ele em Floral. Era compadre do Pai, com a agitação que tomou conta do morro por aqueles tempos transformou sua ferraria em boteco, até uma sinuca ele instalou. Com ele meu crédito era irrestrito, não era como os outros empreendedores dali, que me olhavam com a sobrancelha torta. De ignorância, porque jamais deixei de pagar minhas contas. Às vezes demora, eu sei, mas os donos dos bares da praça ou da Rua das Flores sabem e sempre souberam que meu dinheiro, mais dia menos dia, dá o ar da graça. Hoje dependo de Florenciana, certo, mas antes bastava uma viagem ao Rio de Janeiro, um pulo na capital e eu vinha com os bolsos cheios. Dinheiro bom, ganho nas cartas ou na sinuca, honestamente. E o Senhor, que gosta de um dizimozinho, sabe que dinheiro bom é o que não esquenta a mão da gente.

Eu mesmo nunca consegui dizer "meu dinheiro". Ermelino, conhecedor do mundo, foi o primeiro a compreender isso. Na época ele administrava o bar do Floral Clube, inventou um indexador para minhas dívidas que depois se espalhou, ainda hoje é assim. Ninguém me cobra em dinheiro, só em garrafas. "Teteco, você me deve xis garrafas e meia de Januária e trocentas caixas de cerveja. A cerveja está mais cara este mês, sua dívida cresceu tanto". Sistema justo, deixa a todos satisfeitos, mas o outeiro da Sé era ignorante dele, meu crédito com Josimar era em nome de sua amizade com o Pai. Nunca tentei compreender esse tecido opaco que é a confiança das pessoas. Josimar sabia que o Pai nunca me emprestaria um tostão para pagar dívida de bar, mas se eu era filho de Tércio Vianna, era digno da confiança dele. De minha parte, em nome do Pai, nunca a traí. Pelo menos que eu me lembre.

Circulei por ali por uns tempos, fugindo de Tina. Sem beber, jogava uma sinuca, ganhava uns trocados para o cigarro, tomava uma Coca-Cola, jogava conversa fora. Osimande subia de vez em quando, cantávamos para as moças que apareciam ou para os mendigos que pediam comida. Mas ele não vinha muito. Não gostava de igreja, santo, padre, pecado, essas coisas que andam juntas nas conversas de quem crê no Senhor. No fim foi bom, acabei fazendo outros amigos. Subia antes de o sol se pôr, ficava por lá até Josimar fechar o boteco. Quando a coisa apertava eu fazia uma visita a Emerenciana. Entrava pela rua de trás, para não passar pela porta do puteiro de Tina. Assim levei o tempo, passaram-se meses até que nossos caminhos tornassem a se cruzar.

O Senhor se recordará de tudo, acho mesmo que foi tudo obra Sua. Começou com aquela mulher entrando aos trancos no bar, a gritar que uma alma penada molestava a Virgem... Osimande e eu cantávamos "Ave-Maria no Morro", custei a atinar que ela falava de Nossa Senhora dos Mortos. A mulher gritava que os mortos estavam se levantando, que era o fim do mundo, que padre Hermógenes estava certo, que a culpa era dos que vivíamos "na dissipação e no pecado" e coisa e tal. Saiu do bar aos tropeços, "perdão, meu Pai misericordioso!" Foi como se ela tivesse riscado um raio na atmosfera pacífica do bar. "Que mulher mais maluca", disse seu Genaro depois de uns suspiros, quebrando o encanto. Seu Genaro era homem de bem, pai de Hortência, menina que fora apaixonada por mim na escola, coisa que ele felizmente não sabia, então não tinha motivos para me querer mal, chegamos mesmo a ficar amigos depois que Osimande morreu.

"Eu sabia que ia acabar mal", ele balançou a cabeça ao dizer. "O que ia acabar mal?", Osimande quis saber. "O sermão do padre, vocês não souberam?" Osimande impacientou-se. "Seu Genaro, faça-me o favor! O dia que o senhor me vir na Igreja, pode chamar os bombeiros, porque é nesse dia que padre Hermógenes vira churrasquinho. Ele e seus coroinhas". Josimar se benzeu. Disse: "Deixe disso, Osimande, a Igreja é a morada do Senhor". "Isso", Osimande emendou, "do senhor padre e dos meninos que ele bolina".

Seu Genaro arranhou a garganta, benzeu-se também, disse que na missa das seis da manhã padre Hermógenes pregara pesado contra a boemia, "essa escória, essa malta condenada maculando a integridade das boas famílias da cidade", o padre teria dito. Para ele Floral estava como Sodoma e Gomorra, e como elas "seria varrida da face da terra". "O pior veio no final", seu Genaro continuou. "O padre disse que o inferno está preparando a invasão destas serras, uma procissão de demônios marchará sobre nós vindo da nascente do Formoso e animará as almas que penam no cemitério". Osimande começou a rir. Seu Genaro imitou o tom catastrófico do padre: "A cidade vai ser tomada pela sedição, a cobiça, a luxúria, o pecado da carne! Seremos lançados na vala negra da corrupção! Deus jamais olhará por nós outra vez!" O Senhor também deve ter achado graça, Osimande ria de se dobrar. Mas aquilo me causou um comichão no pescoço, um desconforto. Meu pensamento galopou, vi o fim dos tempos bem ali na esquina. A boemia era... É o meu mundo. Como viver sem minhas meninas, sem a Rua das Flores? Não sei do que ria Osimande.

Não era a primeira vez que padre Hermógenes falava contra nós, nem seria a última, o Senhor é testemunha. Mas que ele esconjurava um demônio dos mais sulfurosos, isso nem o Senhor negará... Não sou de me assustar com essas bobagens, não mesmo. É que o povo de Floral é ignorante demais, talvez se deixasse levar. Havia o que temer. Seu Genaro contou que os rotarianos tinham saído direto da missa para uma reunião de emergência. Bem... Eu costumava desdenhar das ameaças daqueles senhores... A boemia é democrática, há para os vagabundos, os pobres, os forasteiros e também os bem-nascidos, entre os quais havia muitos vagabundos. Sempre duvidei de qualquer bravata contra a zona ou os bares do centro da cidade.

Era tudo o que havia para a diversão das gentes! *Panem et circenses*, disse Julio César, ou talvez Nero, não sei bem. A turma do Rotary era dureza, vivia tentando fechar a casa de Emerenciana, porque era onde os pés-rapados como eu se aninhavam, mas nunca mencionava o puteiro de Cacau, coisa de rico, como, aliás, o Rotary. O que os rotarianos diziam não se escrevia. Mas não sei... Eles bem que sabiam atiçar uma turba já ajuntada. Talvez não começassem uma rebelião, mas ajudariam a pôr fogo em tudo se alguma se levantasse.

E a população... O Senhor sabe que entre as almas cuidadas por Nossa Senhora dos Mortos há bem umas cem desencarnadas em linchamentos, que o povo daqui se apoquenta com coisa pouca, qualquer malfeitinho é motivo para um ajuntamento, uma arruaça, um massacre. Não, eu não temia por mim, o Senhor não me compreenda mal. Tenho fibra, não me borro com Fernandinho Brasil ou Neneco Tinhorão. Não sei explicar direito, mas o povo de Floral nutre uma espécie de... Respeito reverente por gente como Osimande e eu, talvez alguma inveja também. As serenatas, a vida dissipada nas noites, as mulheres... Éramos... Somos pecadores. Certo. Pecadores reincidentes. Mas tenho para mim que quem inveja está na verdade transferindo os próprios desejos. Sou capaz de apostar que toda moça donzela na cidade sonhava com uma noite de chamegos comigo. Um homem adorado pelas putas deve ter algo de especial, o Senhor há de convir. Não precisa nem pensar muito. E padre Hermógenes? Por que aquela perseguição contra nós, se não por pura inveja, desejo de estar onde estávamos, fazendo o que fazíamos? E além do mais, havia as serestas. Ninguém iria querer destruir a galinha dos ovos de ouro que eram nossas serestas, tirando talvez um ou outro mais esquentado. No meu entender, Osimande e eu estávamos protegidos da ira da população. Meu medo era pelas moças. Minhas meninas. Meu mundo. Os fantasmas de padre Hermógenes já deviam estar se amotinando na nascente do Formoso, parece que um já molestava Nossa Senhora dos Mortos.

Vivo rodeado de meus fantasmas. Converso mais com eles do que com o Senhor. Já quanto aos fantasmas dos outros... Deles só não tenho medo se estou bebendo. Um gole na marvada e podem me convocar para sessão de Ouija, centro espírita, umbanda, o que for. Converso com as almas, conto piadas, tiro para dançar, me acoito

com elas. Osimande e eu vivíamos caçando almas penadas no cemitério, lembro-me de ter me atracado com umas três ou quatro. Mas sóbrio... Não chego nem perto do cemitério, igreja menos ainda, que os
santos são os piores fantasmas. Nosso Senhor Jesus Cristo Seu Filho
também é um fantasma e tanto, não é? Vai julgar vivos e mortos por
coisas que nossa consciência não guardou. O Senhor tudo sabe, não
conhece o terror dos amnésicos. Diante de Seu Filho, que certamente
terá aquela enorme lista de coisas que fiz e das quais não me recordo,
como poderei me defender? Não posso ter feito isso, Senhor. Não me
recordo disso, Senhor. Não me diga uma coisa dessas, Senhor!... Jesus
Cristinho, como Osimande gostava de chamá-Lo, vai me apresentar a
um eu que na verdade não conheço, o eu dos dias perdidos.

O final de nossa orgia na Cacau, por exemplo. Acho que foram três semanas fora do ar. Vinte e um dias inteiros para serem co-
brados por Jesus Cristo no Juízo Final, e eu não saberei o que dizer.
Como posso gostar de fantasmas? Diante da situação, a cidade sendo
invadida pelas hostes do demônio, eu tinha duas opções: ou enfiava
o rabo entre as pernas ou tomava uma atitude de homem. "Josimar,
encha o copo", eu decidi, apontando para a Caminho da Cova que seu
Genaro bebia. "Anacleto Vianna vai matar uns fantasmas". Tomei de
um trago, peguei o taco de sinuca, os outros se formaram em volta.
Além de Osimande e seu Genaro, estava Bernardino, filho de Catilina,
garoto letrado, gostava de se misturar conosco para ouvir histórias, o
Senhor deve se lembrar dele. Terêncio, filho de dona Carlota e seu
Arnildo, que morreria atropelado pela antiga maria-fumaça, também
estava lá. Foi quem liderou a subida até a Igreja. Nós nos aproxima-
mos pelos fundos, de onde se podia ver a sombra da Virgem a velar
o cemitério adiante. Cheio de razão como eu estava, tomei a frente,
escorreguei o corpo pela parede de tijolos em direção à imagem da
santa. Vi primeiro a base de granito preto, então o vestido azul, o braço esquerdo, a auréola, o outro braço e, santo Deus, havia mesmo um
fantasma ali! Voltei-me para os outros com o indicador nos lábios,
armei o taco de sinuca e me atirei sobre a alma penada. Foi um erro,
o Senhor sabe. Meio desequilibrado, acertei o braço esquerdo da Virgem, que voou longe e desfez-se em pó nos degraus de cantaria da Sé.
Não consegui me corrigir, trombei de frente com o pedestal de pedra,

bati com a boca no granito que sustentava a imagem. Na queda ainda abri o nariz com a parte bojuda do taco, uma pantomima de mau gosto que me arrancou dois dentes. Para piorar, o fantasma veio para cima de mim, aquela túnica branca soprada pelo vento querendo me levar deste mundo. Comecei a espernear e a gritar "sai de mim, coisa--ruim, sai, sai!" Os outros gritavam também, "te exorcizo em nome de Deus, santo é o nome do Senhor!" Em meio à balbúrdia ouvi sua voz imperiosa, a mão do Dito em minha boca. A mão sulfurosa do Demo! Ele disse: "Cale essa matraca, Teteco! Quer acordar os mortos? Nem pagar uma promessa em paz eu posso!" O fantasma, o Senhor talvez se lembre, era Celestina das Flores. Ainda posso vê-la. A túnica branca lhe cobria o corpo, só se viam mãos e rosto, os olhos chispando de raiva. Trazia uma trouxa de roupas na cabeça, como se fosse uma lavadeira de volta do Formoso. Senti o cheiro de seus seios gordos de leite. Era mesmo minha Tina.

Mulher da vida não tinha permissão para circular por aqueles lados da cidade, e a punição era a prisão sem recurso e a excomunhão. Prisão as meninas não temiam, que estavam acostumadas. Mas excomunhão? Danação eterna nas labaredas do inferno? Pena severa demais para moças de vida fácil. Todas contam com a compreensão do Senhor, não é? Maria Madalena foi perdoada, afinal de contas. O problema é que padre Hermógenes não pensava igual. Era um energúmeno, o padre, o Senhor me perdoe a blasfêmia. Ele gostar de garotos até que era de menos, não me incomodava como a Osimande, que quando soube disse que ia atear fogo à Igreja. Eu, não. Gostava de pensar que o padre estaria comigo no inferno algum dia, que o pé--de-cabra teria alguma coisa bem especial para ele. O que me deixava injuriado era ele dizer que mulher da vida não tinha alma, que era apenas corpo em fogo. Como uma vaca ou uma cabra. Atitude indigna de um padre, o Senhor não concorda? Pois se as putas não podiam ser salvas, de que servia o padre, afinal? Um padre impotente diante do mal não é digno de falar em Seu nome. Ao menos é o que penso. O Senhor não teve parte na escolha de alguém como ele, teve? Eu não tinha razões para não frequentar Sua Igreja?

Minhas putas não concordavam comigo. Era para não carregar pela vida o peso da excomunhão que mantinham distância da Sé. Hoje ninguém dá a menor importância a isso, o Senhor está careca e barbudo de saber. Mas os tempos eram outros. Tina sonhava ser acolhida pelo Senhor, mesmo de madrugada era um risco para ela estar em Sua Morada. "Seu filho quase morreu no mês passado, Teteco", ela disse, me ajudando a sentar. Com uma ponta da túnica estancou o sangue que jorrava de meu nariz. "O menino pegou minha gripe", ela continuou, "que virou pneumonia, depois otite, depois sinusite e nefrite e não sei mais que ite... Doutor Justo o desenganou. Entreguei sua alma à Virgem, prometi que se ela salvasse nosso Marcelino eu arriscaria meu lugar no reino dos céus rezando sete noites seguidas nas escadarias da Igreja. Nossa Senhora é mãe, sabe o que passei. Salvou o menino contra todos os prognósticos. Um milagre". Tina segurou meu rosto em suas mãos, mirou-me nos olhos. "E ainda me trouxe você, a minha santinha". Puxou-me para si, abraçou meu corpo dolorido. Apertei meu peito contra seus seios enormes, senti o cheiro do leite que porejou por seus mamilos misturado ao sândalo que ela esfregava nos cabelos. Desejei sua carne tenra, pensei nas coisas que queria fazer com ela, pensamentos que guardo para mim, que esses o Senhor não precisa conhecer. Quando nos separamos, os caça-fantasmas haviam nos rodeado, esperavam não sei o quê de nossos corpos reconciliados. Seu Genaro arranhou a garganta, pediu desculpas, disse: "Sei que não é hora disso, estamos todos excitados etc., mas o que vamos fazer com a Virgem? Sem um braço, como é que ela vai segurar as almas?" Osimande começou a rir de novo. Seu Genaro fez que não era com ele. Prosseguiu: "Quando o pessoal chegar aqui para a missa das seis vai ser um Deus nos acuda. Vão pensar que o ataque das almas já começou...Que chegou a hora da danação de Floral". Apenas Osimande ria. "Vão incendiar a Rua das Flores", eu enfim ponderei, e Osimande parou de rir. Demorou para que caísse em si. "Vão cair com tudo em cima de nós", ele disse, depois de retomar o fôlego, os olhos a procurar os fantasmas que se acumulavam à nossa volta.

Nenhum de nós planejou o que veio depois. Quer dizer, aquilo não podia estar escrito em nosso destino coletivo, nem mesmo o Senhor teria tomado aquelas decisões catastróficas em série como tomamos. Lembro-me perfeitamente de ouvir Bernardino sugerir uma saideira no bar de Josimar. "Lá pensaremos melhor", ouço-o dizer. No caminho, Tina lamenta sua sina: "Quando a notícia descer o morro", ela murmura, a cabeça aninhada em meu pescoço, "minha promessa vai por água abaixo". Eu digo que a Sé há de se precatar, vão pôr alguém para proteger a santa. Ela aperta a minha mão, talvez espantasse um arrepio. "O que acontece se eu não pagar a promessa, Teteco? Será que vou para o inferno?" Não tenho a menor ideia, o Senhor sabe, nunca fiz uma promessa na vida. "Teteco entende disso tanto quanto você de motor de helicóptero", diz Osimande. É Bernardino quem a tranquiliza: "Uma promessa é como uma dívida, mas Deus é cobrador indulgente, talvez magnânimo".

"Talvez?", seu Genaro se intromete. "Sim, talvez. Só saberemos tarde demais, não é verdade? Mas não se apoquente, Tina, você só precisa ter o cuidado de pagar a promessa antes de morrer. Senão sua alma vai ficar penando por aqui até que alguém se compadeça e se penitencie por você". O garoto olha para mim, tem um sorriso maroto nos lábios. Tina também ri, a mão aberta diante da boca a esconder as cáries. Conheço a menina, há apreensão em seu sorriso acanhado. Digo para ela não se preocupar, mesmo que todas as almas do outro mundo se mobilizassem contra isso ela pagaria a promessa que salvara o menino. Não me atrevo a dizer "a promessa que salvou nosso filho", como ela talvez preferisse. Ver-me em Marcelino levaria ainda algum tempo. Agora há outras urgências.

Josimar está à soleira do bar quando chegamos, prepara-se para baixar a porta de aço. Reluta um instante, diz que a esposa está doente, precisa dele. Bernardino narra o acontecido, Josimar coça a cabeça, os pelos grisalhos cortados rentes. "Vamos levar a santa para a Rua das Flores" o garoto diz num desatino, "e precisamos do senhor, seu Josimar". Josimar encara Bernardino, depois Osimande, depois Terêncio. Estão todos impassíveis, só eu sei que a surpresa lhes consome as entranhas. "Vocês estão é bêbados!", Josimar diz, peremptório. Osimande puxa-o para dentro do bar, entramos todos. Terêncio pula por sobre o balcão, apanha a Caminho da Cova, distribui os copos. Bebemos sem brindar. "Se é para bulir com a Santa podem arranjar outr", Josimar insiste depois de matar a cachaça. "Ela mantém as almas em paz, minha gente! Tem muita alma presa entre este mundo e o inferno... Nem o demônio quer o fantasma de um Argemiro Malsão ou de um César Pedrosa!" Terêncio bate três vezes na madeira, faz o sinal da cruz.

Puxo uma cadeira para Tina, sento-me ao seu lado, digo que é injusto juntar Argemiro Malsão e seu Pedrosa num pecado só. "Argemiro era matador de aluguel, homem de tocaiar, mereceu a morte que teve. Seu Pedrosa não era assassino frio". Osimande concorda com um aceno de cabeça, Bernardino quer saber quem é César Pedrosa. Josimar cospe de lado. "Abriu a cabeça da mulher com uma machadinha", ele diz, "depois arrancou as tripas de Maneco Leiteiro. Triturou os dois no moedor de cana da fazenda de seu Hermenildo".

"Perdeu o juízo ao saber da traição da esposa", Osimande acrescenta. "E concordo com Teteco, crime de paixão e crime de tocaia abrem covas diferentes no inferno". Josimar toma outra cachaça, acende um cigarro, puxa a fumaça como se estivesse para desencarnar. "Os dois foram linchados em ajuntamentos de morte", diz, parecendo aflito. "Foi mais ou menos na mesma época, no de Argemiro levaram ganchos, garfos, espetos, um tição e outras coisas de minha ferraria, que o feioso morava aqui perto. Dizem que a alma dele arrasta uma picareta pelas vielas do cemitério nos meses de setembro. Seu Pedrosa também continua por aqui à espera de alguém que encomende a dele. Ninguém se atreve, talvez com medo de o espírito encarnar". Seu Josimar esfrega as mãos, a cabeça para lá e para cá num não enfático. "Não tiro a Santa de lá nem se vocês me prometerem o paraíso!"

Vejo tudo como agora, o Senhor pode ver também? Acendo um cigarro, Osimande acende a luz sobre a mesa de sinuca, brinca com as bolas. Seu Genaro se impacienta: "Deixe disso, Josimar! Esse negócio de alma penada é invencionice de padre Hermógenes para acabar com a zona. O garoto teve uma grande ideia e você vai nos ajudar!"

Naquele tempo a Rua das Flores era diferente, o Senhor por certo não se lembrará. Não passava de um quarteirão alongado, escondido entre o rio Tainha e a mata. Puteiros, bares, casas de sinuca, um salão de baile, uma padaria, uma leiteria e alguns terrenos baldios empestados de mosquitos, era isso a rua. O Pai ainda não construíra a ponte que hoje leva ao leprosário, a única maneira de chegar era através da linha férrea, que cruzava o rio mais de um quilômetro ao norte. Cruzada a ponte, precisávamos deixar os carros na boca da Rua das Canelas, que terminava uns trezentos metros antes de a rua começar. Geografia própria para a boemia, até o Senhor concordará. Uma vez cruzada aquela fronteira, estávamos em outro planeta. Um lugar sem lei... quer dizer, sempre há regras não escritas, não bater nas moças, não bulir com elas se estiver doente das vias, não entrar armado, essas coisas que alguém sempre burlava, que o álcool é mau conselheiro. Para esses casos havia a turma do deixa disso, a zona era anárquica como Axelville — Xerife Johnson diz que uma cidade é como mulher, fica ruim se tiver regra demais para administrar.

Nossa Rua das Flores era assim, uma corda ligava os dois postes de luz logo na entrada e nela algum gaiato pendurara uma placa de madeira onde se lia: "Deixai aqui toda a tristeza, vós que entrais", nossa carta constitucional. Depositar a Santa bem ali, sob nossa constituição, me pareceu ideia das mais insensatas. "Não, Teteco, veja que genial", Bernardino retrucou ao meu comentário, os olhos faiscando, "vamos matar dois preás com um tiro só. Quando descobrir que a Santa foi violada, que perdeu um braço, o padre vai atiçar a turba com tanto ódio que vão querer incendiar a zona. Isso é líquido e certo. Nossa única salvação é a Virgem, quer dizer, usar a arma do padre contra ele mesmo".

Seu Genaro não compreendeu, Bernardino precisou explicar. "A Santa perdeu um braço, não perdeu? Se ficar aqui, vai deixar o vigário furibundo. Ele vai atiçar a cidade de qualquer maneira, o Rotary vai se mexer, no fim do dia a zona será um monte de cinzas. O melhor é levar a santa para lá. Duvido que alguém se atreva a molestar uma comunidade velada por Nossa Senhora dos Mortos. O mais provável é que se ajoelhem pedindo perdão diante do milagre".

"Mas que milagre, homem de Deus?", Tina perguntou, desentendida. Bernardino sorriu. "Ué, isso de a Virgem descer o morro pra proteger mulheres da vida, vagabundos e bêbados, da fúria de uma cidade cega pela vingança!" O garoto estava em triunfo. "E vingança é pecado mortal, alguém vai até nos agradecer por ter impedido a carnificina. A zona vai se tornar um lugar sacrossanto, seus pecados bentos pela santa maneta. E pra completar, você não precisará subir até aqui de madrugada pra pagar sua promessa. Vai fazer isso lá mesmo, a qualquer hora do dia, por quantos dias quiser".

Bernardino estava inchado de tanta jactância. Osimande aplaudiu, morrendo de rir. Disse que o garoto merecia uma estátua. "Onde é que você andava, guri? Em algum sanatório para lunáticos? Nunca vi plano mais descabeçado!"

"Quando a cidade descobrir que roubamos a santa, aí é que o mundo se acaba", Terêncio sussurrou, como se com medo das próprias palavras. "Teremos uma guerra civil em Floral, todos contra a Rua das Flores".

O resto o Senhor se lembrará. Matei a hesitação de Josimar ao perguntar se éramos homens ou ratos. Josimar partiu para cima de mim, foi segurado por seu Genaro, Osimande armou-se com bolas de sinuca. Tina começou a gritar. Aquilo durou um segundo, Josimar não faria nada contra mim. O álcool, o Senhor sabe... Terêncio saltou por cima do bar dizendo que não tinha medo do vigário, "vamos acabar com isso de uma vez", e aquilo foi como uma ordem unida. Em um instante estávamos na rua, em outro separávamos a estátua de seu pedestal. Josimar usou uma serra de fita para serrar o metal, que ele lixou e depois poliu com Kaol até o latão luzir sob as estrelas do céu sem lua. Qualquer um diria que a Virgem tinha deixado de moto próprio Sua Morada e flanara invisível morro abaixo para proteger os devassos da insânia de padre Hermógenes.

Fomos com a santa na Rural-Willys de Bernardino, dando a volta pela ponte da fazenda de seu Catilina. Era um risco, se o velho estivesse acordado — e ele acordava com as galinhas, como todos os outros —, sobraria chumbo para todos nós, mas entrando pela fazenda dele podíamos chegar de carro até os fundos da Rua das Flores, dando a volta pelo Morro da Pimenta. Lá, Emerenciana ofereceu o altar de cerâmica floreada de onde, por anos, São Jorge vigiara o movimento dos clientes em seu salão. "Meu santinho não se incomodará", ela disse, sob o olhar adocicado da Virgem, "é por uma boa causa". Nele pousamos a santa sem braço, sua face pia voltada para a rua. Sentei-me diante dela. As luzes da cidade eram bulbos de flash em meus olhos atordoados. "Isso não vai dar certo", eu disse para meus botões. "Agora é tarde, meu filho", Osimande cochichou em meu ouvido. "Se não quiser ver o mundo acabar, melhor sumir daqui".

Emerenciana quis saber como a santa perdera o braço. Osimande mentiu, disse que ele se partira quando a colocávamos no carro. Sem tirar os olhos da imagem alquebrada, perguntou por que não pedíamos a Ronivaldo para colá-lo. Era um encanto de tão singela, a Emerenciana. Não perguntara por que a Virgem estava ali, não recusara a ajuda que pedíramos, não tinha ideia do que estava por vir. Apenas tinha o peito comiserado diante da imagem maneta da Virgem. "A coitadinha não pode ficar por aí desse jeito", ela choramingou, "como se estivesse em dívida com alguma entidade malsã..."

Ronivaldo tinha uma cerâmica perto da Igreja, o Senhor se lembra? Prefeito Tolentino dizia que seus vasos, potes, pratos, tigelas, canecas, travessas, assadeiras e tudo o que o Senhor imaginar eram importantes produtos de exportação de Floral. Eu ria daquilo, Floral exportando potes, onde já se viu? Mas Roni também fazia santos de barro, que ele pintava e expunha na porta de Sua Morada. Para nada, eu pensava em minha ignorância, quem quereria aqueles santos miudinhos e sem graça? Aquilo devia ser um passatempo, uma fixação doentia. Ele talvez gostasse de estar entre os santinhos, talvez lhe trouxessem conforto ou segurança, ou talvez se imaginasse mais perto do Senhor. Eu estava enganado quanto a isso, como descobriria em seguida, mas se havia alguém capaz de reconstituir o braço da santa, esse alguém era Ronivaldo Feliz. Mesmo todo dolorido e deformado, me dispus a ir ter com ele. Bernardino disse que me carreava, e Osimande decidiu nos acompanhar. Lembro-me do olhar de piedade da Virgem para conosco. Eu tinha certeza de que nunca mais a veria, talvez não veria nem mesmo a luz do dia. Tina deu-me um beijo no rosto, desejou-nos boa sorte e voltou para seu puteiro, indiferente à catástrofe que se anunciava.

Roni dormia com as galinhas e acordava com os galos, isso era sabido. Quando chegamos a sua casa, ainda bem antes das seis, ele já trabalhara por pelo menos duas horas. Abriu a porta em fresta, já estava vestido para a missa. Ouvira falar de nós, Osimande e eu, "mas é claro, por favor, entrem, a casa é nossa, como vai seu pai, Anacleto?" Apontou as cadeiras em volta da mesa da sala. Nos sentamos, houve um silêncio constrangido, Ronivaldo não tirava os olhos de

Bernardino. Talvez o medisse para guardar na memória seus cabelos cacheados e as bochechas de querubim. Aquilo durou uma eternidade. Bernardino ficou ali, com os olhos nas mãos, imóvel como uma estátua. Osimande pigarreou, disse que "tínhamos pressa, seu Roni", e ele pareceu acordar de um sonho bom. "Sim, desculpem-me, mas esse menino... Desculpem-me. Quem morreu? Vocês vieram encomendar um túmulo?"

"Ninguém morreu ainda, seu Roni", eu falei. "Mas pode morrer muita gente se o senhor não nos ajudar". No açodamento, Osimande e eu cuspimos a história para ele, cada um cobrindo os buracos da fala do outro, e em minutos ele sabia da promessa de Tina, do acidente com a santa, do roubo, da Rua das Flores. "Precisamos reparar o malfeito, vai ser um Deus nos acuda, uma revolução e coisa e tal".

A tudo Roni ouviu com o que me pareceu um desprezo olímpico. Estávamos tontos, certo, e ele deve ter pensado que eu apanhara para estar ali, o rosto deformado como estava o meu. Não éramos pessoas críveis. Troquei olhares com Osimande, nosso fracasso parecia iminente. Depois de pensar um pouco, Roni puxou um saquinho de couro de um dos bolsos da camisa branca. Abriu-o com intimidade, expôs o fumo de rolo já destrinchado. Do outro bolso sacou uma palha de milho, lixou-a uma, duas, três vezes com o canivete que estava sobre a mesa. Enrolou o cigarro num movimento limpo, lambeu a palha antes de selá-lo, depois bateu uma das extremidades na unha do polegar. Levou o palhoso à boca. Acendeu-o com uma velha binga a querosene.

O ar da manhã foi tomado pelo odor adocicado do fumo de corda. O fumo tem a propriedade estranha de pacificar as querelas, o Senhor não crê? Diante da imagem de Roni a puxar a fumaça, e a soprá-la no ar empoeirado de sua sala, minha tensão se esvaiu. Olhei para Osimande, em seu olhar li que Roni tinha a solução para nosso desespero. O santeiro se ergueu devagar, fez um sinal para Bernardino como quem diz "não saia daí, seu fedelho", e pediu que o acompanhássemos. Osimande seguiu na frente. Com um gesto, pedi compreensão ao garoto e fui também.

Jamais esquecerei o que vi no estúdio de Ronivaldo Feliz. O

homem não era um poteirinho, um santeirinho das horas vagas. Era um artista! Um artista fabuloso escondido pelo muro do antigo Convento das Carmelitas e pela extinta Pedreira das Almas, que ficava na parte dos fundos do terreno e hoje é aquela cratera pestilenta, mas na época impedia que se visse o monstruoso galpão em três pavimentos pendurado morro abaixo onde o escultor produzia suas obras com a dedicação de um monge.

Não, não entendo de arte, não tenho a Sua pretensão. Antigamente, o povo pensava que a arte era um sopro Seu traduzido em artifícios humanos, indecifrável, portanto. Li numa *Seleções* que Michelangelo queria tocar o Senhor quando esculpia ou pintava, como se o Senhor tivesse alma ou algo assim. Nisso, acho que se equivocava. O Senhor é tudo, todas as almas, então não pode ter uma, não é? Pelo menos foi a conclusão que tirei naquela noite em que o Senhor fez ferver meu laguinho socrático: que o Senhor é um desalmado. Sem alma, como pode ser tocado pela arte? Como pode soprar inspiração no coração de um artista como Ronivaldo Feliz? Porque entrar em seus galpões sufocou-me. Na hora pensei que fosse a marvada, eu precisava de outra rápido. A abstinência provoca em mim um desejo de morte, um aperto, uma gana de sair correndo de qualquer lugar onde esteja para o boteco mais próximo.

Mas eu não queria sair dali. A sufocação me amarrava ao terreno do ateliê de Roni, eu me sabia nele e via um outro mundo. Vi urnas funerárias de todos os tamanhos, lápides de mármore com réplicas de esculturas gregas, grandes pratos coloridos para oferendas em cemitérios, uma infinidade de anjos, santos, cruzes e símbolos religiosos espalhados pelos galpões, aquilo foi um choque! Lambi as esculturas com olhos ávidos, estava maravilhado, sei que Osimande também, porque seu cigarro queimou sozinho entre os dedos. Não ouvi um gracejo, um comentário, um suspiro. Caminhamos por labirintos margeados por obras fantasmagóricas, o busto de seu Herculano Constante ainda inacabado, um globo terrestre enorme cavado no mármore, uma ninfa jogando flores numa fonte, amantes se beijando recostados numa árvore frondosa, outros enroscados um no outro, e eram tão perfeitos que não resisti, toquei a pele do seio da moça, levei um susto com sua frieza, que também estava em suas nádegas, em suas pernas, seus pés, aquilo era uma afronta aos sentidos. A moça parece que se derretia de paixão, devia estar queimando por dentro, uma ordem minha e ela teria feito explodir o mármore que a aprisionava.

Mais ao fundo havia uma réplica perfeita da porta de madeira do antigo Floral Clube, o fauno dos sonhos de Florenciana a contemplar seu futuro sombrio. Aproximei-me, toquei as figuras em relevo. Ouvi o "Danúbio Azul"... Vi Isaura Constante em seu vestido de tafetá a rodar no centro do salão de baile, sua tiara de pérolas refletindo meu desejo. "Foi Licurgo quem encomendou", Roni falou, expondo meus pensamentos. "A porta, foi meu bisavô Vivaldino quem entalhou. Herdei as ferramentas dele, em uma das caixas havia um caderno com os planos da obra. Ele desenhou cada detalhe..." Não sei se me voltei para ele ou se permaneci perdido na festa de Isaura Constante, mas ouvi-o dizer que Licurgo ficara com remorso depois de destruir a porta, queria fazer uma surpresa a Florenciana. "Sua irmã é mesmo uma princesa, não é?", ele acrescentou, e talvez tentasse me trazer de volta ao mundo. "Licurgo passou por aqui no outro dia, pagou pela porta e desapareceu. Parece que sua irmã está prometida para outro". Osimande me cutucou, "acorda, homem", ele disse, "o dia clareia". E para Ronivaldo: "Sim, nossa Flor tirou a sorte grande. Vai encarar um Ramos Constante". Impacientava-se, o Osimande. Mas Ronivaldo era um gênio, se eu pudesse ficava ali para sempre. O que ele estava fazendo enterrado em Floral? "É uma história longa", ele nos disse, apontando a escada em caracol que descia ao terceiro pavimento, "mas só revelo quando a dádiva se consumar".

Acho que isso nunca aconteceu, ninguém jamais soube da promessa feita à mesma Nossa Senhora dos Mortos que nos trouxera até ali. Mas isso agora não tinha a menor importância. Ronivaldo acendeu as lâmpadas seriadas que pendiam da viga mestra do galpão, mostrou o caminho, num dos cantos derreou uma manta branca empoeirada e lá estava ela, Nossa Senhora dos Mortos. Inteirinha. Intacta. Como se tivesse ressuscitado. Nosso espanto talvez tenha divertido Ronivaldo, que nos observava com um sorriso nos lábios. Era a santa, não havia dúvida, o mesmo olhar adocicado e misericordioso, as mesmas dobras na túnica azul, as mesmas mãos delicadas, seus dedos em leve flexão, a atitude angelical. Mas eu tinha certeza que destruíra aqueles dedinhos com o taco de sinuca! Cheguei perto, toquei o braço da imagem. Comecei a tremer. Minhas pernas bambearam, estava prestes a cair de joelhos diante de Nossa Senhora. Não fosse por Osimande, teria caído mesmo, o que o Senhor queria? Aquilo sim, era um milagre.

"Que é isso, Teteco!", Osimande me repreendeu baixinho, segurando o meu braço. "Olha o vexame, homem! Quer destruir nossa reputação?" Ronivaldo aproximou-se, "fiz quatro", ele disse por sobre meu ombro, sem nenhuma emoção na voz cavernosa. "São de porcelana, sabem? Uma estourou no forno. A outra está em Sentinela do Carmo, que o arcebispo ficou fascinado quando passou por Floral anos atrás. Lá, a imagem representa Nossa Senhora do Encantado. Sobrou esta aqui. É de vocês, podem levar. E é melhor correr, porque dona Cotinha já deve estar subindo o morro".

Suas palavras acenderam meus sentidos. A Mãe saía de casa cedo, subia a ladeira devagar para dar tempo de rezar o terço e era sempre a primeira a chegar para a missa das seis. Roni nos indicou um velho carrinho de mão, fez nele uma cama com cobertores velhos, nele deitamos a virgem, e ele nos ajudou a empurrar por um caminho lateral sulcado no terreno que levava até a rua, no alto. Osimande foi por Bernardino, que ficou paralisado diante do milagre da santa. "Como é que vocês?..." Eu cortei, "agora não, mais tarde a gente explica. Mexa-se, que estamos precisando de seus braços!" A Igreja ficava a uns cem metros subindo pela Monte Carmelo, rua de paralelepípedos que a roda de ferro do carrinho não gostou de cruzar, o Senhor se lembrará. Foi duro. Paguei uma boa penca de pecados, espero que Seu Filho se lembre disso. Ao chegar aos pés da escadaria da Igreja púnhamos os bofes para fora, Osimande e eu. Roni sorria, seu olhar era uma frase de efeito, como se dissesse: "tenho pelo menos duas vezes a idade de vocês", ou "veja ao que a pinga reduz um pecador..."

Mas ele nada disse. Abaixou-se, cingiu a santa, inspirou, contou até três e, céus! Nossa Senhora dos Mortos estava nos braços dele como se fosse minha alma recém purificada! Embotado de cansaço como eu estava, não me dei ao trabalho de refletir sobre aquele evento surpreendente, Ronivaldo Feliz a subir a escadaria levando uma santa de mais de cem quilos como se ela fosse uma ninfa sob as águas. Subimos atrás dele, ajudamos a pousá-la no pedestal. Faltavam uns dez minutos para os sinos.

Anjo da guarda de bêbado trabalha muito, o Senhor é testemunha. Osimande dizia que eu tinha bem uns três a se revezar dia e noite à espera de uma oportunidade de provar seu valor ao Senhor e, quem sabe, conseguir uma promoção na hierarquia do céu. Pode até ser, mas naquela manhã estavam todos de ressaca. Quem podia imaginar que Padre Hermógenes apareceria no justo instante de meu alumbramento? Sim, porque eu estava com os olhos pregados na santa, fulminado por seu olhar enternecido. Ela parecia que nos perdoava...

Nunca ninguém me perdoara por coisa alguma. Aquele olhar era um alento. O Senhor se lembra se rezei? Devo ter rezado, porque não vi o vigário abrir a porta lateral da Igreja. Não vi que partia para cima de nós, talvez imaginando que bulíamos com a santa. Tivesse visto, teria arrancado Osimande dali antes que ele pudesse fazer o que fez. Mas quando dei por mim ele já xingava o padre de pederasta, invertido, celerado dos infernos, deflorador de frangotes, emissário do capeta e aquelas coisas todas que o Senhor deve ter ouvido, que foram empurrando o vigário de volta para a Igreja como se fossem lanças afiadas de um exército de ocupação. Osimande era um monte de homem, forte como um touro, e aquela voz de barítono, rival de Nelson Gonçalves, investia e estocava com xingamentos cada vez mais assustadores. De onde ele tirava aqueles demônios todos? Para alguém que não acreditava no inferno, quero dizer. Acho que ele tinha ideia de finalmente atear fogo à Igreja, essa promessa iluminara já nem me lembrava quantas noitadas nossas. Entendo que o vigário começasse a gritar.

O Senhor se recorda? Ele estacou sob o batente da porta de Sua Morada e gritou e gritou e gritou, como se um gato lhe escalavrasse as entranhas tentando um caminho para fora daquela barriga de cerveja. Pensei que ele viraria do avesso. E ele gritava como uma frutinha, não é? Um molestador de crianças, era o que ele era, afinal. Osimande marchava na direção dele cuspindo marimbondos e ele ali, aterrado, a gritar, os braços em xis diante do rosto crispado. Por que não correu para dentro da Igreja? Por que não fechou a porta, passou os ferrolhos e foi se esconder na sacristia ou debaixo de um dos bancos carpintados pelo Pai? Nunca compreendi isso. Será que estava cansado de ser o que era? Será que seus pecados estavam pesados demais? Padre Hermógenes não era homem pio. Sua pança não era pia. Seus gritos não eram pios. Não tenho nada contra nós, os ímpios, mas não deveria haver padres nessa confraria. Covarde demais para deixar de ser o que era, talvez tenha decidido que o melhor era entregar a vida nas mãos de Osimande. Que não precisou fazer nada, o Senhor sabe, o padre teve a síncope antes que ele lhe deitasse as mãos nos cornos. Disseram que foi o coração, mas eu sei que foi medo. Terror. Culpa.

Ou foi o Senhor? Se foi, por que usou Osimande para Seus desígnios? Logo ele, que não cria? Como não consigo entender, prefiro pensar que foi o coisa-ruim, que deve estar brincando de esfolar o padre e colar a pele de novo e esfolar de novo e de novo, um dia depois do outro para o resto dos tempos. E Osimande deve rir dessas maldades sulfurosas, pode ser até que toque um tango de Gardel, os outros apenados rodeando e aplaudindo o espetáculo dos dois.

Essas coisas pensei depois, porque ali, diante de Osimande a sacudir o padre e a berrar "acorda, sua putinha descarnada, abra esses olhos bastardos que eu vou arrancar os dois com os dentes", não consegui atinar uma ideia que fosse. Só pensava em sair correndo dali. Bernardino foi o único a organizar pensamentos limpos, "isso aqui vai encher de gente num triscar de espora", ele berrou para Osimande. E para mim: "Sua mãe já cobriu metade da ladeira, Teteco, a gritaria das beatas vai atiçar o povo, vão querer linchar a gente!"

Linchar. Ajuntamento de morte. Sair correndo dali. Osimande continuava de punho erguido, pronto para o golpe de misericórdia no vigário quando ele acordasse. Mas ele não acordava e a gente precisava sair dali naquela hora! Corri para ele, falei que o velho tinha estrebuchado, "vamos cair fora, homem, o mundo vai se acabar se nos pegam aqui". Osimande tinha os restos do padre seguros pela batina, a manzorra agarrada aos botões na altura do peito vazio de vida, a mão direita fechada como uma marreta a espera de um movimento qualquer... Mas, obra Sua, o padre já não estava mais aqui.

A frustração nos olhos de Osimande... Ah, como me lembro disso até hoje... "Invertido dos infernos", ele disse, soltando o pacote de carne velha sob Seu batente. "Invertido dos infernos", ele repetiu quando descíamos a rua, de volta ao estúdio de Roni. "Vocês viram como ele se borrou todo? Gritando como uma gralha velha... Porra, nem quebrar o nariz dele eu pude!" Osimande estava transtornado pelo ódio, o Senhor entenda, não pensava direito. Se tivesse matado padre Hermógenes, quer dizer, se tivesse lhe quebrado a cabeça ou o nariz ou a espinha e não apenas servido de Seu emissário para o ataque do coração, teria que deixar Floral para sempre. O padre bolinava os coroinhas, certo. A cidade toda sabia, mas fazer o quê? Era o homem que perdoava os pecados de todos, que abria os caminhos até o Senhor. Floral ainda não tinha perdido Sua atenção, naquele tempo o povo ainda achava que havia esperança, que podia ser salvo, que a bacia das almas era em outro lugar, muito longe daqui. Hoje já não haveria lugar para um celerado como o padre, que teria o destino de Ermando e coisa e tal, mas naquele tempo? Osimande viraria comida de cachorro, isso era líquido e certo.

Roni, que salvara Floral de uma guerra civil mas até ali não dissera palavra, falou que não lamentava a morte do vigário. "Eu deveria ter ficado para ajudar, as beatas vão ficar histéricas, mas padre Hermógenes não merece minha compaixão". E depois de pensar um pouco: "E até que você tem senso estético", disse, voltando-se para Osimande. "A cena toda foi muito... plástica, se posso dizer assim. O padre morrer sob o batente da porta, contra o claro-escuro do interior da Igreja, a noite resistindo à luz de Deus sobre nós... Deu-me a ideia para a lápide dele, que a isso não poderei me furtar". Ao fundo, os gritos e a choradeira das beatas. "E não se preocupem", Roni continuou, "se for o caso testemunho em favor de vocês. O padre morreu de morte morrida..."

Osimande — o Senhor se recorda? — ficou com os olhos marejados. Chegou-se a Roni, apertou-o num abraço agradecido, desses que não dava em ninguém que não fosse Odília. O artista não disse nada. Desvencilhou-se, entrou, fechou a porta atrás de si. Talvez tenha acendido um palhoso antes de retomar a lide de cavar almas nas pedras de mármore. Não há mais homens assim em Floral, o Senhor há de convir.

Ficamos ali por um momento, sem saber o que fazer. "Veja pelo lado bom", eu falei por fim. "O capeta deve estar espetando umas lanças de fogo no rabo do padre". Osimande olhou-me com desdém. Disse: "Sou capaz de começar a acreditar no capeta, se ele der ao padre o que ele merece". Ninguém riu, que o clima não era bom. Melhor fazer o que precisávamos fazer. Pegamos o carro de Bernardino e fomos para a zona. No caminho, Osimande ponderou que talvez fosse melhor tirar a santa da entrada da Rua das Flores. "Você me desculpe, Bernardino, mas mesmo com o padre desencarnado seu plano endoidecido vai dar motivo para fecharem nosso paraíso!"

"Acho que Tina deve ficar com ela", sugeri, dando razão a meu cunhado. "Só nos metemos nessa por causa da promessa pela vida do Marcelino". O silêncio dos dois selou o destino da santa. Talvez o Senhor saiba que ela permanece no puteiro de Celestina das Flores. Ronivaldo fez um novo braço, pintou de vermelho sua túnica, Tina rebatizou-a de Nossa Senhora das Mercês. Está lá, a abençoar o pecado da carne no ato em que o praticamos.

Voltei a frequentar minha Tina, afeiçoamo-nos de novo, ela nunca mais tocou naquela história de casamento. O tempo passou... Fico pensando se o Senhor viu Marcelino crescer rodeado de putas. Se não viu, perdeu. O fedelho era uma história. Foi Elacir quem chamou minha atenção. "Veja como o menino ajeita o cabelo, Teteco. É igualzinho a você!" Fiquei estarrecido com aquilo. Ninguém em Floral ajeitava o cabelo daquela maneira além de mim, fazendo pente com os dedos em garra e jogando os cabelos para trás, coisa de que já não posso me gabar. Pois o garoto fazia exatamente igual com sua mãozinha indecente. Durante um passeio pela praça principal numa noite de lua, Gerlande disse que o menino tinha o pipiu grande e torto como o meu. "Vai fazer sucesso na zona como o pai. Ainda mais com aqueles olhinhos claros!" Senti uma coceira no pescoço, passei a prestar mais atenção no moleque. Com o tempo, já não podia dizer se ele tinha meus trejeitos porque eu os visitava sempre, ou se aquilo era minha herança genética. Por via das dúvidas, e depois de uma carraspana do Pai, assumi seus estudos. Não era grande feito, o Senhor sabe.

A escola era de graça, os livros e cadernos era Florenciana quem dava. Mas eu me sentia responsável por ele. Dizem que uma criança precisa de pai, que isso de crescer em puteiro descarrila os destinos. Osimande dizia que há duas palavras siamesas no mundo: zona e liberdade. E liberdade de tudo poder não forma o caráter, é o que dizem. O Senhor não me entenda mal. Não sou como doutor Justo, não sirvo de exemplo para nada. Mas tenho convicções na vida. Poucas, mas convictas. Por exemplo, discordo de dona Semires, não acho que a pessoa já nasce sendo o que será. O Senhor não criaria seres complexos e interessantes como nós para traçar em nosso destino os caminhos a que estamos condenados. Disse isso a Abel uma vez e ele até me aplaudiu. "Trepe na cadeira e faça um discurso, homem!", meu amigo tripudiou ao me ouvir. Não trepei, que não sou de dar vexame em puteiro. Guardei meus pensamentos. Mas penso que deve ser possível formar o caráter de uma pessoa, ou pelo menos da maioria das pessoas. O Pai fez isso a vida toda nas conversas com a Mãe durante a noite. E com a cinta… Às vezes com a fivela da cinta. Certo, no meu caso não adiantou, nasci torto, o Pai nada pôde comigo. Mas sou a exceção que confirma a regra. O Pai pensava como eu, tenho certeza. No caso de Marcelino, por exemplo. "Estão comentando que o menino é filho de Anacleto", o Pai disse à Mãe numa madrugada chuvosa que me prendera em casa. "Fui contra ele se casar com aquela perdida, eu sei, e acho que agi bem. Agi certo. Mas que culpa tem o menino? Ele carrega nosso sangue, minha velha. É meu neto, que Deus me perdoe, e não pode aprender a viver naquela casa de perdição. Um homem, o que o homem é, precisa ser desenterrado, arrancado às entranhas da pessoa, e isso tem que ser feito desde cedo. Desde menino. Isso não é tarefa para uma prostituta. Isso é coisa para homem".

Homem sábio, o Pai. Fustigou meus brios. Ouvi aquilo como uma espécie de salvo conduto para cuidar do moleque, cheguei a pensar que o seu Tércio Vianna me perdoava. Só que ele nunca foi além disso. Nunca permitiu que Lino se aproximasse dos outros netos. Nunca permitiu que eu o trouxesse a esta casa, nunca o cumprimentou na rua. Não se abalou quando eu disse que o menino fora promovido a tenente do Exército, prova de que tinha índole reta. Para o Pai, ele era o filho de uma puta, trazia na alma aquela mancha de berço que nenhuma criação, nenhuma escola, nenhum exército no mundo limparia. A pregação sobre caráter e tudo o mais era para mim. O Pai nunca me perdoou por misturar seu sangue ao de alguém como Celestina das Flores. Não guardo mágoas, o Senhor me conhece. Lino chegar a tenente do Exército foi uma realização e tanto para alguém como eu. Não que eu sonhasse com isso para mim mesmo. Doutor Coriolano sabia o que fazia quando escreveu "doido" em meu atestado médico na época do alistamento militar. Mas mesmo sem isso acho que nunca me teriam aceitado, por causa de minha inabilidade com as armas, que talvez seja coisa hereditária. Marcelino, o Senhor deve se lembrar, morreu naquele acidente com a granada meses depois da promoção. Escapei de boa. Bem poderia ter sido comigo.

Hora de tirar o pijama, vestir o terno branco, ficar bonito para minha irmã. Eles devem estar chegando, posso dizer pelo cheiro adocicado do assado. A Mãe matou o peru anteontem, o bicho dormiu por dois dias no molho de caldo de cana e cerveja. Como Florenciana não pode com alho, a Mãe inventa mil maneiras de dar gosto às carnes. Esse peru caramelado recheado com cebola e fígado de pato é de comer chorando. O fígado foi Licurgo quem trouxe, sabe que minha irmã adora. O peru quem deu foi Diocleciano, ele e Amália devem vir para o almoço. Depois que Serginho se casou e eles ficaram sozinhos naquela casa enorme, vira e mexe aparecem por aqui. Pensei que os veria no café da manhã, que Diocleciano está sem dinheiro e aqui tem sempre comida. Está mal das pernas, meu primo. Não fosse por Florenciana, já teriam vendido a casa de tia Geralda, não sei se já falei disso ao Senhor. A Nestlé fechou a fábrica de Antão dos Montes no ano passado, mandou embora quase todo mundo. Diocleciano bem que tentou ficar no escritório da empresa na capital, mas estão demitindo lá também. Por toda parte é só o que se vê, fábrica fechando, gente perdendo o emprego, uma tristeza. Florenciana tem ajudado a pagar as contas e Diocleciano começou a criar perus para uma fábrica da capital, obviamente com dinheiro emprestado de minha irmã. As coisas não vão muito bem, parece que a fábrica também andou tropeçando em dívidas. É como eu digo ao Senhor, melhor não bulir demais nas coisas. Fico aqui no meu cantinho, não atrapalho ninguém, não ambiciono os confortos que eles experimentaram. Mas torço por eles, que Amália precisou ligar as trompas depois do parto de Serginho e ficou por anos chorando pelos cantos, uma pena de se ver. Queria uma penca de filhos... Não sei se suportará perder seus luxos.

Não é o caso de usar gravata, não teremos uma celebração ou algo assim. Eu até gosto da gravata borboleta que minha irmã me trouxe naquele Natal, nas noites sempre me visto bem. Quer dizer, quando não estou bebendo, que as invernadas assassinam nossas vaidades. Depois de uma semana agarrado a uma garrafa, qualquer trapo é vestimenta. Mas no geral me visto de terno branco e gravata borboleta, muito distinto. Sei que a Mãe também gosta. Faz que desdenha, mas daqui a pouco virá com a escova de roupa limpar minha beca. A Mãe... O Senhor pode ouvir seus lamentos como eu? Sofre de dar pena. Doutor Justo foi evasivo da última vez que a viu, só que nessas coisas as palavras redundam. O doutor está velhinho, de modo que a doença da Mãe está em seu gesto exangue, seu olhar complacente, seu caminhar sopesado, sua voz resignada dizendo a ela que ela precisa deixar de comer goiabada. Sinto um frio na barriga só de pensar nisso. Idomeneia não sabe fazer pão, não sabe torrar o café como a Mãe, não sabe cuidar de mim, só sabe limpar o chão... Passo o perfume que Cláudio me deu, que é o que me resta fazer. Retorno ao alpendre, me sento em meu trono, abro meu livro...

Acordo com a carta que Idomeneia atira em meu colo. Não a vi sair, o Senhor viu? E não é que tinha mesmo uma carta para mim! Dona Baladur não estava variando, afinal. É de Cláudio, dá notícias de Paris. É um encanto, o Alemãozinho, agora até viu de me escrever. E já vai logo se pavoneando! Arrumou namorada nova. Uma francesa... Nunca me deitei com uma francesa. Já sonhei com Brigitte Bardot, aquele beicinho de chupar jabuticaba acabando comigo. Alemãozinho é fogo. Uma francesa, sim, Senhor. Lamenta não poder vir desta vez, mas fará tudo para estar aqui no Natal. De que vez ele está falando? Só pode ser o feriado de São João, mas isso já foi... Fico triste por Amália. Vai fazer o arroz-doce à toa. Não me lembro da última vez em que ele passou o Natal conosco...

Mas não consigo terminar a carta, posso ouvir o ronco da caminhonete de Beno descendo a rua. Conseguiu recomprar o carro, o meu cunhado. Deve estar orgulhoso, porque toca a buzina sem parar. Sei que pode vê-lo estacionar no pátio do depósito de Licurgo, o Senhor que não desprega os olhos de Florenciana. Fico de pé, espero pelo latido de Canalha, que toa quando Flor pisa o cascalho com sua bota vermelha. Ela usa um lenço branco na cabeça. Aperto os olhos para me certificar. Sim, é o mesmo da vez passada. Tomo isso como sinal de armistício. Vê como ela não é como o Senhor? É capaz de perdoar um estrupício como eu.

Hoje vou abrir uma exceção e comemorar o resgate da caminhonete de Beno com um gole na marvada que Licurgo nos trouxe. Acho que Flor não vai se importar.

Esta obra foi composta em Minion 11/14.
Impressa com miolo em offset 75g e capa em
cartão 250g, por Createspace/ Amazon.

www.ingramcontent.com/pod-product-compliance
Lightning Source LLC
Chambersburg PA
CBHW060930180626
46817CB00004B/1480